AF534798

Eva-Maria Silber, geboren 1959, studierte Jura und arbeitete als Rechtsanwältin und Strafverteidigerin, bevor sie 2010 ihren Beruf wegen hochgradiger Schwerhörigkeit aufgeben musste. Seit sie nicht mehr ihrem Beruf nachgehen kann, schreibt sie Krimis und Thriller.

EVA-MARIA SILBER

KALTES VERGESSEN

Überarbeitete Neuausgabe Oktober 2021

Made in Stuttgart with ♥

Kaltes Vergessen

ISBN 978-3-98637-107-4
E-Book-ISBN 978-3-96817-733-5

Dies ist eine überarbeitete Neuausgabe des bereits 2018 bei dp Verlag, ein Imprint der dp DIGITAL PUBLISHERS GmbH erschienenen Titels Forgotten Girl (ISBN: 978-3-96087-326-6).

Covergestaltung: Inka Burgard
Umschlaggestaltung: ARTC.ore Design
Unter Verwendung von Abbildungen von stock.adobe.com: © Inga Nielsen, © Stillfx, © kurapy, © Yeti Studio
Lektorat: Birgit Förster
Satz: dp DIGITAL PUBLISHERS GmbH
Druck und Bindung: Books on Demand GmbH, Norderstedt

Die Erinnerung ist ein wildes Tier,

flieh vor ihr, so schnell du kannst.

Teil I

Kapitel 1

1984

Am meisten schockierte Elisabeth das ausgestochene Auge.

Sie war an diesem lauen, sonnigen Ostersamstag mit Mann und Labrador Tessie am Totenmaar unterwegs. Auf halber Strecke an der alten sechseckigen Holzhütte unterhalb der Martinskapelle jaulte die Hündin auf. Da sie sonst friedfertig war und nur selten bellte, blieb das Ehepaar verdutzt stehen. Nun zerrte Tessie an der Leine in Richtung See.

„Elisabeth, halt mal den Hund, ich schau nach, was los ist", verkündete ihr Mann und marschierte los. Doch schon nach wenigen Schritten blieb er stehen, würgte und übergab sich. Elisabeth, zutiefst beunruhigt, lief ihm nach.

Diese fünf Schritte würde sie für den Rest ihres Lebens bereuen.

Der erste Streifenwagen, der eintraf, war mit Polizeihauptmeister Herbert Schüller und Polizeiobermeister Heinz Sartorius besetzt. Eine Viertelstunde nach dem Notruf, den die Eheleute Schmidt vom nahe gelegenen Segelflugplatz abgesetzt hatten, erreichten sie den Parkplatz an der alten Kapelle. Über den Rundwanderweg machten sie sich an den Abstieg, ließen den alten Friedhof links liegen.

So ganz glauben konnten sie nicht, was die Eheleute gemeldet hatten. Sicherlich war das wieder nur ein Spaß von jungen Leuten, die zu gerne hier verboten zelteten und sich gegenseitig mit alten Grusel-geschichten

Angst einjagten. Die waren bestimmt mit einem Scherz zu weit gegangen.

Der See ruhte friedlich unter ihnen. Zwei blendend weiße Schwäne ließen sich im hellen Sonnenschein auf dem Wasser treiben und leise brummend suchten die ersten frühen Bienen Nektar. In dieser Idylle störte lediglich das Schwirren der Fliegen, das plötzlich an ihre Ohren drang, kaum dass sie die alte Holzhütte beim See erreicht hatten. Trotzdem waren sie nicht auf das Bild vorbereitet, das sich ihnen bot.

Sartorius war vorneweg gegangen. „Verdammte Scheiße."

Fassungslos starrte er auf das wirre Knäuel aus zerfetztem Zeltstoff und blutigen Körpern. Auf einem zusammengefallenen Zelt lag eine halb nackte Mädchenleiche, ihr Kopf eine einzige Masse aus Blut und Knochensplittern. Dass es sich überhaupt um das Antlitz eines Mädchens handelte, erkannte er nur an dem blonden halblangen Haar, das verfilzt von Blut einer grotesken Hochsteckfrisur glich. Jeans und Schlüpfer waren ihr bis zu den Fußknöcheln heruntergezogen.

Ihr rechtes, leicht angewinkeltes Bein ruhte auf dem leblosen Kopf der zweiten Mädchenleiche, die fast komplett in eine blutrot verfärbte, ehemals hellbraune Filzdecke eingehüllt war. Nur der dunkle Pferdeschwanz mit rosafarbener Haarschleife wies sie als weibliches Wesen aus. Auch ihr Schädel war oberhalb der Augenbrauen eine einzige blutige Masse. Ihre verschleierten Augen starrten in den Himmel, schienen Gott oder ein Monster um Gnade anzuflehen.

Auf der rechten Seite des Zelts, halb unter der blutgetränkten Plane, krümmte sich ein junger Mann mit geöffnetem Jeanshemd und über der Brust gekreuzten Armen. Sein rechtes Bein klemmte unter dem Körper der unteren Mädchenleiche. Sein Kopf wurde von dem über ihm zusammengefallenen Zelt bedeckt.

Ganz oben auf dem Leichenhaufen lag ein weiterer toter Jugendlicher auf dem Rücken. Auch sein Gesicht von Schlägen malträtiert und blutüberströmt, wenn auch nicht so schlimm wie bei den anderen.

Sartorius war seit über zwanzig Jahren Polizist. Zunächst in Frankfurt am Main und dann, weil es ihm dort zu brutal zuging, hier in der Eifel. Er hatte schon viele Tote gesehen, bei Autounfällen, nach dem goldenen Schuss oder Messerstechereien im Bahnhofs-viertel. Doch nichts hatte ihn auf diese surreale Szene vorbereitet. Entsetzen wütete in seinem Kopf. Tote Jugendliche, fast noch Kinder, dachte er und bebte innerlich vor Empörung. Das Bedürfnis, zu ihnen zu gehen, die Blutungen zu stoppen, sie zu retten, war übermächtig. Aber er wusste, es war zu spät.

Schüller trat neben ihn.

„Oh mein Gott, das sind ja fast noch Kinder“, stöhnte er auf und bewegte sich einen Schritt auf den Leichenberg zu. Dort ging er in die Knie und legte die Hände über Kreuz auf die Brust des zuoberst liegenden Jungen, wie um Wiederbelebungsmaßnahmen durch-zuführen.

„Mensch, lass das, siehste denn nicht, dass die alle tot sind?“

Doch Schüller konnte offenbar nicht anders. Er drückte und drückte, war so völlig darauf konzentriert, dass er nicht den zuckenden Fuß bemerkte.

„Oh Gott, der lebt ja noch“, entfuhr es Sartorius. Sich über den Jugendlichen beugend, fühlte er nach dem Puls am Hals. Tatsächlich, er konnte einen schwachen spüren.

„Ich lauf zum Wagen und fordere Verstärkung und einen Rettungswagen an“, brüllte er unnötig laut im Umdrehen.

Diesmal nahm er den Weg über den Friedhof, das ging schneller. Noch im Rennen hört er ein Schluchzen. Verwirrt blieb er stehen. Warf einen Blick in die Runde, konnte aber nichts Auffälliges entdecken. Weiter, zum Wagen. Doch schon nach ein paar Schritten hört er es wieder, diesmal wie das Wimmern eines verletzten Hundes. Ruckartig blieb er stehen. Drehte sich um, hatte nun eine andere Perspektive und konnte hinter den großen Doppelgrabstein bei den Steinstufen zur Pforte der Kapelle sehen. Dort hockte ein junges Mädchen, mit dem Rücken an den Grabstein gelehnt. Vorsichtig ging er näher. Sofort zuckte sie panisch zusammen, strampelte hilflos, versuchte, auf die Beine zu kommen.

„Ruhig, ganz ruhig“, versuchte Sartorius sein Glück, doch das Mädchen, das den gehetzten Blick eines angeschossenen Rehes hatte, wich zurück. Ihre Jeans war an den Knien aufgerissen und im Schritt blutig. Ein Träger ihres Tops war gerissen, das Gesicht von Schrammen überzogen. Blut war auch in ihrer engels-gleichen Haarpracht.

Das ist doch die Pfarrerstochter, schoss es Sartorius durch den Kopf.

„Komm her, Mädchen, ich will dir doch nur helfen“, versuchte er erneut, sie zu beruhigen. Diesmal schien er zu ihr durchzudringen.

Verzagt, mit schwimmenden Augen, sah sie zu ihm auf. Er streckte die Hand aus, nickte wohlwollend und trat einen Schritt näher. Wieder dieses Wimmern, doch ihr Blick hielt ihn fest. Noch ein Schritt und er erreichte ihren Arm, auch der zerkratzt.

Was hatte man ihr nur angetan?, fragte Sartorius sich, als er sie hochzog und in den Arm nahm. Sie schlotterte wie Espenlaub und fühlte sich eiskalt an.

„Komm mit, Mädchen“, flüsterte er ihr ins Ohr. Ihren Vornamen wusste er nicht und sie mit Fräulein Zamanka anzusprechen, erschien ihm zu unpersönlich. Vorsichtig zog er sie mit sich zum Streifenwagen und schob sie auf den Rücksitz des funkelnagelneuen Mercedes, der ganze Stolz der Dienststelle. Sofort setzte er sich auf den Fahrersitz und forderte über das Funksprechgerät Verstärkung und zwei DRK-Rettungswagen aus der Leopoldstraße in Daun an.

Zeitgleich mit dem Rettungswagen traf Kriminalmeisterin Janna Habena an der Martinskapelle ein. Sie verrichtete an diesem Feiertag Bereitschaftsdienst im Kriminalkommissariat Daun und war im Erstzugriff zuständig für alle Vorgänge, die das Einschalten der Kriminalpolizei erforderten.

Janna war todmüde. In der Nacht hatten Viele zu viel getrunken und selbst in einem ruhigen Örtchen wie Daun war es zu Randale zwischen einer Gruppe einheimischer Jugendlicher und Auswärtigen gekommen. Zudem hatte sich an der Lindenstraße ein Exhibitionist gezeigt. Nachdem sie mit den Kollegen von der Streife angekommen war, wurde schnell klar, dass es nur ein Besoffener war, der die Hose nicht schnell genug zubekommen hatte.

Zu guter Letzt hatten ein paar junge Leute „Autowackeln“ gespielt. Sie schaukelten geparkte Luxuslimousinen so lange hin und her, bis die Alarmanlage losging.

An Schlaf war nicht mehr zu denken gewesen.

Der Einsatz am Ostersamstagmorgen hatte zunächst geklungen, als sei ihre Anwesenheit nicht erforderlich. Alle glaubten, es handele sich um einen weiteren Spaß von Jugendlichen – bis der Funkspruch des Kollegen alle aufscheuchte.

In dem Streifenwagen der Bereitschaftspolizei auf dem Parkplatz bei der Kapelle saß Kollege Sartorius auf dem Rücksitz und hielt ein junges Mädchen in den Armen. Gerade winkte er die Rettungssanitäter weiter.

„Unten bei der Hütte liegt ein Junge, der schlimm verletzt ist. Ich warte mit Fräulein Zamanka auf den nächsten Rettungswagen.“

Janna kannte sich nach ihrer kurzen Dienstzeit von knapp drei Monaten noch nicht in der Dauner Umgebung aus. Hatte keine Ahnung, wo hier eine Hütte sein sollte. Also folgte sie den Sanitätern, die mit einer zusammengeklappten Trage über den Friedhof liefen. Im Eiltempo rannten sie weiter eine Erdtreppe runter, die mit ihren zu hohen hölzernen Setzstufen zum Stolpern einlud. Endlich sah sie vor sich eine Holzhütte und ein paar Meter entfernt am Ufer des Sees einen zweiten Streifenbeamten. Die Sanitäter waren gerade bei ihm angekommen, erstarrten aber mitten in der Bewegung.

Janna holte auf, erreichte sie und erstarrte ebenfalls. Einen Moment lang war sie zu schockiert, konnte weder sprechen noch denken.

„Was zum Teufel ist denn hier passiert?“, entfuhr es ihr, kaum, dass sie wieder ein Wort herausbekam.

Normalerweise ließ sie sich nicht so schnell aus der Fassung bringen, war selbst bei unappetitlichen Dienstaufgaben nicht empfindlich. Wollte allen Kollegen beweisen, wie hart sie im Nehmen war, härter als alle anderen zusammen. Doch hier fiel ihre sonst auch in den übelsten Situationen perfekt aufgesetzte Fassade der Standhaftigkeit in sich zusammen.

Gerade untersuchte der ältere Sanitäter einen Jungen, der rücklings auf einer halb nackten Mädchenleiche lag. Janna konnte unter ihr weitere Körper ausmachen. Als die Rettungssanitäter den Jugendlichen von dem Leichenberg runtergehoben und auf die inzwischen aufgeklappte Trage bugsiert hatten, war das ganze Ausmaß des Gemetzels zu erkennen.

Das Gesicht der nun zuoberst liegenden Mädchen-leiche war im Gegensatz zu dem des Jungen völlig zertrümmert. Die Zähne waren aus dem Unterkiefer herausgebrochen, der Oberkiefer zerbrochen und der Schädel ein einziger Klumpen aus Fleisch und Blut. In dem vielen Rot leuchteten lediglich die Knochensplitter weiß. Zudem konnte Janna unzählige Messereinstiche im Hals und Nacken erkennen. Doch am schlimmsten war die mit Blut gefüllte leere Augenhöhle, da, wo eigentlich ihr rechtes Auge sein sollte.

Schräg unter ihr lag ein weiteres weibliches Opfer, eingehüllt in eine Decke. Nur der Kopf war sichtbar. Janna wünschte, er wäre bedeckt. So aber musste sie den Anblick des freiliegenden Schädelknochens und der Platz- und Schürfwunden am rechten Arm und Hals ertragen. Der Täter hatte das Mädchen fast skalpiert. Die blutigen Flecken auf der Decke zeugten von unzähligen Messerstichen in den Oberbauch. Sie hatte wohl versucht, sich mit ihrem rechten Arm zu schützen, den linken hatte sie nicht rechtzeitig aus der Decke winden können. Ob es ihr geholfen hätte, wagte Janna zu bezweifeln. Noch nie hatte sie solch eine unglaubliche Brutalität gesehen.

Das letzte Opfer schien männlich zu sein, das konnte man lediglich an dem Bürstenhaarschnitt erkennen, von dem Gesicht war nicht viel übrig geblieben. Janna entdeckte mehrere Einstiche in die Wangen und Nase.

Das war endgültig zu viel für sie. Janna rannte zum nächsten Busch und übergab sich.

Der mit der eilends in der Kriminalinspektion Trier, Abteilung K1, eingesetzten Mordkommission „Eifelmaar" eingetroffene Gerichtsmediziner Dr. Wolfgang Heimann von der Rechtsmedizin der Universität des Saarlandes legte sich bei dem Todeszeitpunkt nicht eindeutig fest.

„Die Totenstarre ist vollständig eingetreten, also ist der Mord", er runzelte die Stirn, „sind die Morde vor mindestens sechs Stunden begangen worden, mindestens. Nachts ist es ja noch richtig kalt, das könnte den Vorgang verlangsamt haben", stellte er fest, während er versuchte, das Bein der zuoberst liegenden jungen Frau zu bewegen.

„Haben Sie schon Aufnahmen von den Toten gemacht? Kann ich sie bewegen?"

„Helge, komm mal rüber und schieß ein paar Bilder von der Toten hier“, wies Kriminalhauptkommissar Helmuth Berg, Leiter der Mordkommission und stellvertretender Kommissariatsleiter der Kriminalin-spektion Trier, den mitgekommenen Erkennungs-dienstler Helge Reuter an.

Drei tote und zwei schwer verletzte Jugendliche erforderten die ganze Erfahrung der Kripo und wer, wenn nicht Berg – nach fast fünfundzwanzig Jahren Dienstzeit, immer an der Front –, sollte das besser können? Sieben Jahre noch, dann war es vorbei, dann musste er seinen Platz räumen. Ihm graute schon jetzt davor.

„Jetzt dürfen Sie sie umdrehen, Doc“, erlaubte Berg nach fünf Minuten.

Vorsichtig legte der Gerichtsmediziner die Hand unter die Schulter der zuoberst liegenden Leiche und drehte sie, sodass ihr Rücken zu sehen war. Das Schulterblatt war blaurot angelaufen. Vorsichtig, als könne er ihr noch wehtun, drückte der Arzt zwei Finger in den Rücken.

„Die Totenflecken sind bereits fest.“

„Was bedeutet?“

„Dass sie vor mindestens zehn Stunden gestorben ist. Totenflecken sind erst danach unveränderlich.“

„Können Sie den Todeszeitpunkt noch genauer eingrenzen?“, hakte Berg nach.

„Wenn ich sie im Institut habe, werde ich die Restkörpertemperatur messen, dann wissen wir es wesentlich genauer. Mehr kann ich jetzt noch nicht sagen. Kommen Sie morgen früh ins Institut, dann erfahren Sie mehr.“

„Weiß jemand, wer die Jugendlichen sind?", fragte Berg in die Runde der inzwischen eingetroffenen Beamten. Doch er erntete nur Kopfschütteln. Keiner mochte zu lange in die geschundenen Gesichter der gestern noch lebenden Teenager schauen.

„Ich glaube, einer der Kollege von der Streife, die als Erste vor Ort war, könnte sie kennen. Zumindest die Überlebende hat er mit Namen angesprochen."

„Und wo ist der? Und wer sind Sie?"

Unwirsch betrachtete Berg die junge Frau vor sich. Groß und schlaksig war sie, die Arme viel zu lang und der Körper zu dünn. Die halblangen rotblonden Schlottenhaare machten sie auch nicht attraktiver. Zu allem Unglück trug sie eine dieser neuartigen ausgewaschenen Jeans, die aussahen, als wären sie zu oft bei neunzig Grad zusammen mit Bleiche gewaschen worden. Dazu einen kribbelbunten Pullover. Er war viel zu lang für den Anorak, der vorne verdächtige Flecken aufwies.

Berg schüttelte den Kopf.

Der Anblick der toten Jugendlichen setzte auch ihm zu, mehr als ihm lieb war. Er konnte es der jungen Beamtin nicht verdenken, dass sie sich übergeben hatte. Die kleinen Spuren von Erbrochenem auf ihrem Anorak und der säuerliche Geruch hatten sie entlarvt. Sie war wohl nicht die Einzige gewesen, der der Anblick zu viel war.

Davon abgesehen hatten Frauen an einem solchen Ort nichts zu suchen. Und trotzdem drängten sie in die Kripo und nahmen den Familienvätern die Arbeitsplätze weg. Ein Elend war das. Er würde ihr schon zeigen, dass sie sich selbst mit diesem Job überforderte.

„Janna Habena, Polizeimeisterin. Ich hatte Bereitschaftsdienst im Kriminalkommissariat Daun, als die Meldung reinkam. Der Kollege ist mit dem verletzten Mädchen ins Maria-Hilf-Krankenhaus gefahren. Sie war so verstört, dass sie ihn nicht loslassen wollte. Der Arzt meinte, es wäre besser, wenn er mitkäme."

„Und der zweite Streifenbeamte?"

„Sitzt oben im Dienstwagen, ich hab ihn schon befragt. Er kannte die jungen Leute auch nicht. Ihm hat das Ganze schwer zugesetzt."

„Kein Wunder, wer bleibt schon ruhig bei drei toten Teenagern? Gut, dann fahren Sie ins Krankenhaus und fragen den Kollegen nach den Namen der anderen Opfer. Irgendwie müssen wir mit dem Schlamassel hier weiterkommen. Außerdem will ich sofort infor-miert werden, wenn die beiden Überlebenden vernehmungsfähig sind. Machen Sie dem Arzt mal ein bisschen Dampf."

„Könnte es sein, dass sie in Gefahr sind, wenn rauskommt, dass sie überlebt haben?"

Berg runzelte die Stirn. Möglich war alles in solch einem Fall.

„Und deshalb werden Sie diesen wunderschönen Ostersamstag im Krankenhaus verbringen. Sorgen Sie dafür, dass die beiden, falls möglich, nebeneinanderliegende Zimmer bekommen, und dann setzen Sie sich davor und bleiben sitzen, bis ich Ihnen eine Ablösung schicke. Und wenn die Ablösung da ist, werden Sie bleiben und aufpassen, ob einer der beiden was zu sagen hat. Ich erwarte Sie dann heute Abend gegen neunzehn Uhr im Präsidium zur Besprechung."

Als Janna das Maria-Hilf-Krankenhaus erreichte, wurden die beiden überlebenden Opfer noch untersucht. Vor dem Untersuchungsraum für das Mädchen saß der Kollege Sartorius.

„Hat sich schon was ergeben?“

Sartorius schüttelte den Kopf. „Sie hat eine Beruhigungsspritze bekommen, hat gar nicht aufgehört zu schlottern, das arme Ding.“

„Kennen Sie die Opfer? Der Leiter der Mordkommission hat gefragt und ich dachte, weil Sie den Namen dieses Mädchens kannten, dass Sie vielleicht auch den Rest erkannt haben.“

Sartorius sah zu Janna auf, sein Blick war äußerst beunruhigt.

„Oh mein Gott, das Mädchen hier ist die Pfarrerstochter von der evangelischen Kirchengemeinde. Ich hab sie erst nicht erkannt. Und der junge Mann heißt Sebastian Hoffmann. Seinen Eltern gehört der örtliche Boschdienst. Dann werden die anderen auch Kinder aus dem Ort sein. Daran hab ich noch gar nicht gedacht. Ich muss hin und nachsehen. Meine Enkelin Karin ist mit der Zamanka in einer Klasse.“

Panisch sprang er auf, wurde von Janna jedoch wieder auf die Bank gedrückt.

„Ruhig Blut, rufen Sie von der Zentrale aus zu Hause an. Ich gehe mit Ihnen. Im Moment ist doch jemand bei ihr, oder?“

„Sicher, ein ganzes Team versorgt die beiden. Alle waren geschockt, als sie erfahren haben, was los ist.“

„Okay, dann los, ich muss gleich zurück. Hab den Auftrag, auf die beiden aufzupassen.“

„Aufzupassen?“ Ruckartig blieb Sartorius stehen.

„Man weiß ja nie, rein vorsorglich", beruhigte Janna ihn.

An der Zentrale angekommen, erfuhren sie, dass die Telefone bereits heiß liefen. Alle machten sich Sorgen, wer die Opfer wohl waren, ob man sie kannte, ob man sie vermisste.

Sartorius verließ das Krankenhaus in Richtung Totenmaar, nachdem ihm seine Tochter versichert hatte, dass Karin friedlich in ihrem Bett schlief. Doch der Weg fiel ihm sichtlich schwer. Janna beneidete ihn nicht.

In der Zentrale veranlasste sie, dass die beiden Verletzten in nebeneinanderliegenden Krankenzimmern untergebracht wurden. Dafür verlegte man andere Patienten. Alle wollten helfen.

Dann setzte sie sich in den Gang vor den Untersuchungszimmern und wartete.

Eine Stunde später kam Chefarzt Dr. Bernhard Kuckartz aus dem Untersuchungsraum des Mädchens. Er hatte es sich nach seiner Aussage nicht nehmen lassen, sie höchstpersönlich zu untersuchen.

„Die Patientin ist noch nicht ansprechbar. Wir mussten ihr Beruhigungsmittel spritzen. Die Verletzungen sind nicht so schlimm, die sind in ein paar Tagen vergessen, hauptsächlich Schürfwunden und Kratzer. Aber sie wurde wohl vergewaltigt. Auf jeden Fall hatte sie kürzlich Geschlechtsverkehr, denn ihr Jungfernhäutchen wurde penetriert. Blut haben wir gefunden, ihr eigenes, aber Sperma war keins in der Vagina. Der Täter war offenbar sehr vorsichtig. Wir haben trotzdem einen Abstrich gemacht und ihr Höschen in eine Tüte gepackt. So ganz eindeutig ist der Befund der Vergewaltigung allerdings nicht. Wir haben keine

Hämatome an den Oberschenkelinnenseiten gefunden. Das heißt aber nicht viel. Diese Spreizverletzungen sind kein absoluter Beweis, ihr Fehlen beweist also auch nicht das Gegenteil. Ihren Reaktionen nach muss sie jedenfalls Schreckliches erlebt haben. Wenn Sie mich fragen, war das eine Vergewaltigung, Beweise hin oder her."

„Wann kann ich denn mit ihr sprechen? Wir sind dringend auf ihre Aussage angewiesen", hakte Janna nach.

„Wie gesagt, die Patientin ist derzeit sediert. Ich gebe Ihnen Bescheid, wenn es so weit ist. Im Moment muss sie vor allem geschont werden."

„Hat sie irgendetwas gesagt, mit dem wir was anfangen könnten?"

„Nein, erst war sie panisch, vor allem als wir den Polizeibeamten rausschickten, und jetzt ist sie apathisch. Sie braucht viel Zeit und die werden wir ihr gönnen, nicht wahr?", setzte er mit einem vielsagenden Blick einen Schlusspunkt unter die Diskussion.

„Und wie sieht es bei dem jungen Mann aus?"

„Der ist deutlich schwerer verletzt und bewusstlos. Er hat wohl mehrere Schläge auf den Kopf bekommen. Gleich machen wir eine Computertomografie, um festzustellen, wie schlimm es tatsächlich ist. Ansonsten weist er lediglich Abwehrverletzungen an den Händen und Armen auf. Wenigstens hat er keine Schnitt- oder Stichverletzungen."

Ein junger Schutzpolizist trat auf sie zu. Endlich kam die Ablösung, bestens.

„Kann ich mich zu der Patientin ins Zimmer setzen? Wir haben die Befürchtung, dass sie in Gefahr sein könnte."

Schockiert sah der Chefarzt Janna an. „So schlimm ist es?"

Janna nickte.

„Okay, ausnahmsweise dürfen Sie sich zu ihr reinsetzen. Aber Sie werden sie nicht ansprechen und vor allem nicht bedrängen. Sobald sie aufwacht, rufen Sie einen Arzt, ist das klar?"

„Natürlich", erwiderte Janna.

Kapitel 2

Ich schreckte hoch. Neben mir saß ein Mensch. Aber ohne meine Brille konnte ich nicht genau erkennen, wer es war. Panisch versuchte ich, von ihm wegzukommen. Unter das Bett zu flüchten, in dem ich lag, ohne zu wissen, wo und warum. Die Umgebung war mir fremd, alles in kaltem Weiß, ein gleichmäßiger Piepton hinter mir und eine Nadel in meinem Arm. Sie brannte bei der hektischen Bewegung höllisch. Der an ihr hängende Schlauch war gefüllt mit einer klaren Flüssigkeit. Mein Herz klopfte so heftig, dass ich dachte, es würde gleich platzen. Dabei war meine Brust zu eng, ich bekam kaum Luft. Das Hemd, das ich trug, war in Sekunden klatschnass.

Nur weg, war alles, was ich denken konnte. Nur weg.

„Ruhig, ganz ruhig, ich ruf sofort einen Arzt", hörte ich hinter mir. Doch die fremde Stimme beruhigte mich nicht. Ein Schrei suchte sich seinen Weg, hing aber unter meiner zu engen Brust fest. Ich fing an zu japsen, glaubte, zu ersticken. Ich sterbe, war mein letzter Gedanke. Dann sackte ich weg.

Ich tauchte wieder auf aus dem Nirgendwo. An den weißen Raum konnte ich mich erinnern. Auch an den fremden Menschen in dem Zimmer. Panisch warf ich einen Blick in die Richtung, in der er gesessen hatte, und schoss hoch, bereit zur Flucht. Und tatsächlich saß er noch immer da. War nicht verschwunden, wie es nach Albträumen der Fall ist.

Doch irgendetwas lähmte mich. Meine Angst vor ihm war da, aber ich konnte mich nicht rühren. Vorsichtig warf ich einen weiteren Blick in seine Richtung. Jetzt hatte er bemerkt, dass meine Augen offen waren. Ganz ruhig blieb er sitzen, bewegte sich nicht. Versuchte nicht, zu mir zu kommen. Trotzdem wollte ich weg, weg aus diesem Zimmer und vor allem weg von ihm.

In diesem Moment öffnete sich eine Tür, die ich zuvor nicht bemerkt hatte. Herein kam eine weiß gekleidete Frau; alles, was weiter entfernt war, konnte ich deutlicher sehen. Mein müdes Hirn flüsterte mir den Begriff ‚Krankenschwester' zu. Krankenschwester? Hatte der Mensch nicht von einem Arzt gesprochen?

Ich war nur einmal im Leben im Krankenhaus gewesen. Das war lange her, als mein Großvater starb. Der Geruch hier und das viele Weiß erinnerten mich daran.

Langsam sackte die Erkenntnis in mein Bewusstsein. Ich war in einem Krankenzimmer. Warum nur? Doch bevor ich mir weitere Gedanken darüber machen konnte, trat die Krankenschwester an mein Bett und strich sanft über meinen Kopf.

„Ganz ruhig, du bist hier in Sicherheit."

Ich bekam besser Luft, musste nicht mehr japsen.

„So ist's gut. Tief durchatmen, wir wollen dir alle nur helfen."

Ich sank etwas entspannter zurück aufs Bett. „Und wer ist das da?", flüsterte ich ihr zu. Sie durfte mich nicht mit dem fremden Wesen allein lassen.

„Das ist eine ganz liebe Polizeibeamtin, die aufpasst, dass dir nichts passiert. Sie ist dein persönlicher Schutzengel."

Schutzengel? Das klang gut. Auch wenn ich nicht wusste, wovor sie mich beschützen sollte.

„Haben Sie meine Brille? Ich kann fast nichts sehen."

„Nein, aber ich werde deine Eltern danach fragen."

Meine Augen fielen wieder zu. Alles wurde ruhig um mich herum und ich schlief ein.

Das Schlagen einer Tür weckte mich. Ruckartig setzte ich mich auf. Wo war ich nur? Hektisch sah ich mich um, erkannte wieder den fremden Menschen auf einem Stuhl links von mir an der Wand. Ich versuchte wegzukommen, aus dem Bett zu springen, doch alle Bewegungen fühlten sich an wie in Zeitlupe. Das Bein, das ich über die Bettkante schwang, brauchte gefühlte Minuten, bis es den eiskalten Fußboden berührte. Richtig aufsetzen konnte ich den Fuß nicht mehr, zwei Hände rissen mich zurück. Ich fing an zu schreien, schrie um mein Leben. Irgendjemand setzte mir meine Brille auf und da erkannte ich das Wesen als junge Frau. Noch ein paar Japser und ich hatte mich so weit beruhigt, dass ich wieder Luft bekam. Ich erinnerte mich wieder an den Schutzengel.

Die Tür öffnete sich.

„Was ist los? Soll ich einen Arzt holen? Braucht sie mehr Beruhigungsmittel?", hörte ich hinter mir.

„Nein", sagte die junge Frau an meiner Seite, „ich glaube, sie kommt jetzt ohne aus, oder?"

Ich nickte und ließ mich zurück auf das Bett sinken.

„Weißt du, warum du hier bist?"

Ich schüttelte erneut den Kopf. Mein Hirn arbeitete so langsam, dass ich die Bilder, die mir durch den Kopf schossen, kaum halten konnte.

Nur eine Folge von Wörtern erschien in diesem Gewirr ganz klar: See, Stein, rot, See, Stein, tot.

Was hatte das zu bedeuten? Verwirrt schüttelte ich den Kopf.

„Können wir reden?“, hörte ich die junge Frau fragen.

Mein Mund war wie zugeschweißt. Nichts konnte ich über die Lippen bringen.

Ich schloss die Augen.

Aus großer Ferne hörte ich eine Männerstimme. „Wir werden die Anxiolytika und Schlafmittel jetzt langsam runterfahren. Bis dahin müssen Sie sich gedulden.“

Eine Frauenstimme erwiderte: „Wir brauchen unbedingt ihre Zeugenaussage. Ohne die kommen wir nicht weiter. Wir haben nicht die geringste Ahnung, was passiert ist, ob weiter Gefahr für sie oder andere besteht. Das müssen Sie doch verstehen.“

„Fräulein Habena, ich habe vollstes Verständnis für Ihre Situation. Aber hier geht es um meine Patientin. Und die braucht Ruhe. Sie wurde geschlagen und vergewaltigt. Wer weiß, was sie alles durchmachen musste. Ich werde nicht zulassen, dass Sie sie mit Ihren Fragen zu früh zurück in diese Hölle schicken.“

Als ich das nächste Mal aufwachte, hielt meine Mutter meine Hand, ich fühlte mich nicht mehr wie unter Wasser. Die junge Polizistin war noch immer da.

„Erinnerst du dich, was passiert ist?“, hörte ich Mutti fragen. Dabei tätschelte sie meine Hand.

Ich schüttelte den Kopf.

„Kannst du dich daran erinnern, dass du mit deinen vier Freunden am Weinfelder Maar zelten warst?“

Wieder schüttelte ich den Kopf. Ich und Freunde? Das konnte nicht sein. Ich war doch immer allein, niemand wollte mich in seiner Clique haben. Das musste ein Irrtum sein. Ich schloss die Augen, mein Hirn war noch nicht bereit, das Denken wieder aufzunehmen.

„Bitte, wir brauchen ganz dringend deine Hilfe. Denk nach, das kannst du doch nicht vergessen haben. Britta, Anette, Marc und Sebastian waren mit dir am See."

Sebastian! Etwas zog sich in mir zusammen. Und dann kam mit einem Schlag die Erinnerung, wie ein Faustschlag in den Magen.

Der Tag war drückend heiß, ganz ungewöhnlich für April. Dieses Jahr lag Ostern kurz vor dem Maianfang. Ein idealer Tag zum Zelten, dachten wir. Was für ein Irrtum!

Es verblüffte mich schon, dass die sagenhafte, umworbene Britta und Anette, die als Erste in unserer Klasse einen festen Freund hatte, ausgerechnet mich, das Klassenpummelchen, fragten, ob ich mitmachen wollte. Natürlich wollte ich. Nichts lieber als das.

Immer hatte ich am Rande gestanden, war ausgeschlossen gewesen, wenn beim Handball die Mannschaften ausgewählt oder in den Pausen auf dem Schulhof heimlich die ersten Zigaretten rumgereicht wurden. Klar, ich war schließlich nicht nur fett, ich war auch noch die Tochter des Pfarrers. Langweiliger ging nicht. Im Klassenzimmer unseres altehrwürdigen Thomas-Morus-Gymnasiums saß ich meistens allein, es sei denn, ein neuer Mitschüler wurde eingeführt. Der musste neben mir sitzen.

Wenn andere kicherten, stand ich allein in der Ecke und starrte in irgendein Buch, das ich vorgab zu lesen. Das gelang mir nie. Über den Rand lugte ich zu den anderen. Doch als wäre die Buchoberkante ein Stacheldrahtzaun, schaffte ich es nie, die Grenze zu überwinden und zu den anderen zu kommen.

Als Britta letztes Jahr in unsere Klasse kam, landete sie wie alle Vorgänger zunächst neben mir. Das Niveau der Neuen ließ sich daran ablesen, wie schnell sie von diesem Platz wieder verschwanden. Bei Britta dauerte es nur einen Tag, das war neuer Rekord. Und sie hatte die Wahl zwischen dem Platz neben Heike, unserer Klassensprecherin, und dem bei Anette. Es wurde später viel spekuliert, warum sie sich ausgerechnet neben Anette setzte, doch eins steht fest: Die beiden hatten sich gesucht und gefunden. Sie hingen nur dann nicht zusammen ab, wenn Anette bei ihrem Freund Marc war. Gerüchten zufolge war aber auch das nicht immer der Fall.

Zu gerne hätte ich neben Anette gesessen. Nicht nur, weil ich dann auf der Beliebtheitsskala in der Klasse ganz oben gestanden hätte, sondern auch, weil Anettes Freund Marc der beste Freund von Sebastian war. Und Sebastian war der Hit. Alle Mädels schwärmten ihn an, nicht nur ich. Mit seiner Größe von einsneunzig und einem Körper, der der Marmorstatue des Hermes von Praxiteles perfekt glich, wie Maren, unsere Klassenbeste, einmal feststellte, war er ein Adonis. Er hatte gerade das Abitur bestanden und uns unglücklich im Pausenhof zurückgelassen, auf dem wir ihm jeden Tag mit schwärmerischen Blicken gehuldigt hatten. Natürlich hatte er uns nicht wahrgenommen.

Selbstredend hatte ich nicht die geringste Chance bei Sebastian, doch träumen durfte ich von ihm, und das machte ich ausgiebig. Überhaupt verbrachte ich die Tage damals am liebsten mit Träumen. Was hätte ich auch sonst unternehmen sollen, so allein?

Und dann geschah das Wunder: Britta, die große Britta, von allen geliebt und umschwärmt, fragte mich, ob ich mit ihr und Anette zusammen eine Nacht zelten wollte. Ich konnte mein Glück nicht fassen. Ohne meinen gestrengen Vater zu fragen, sagte ich sofort zu. Endlich dazugehören! Das würde ich mir von ihm nicht verderben lassen. Gottlob – eigentlich durfte ich dieses Wort wegen ihm nie gebrauchen, war es doch in seinen Augen bereits blasphemisch – stand meine Mutter immer hinter mir. Sie hatte wohl ein schlechtes Gewissen, weil ich äußerlich nach ihr schlug und mein Vater sie sicherlich nicht wegen ihres Aussehens geheiratet hatte. Dafür hatte ich seine Haare geerbt, das einzig Hübsche an mir: lange blonde, leicht gewellte Rauschgoldengellocken. Leider zwang er mich, sie immer als strengen Dutt zu tragen.

Mutter erlaubte mir sofort, mit den beiden Mädchen zu zelten, und erklärte sich auch bereit, das meinem Vater beizubringen. Ich hatte den Verdacht, dass sie ihm nicht ganz die Wahrheit sagte. Doch das war mir egal. Zu viel stand auf dem Spiel: meine Chance, endlich dazuzugehören.

Ich war total aufgeregt, als ich zu Brittas Eltern eingeladen wurde. Gesichtskontrolle, wie sie es kichernd nannte. Was sie damit meinte, verstand ich damals noch nicht. Brav erschien ich zum Nachmittagstee und stellte mich vor. Ganz entzückt von der Vorstellung, dass ihre Tochter mit der Pfarrerstochter befreundet war, gestatteten sie ihr die Nacht am See. Gemeinsam berichteten wir Anettes Eltern von der Erlaubnis, sodass sie ihrer Tochter die Zustimmung nicht mehr verweigern konnten.

Und so planten und kicherten wir gemeinsam. Gemeinsam, ein großes Wort, wenn man das Gefühl nicht kennt. Brittas Vater stellte ein kleines Spitzdachzelt zur Verfügung und Anettes Eltern stifteten den Propangaskocher, auf dem wir die vorher von ihrer Mutter zubereitete Linsensuppe erhitzen konnten. Mein Vater gab uns seinen Segen.

Dem Gottesdienst am Gründonnerstag zur Einsetzung des Abendmahls durch Jesus konnte ich nur mit Mühe folgen, in der Nacht zu Karfreitag kaum schlafen. Ich sollte mit den beiden zelten. Darum hätten sich alle Mädels in der Klasse gerissen, die Jungs natürlich auch. Wahnsinn!

Wir waren um fünf Uhr nachmittags verabredet. Eigentlich war das Zelten am Weinfelder Maar verboten. Deshalb hatten wir unseren Eltern auch nicht erzählt, wo genau wir zelten würden. Aber abends war es dort immer leer, außer jungen Leuten traute sich niemand bei Dunkelheit dorthin. Unter ihnen galt eine Nacht dort als Geheimtipp. Wegen der Nähe zum Wasser mit dem angeblich mit Mann und Maus versunkenen Schloss sowie des nahen Friedhofs konnte man sich in der Eifel keinen unheimlicheren Ort nachts vorstellen. Das machte den großen Reiz für die Teenies aus, die sich einen Spaß daraus machten, sich beim Lagerfeuer Gruselgeschichten zu erzählen. So hatte ich zumindest gehört.

Die beiden holten mich zu Hause ab. Wir waren schwer beladen. Jede trug einen Rucksack, gemeinsam und abwechselnd trugen wir das Zelt zwischen uns. Was hoffte ich auf Klassenkameraden auf dem Weg zum Maar, damit sie sehen konnten, dass ich nicht mehr die Außenseiterin war. Und tatsächlich trafen wir einige. Alle blieben mit offenen Mündern stehen, konnten nicht glauben, dass ich, ausgerechnet ich, dabei sein durfte.

Zwei Kilometer waren es. Ich kann mich nicht erinnern, jemals glücklicher gewesen zu sein als in jener Stunde auf dem Weg zum Weinfelder Maar – dem Totenmaar.

Bald schon kamen die sanften Hänge, bewachsen mit Eifelgold – dem im Sonnenlicht golden blühenden Besenginster – in Sicht. Dieses Jahr war er früh dran wegen der unerwarteten Wärme. In der Senke unter uns lag das türkis scheinende Wasser des Maares.

Als Zeltplatz suchten wir uns den kleinen Rastplatz schräg unterhalb der Martinskapelle mit dem alten Friedhof aus. Ich stolperte mehrfach über die Erd-stufen, deren Setzstufen aus altem Holz ein wenig die Kanten überragten. Britta zog genervt die Augen-brauen hoch, ich errötete. Irgendwie schaffte ich den Rest des Weges ohne Straucheln. Erleichtert setzte ich das Zelt vor der alten Holzhütte mit Bank ab. Knapp unterhalb erkannte ich ein nettes lauschiges Ufer-plätzchen, ideal zum Zelten.

Britta zog sofort ihre Schuhe aus und stapfte in das eiskalte Wasser.

„Herrlich", verkündete sie ihrer Gänsehaut zum Trotz. Als sie auch Hose und Bluse auszog, unter denen ein knapper, knallgelber Bikini zum Vorschein kam, hatte ich Gelegenheit zu studieren, was uns unterschied. Ihre Beine waren vorgebräunt und ohne diese unansehnlichen Haare, die bei mir munter sprossen und die abzurasieren mein Vater strikt verbot. Um ihre gertenschlanke Taille und die großen runden Brüste hätten sie Supermodells beneidet. Mit ihrem modisch halblangen Haar, stets leicht verwuschelt, als käme sie frisch aus dem Bett, ähnelte sie Brigitte Bardot in deren besten Zeiten.

Errötend und neidisch wandte ich den Blick ab. Damit die beiden meine Verlegenheit nicht bemerkten, fing ich an, das Zelt aus seinem Sack zu ziehen.

Ich hatte es noch nicht ausgebreitet, da vernahmen wir Motorengeräusch. Verwundert mich aufrichtend, erhaschte ich einen vielsagenden Blick zwischen Britta und Anette. Noch bevor ich darüber nachdenken konnte, hörten wir, wie sich jemand näherte.

„Auweia, das gibt Ärger“, stellte ich fest in der Annahme, dass wir nun von unserem trauten Plätzchen vertrieben würden. Ich hoffte nur, dass mein Vater das nicht mitbekam.

„Ach was, bleib cool“, erwiderte Anette.

Erstaunt sah ich auf dem Weg zwei Männer näher kommen. Bei einem genaueren Blick durch meine stets leicht verschmierte Brille erkannte ich Marc und dahinter – Sebastian. Ich konnte es nicht fassen, da kam mein Traummann des Weges. Sofort lief ich puterrot an und blickte entsetzt und hilflos zu den beiden anderen. Doch die taten so, als wäre es das Normalste der Welt, dass die Jungs kamen. Verblüfft und enttäuscht verstand ich, auf einen Schlag wurde mir meine Rolle an diesem Karfreitag bewusst: ich war nur das Alibi, die Garantie für die Eltern der beiden Mädels, dass alles okay war.

Ich hätte heulen können. Doch sofort war mir klar, dass ich das nicht tun durfte, wenn ich nicht den letzten Rest von Akzeptanz in der Klasse verlieren wollte. Alle hatten uns zusammen gesehen. Ich musste also nur die Klappe halten und mitmachen, was auch immer. Keiner durfte merken, dass ich nur geduldet war – wie immer. Zudem hatte ich die einmalige Chance, Sebastian einen Abend lang nahe zu sein.

Natürlich hatten auch sie ein Zelt und Rucksäcke dabei. Wenigstens zogen die Mädels eine Show vor mir ab, in der sie die Überraschten spielten mit viel „Na so was, was macht ihr denn hier?“ und „Was ein Zufall!“.

Ich spielte mit.

Gemeinsam bauten wir die Zelte auf. Dann zog auch Anette ihren Badeanzug an und die Mädchen gingen unter lautem Geschrei ins Wasser. Sebastian und Marc zückten große Messer und fingen an, sich Angeln zu schnitzen. Doch kaum standen sie in der Nähe des Wassers, spritzte Britta beide nass. Sofort entledigten sich die Jungs ihrer Klamotten und eilten zu den Mädels ins Wasser. Unter lautem Gejohle tobten sie, spritzen sich nass und tauchten sich unter. Neidisch beobachtete ich von meinem sicheren Platz bei unserem Zelt, wie Britta von Sebastian immer wieder umarmt und hochgehoben wurde. Wieder stiegen mir Tränen in die Augen. Das musste ich mir dringend abgewöhnen.

Klar war er an Britta interessiert, wie alle anderen Jungs auch. Wie hätte es auch anders sein können? Dabei war sie doch Michaels Freundin. Das wusste ich, weil der neben uns wohnte und ich die beiden öfter heimlich Händchen haltend beobachtet hatte.

Plötzlich schossen Marc und Sebastian aus dem Wasser auf mich zu. Ehe ich michs versah, packten sie mich an den Beinen und Armen und schaukelten mich dicht am Ufer hin und her. Meinem Geschrei zum Trotz ließen sie irgendwann los und ich landete unsanft im eiskalten Wasser. Natürlich verschluckte ich mich und bekam kaum Luft in die Lungen, bevor ich versank. Kurz schaffte ich es zurück an die Oberfläche, nur um gleich wieder unterzugehen. Niemandem in der Klasse hatte ich erzählt, dass ich nicht schwimmen konnte.

Wild um mich schlagend versuchte ich, Boden unter die Füße zu bekommen, doch vergebens. Das Totenmaar senkte sich gleich am Ufer in seine stolze Tiefe. Ich bekam keine Luft mehr, wollte schreien. Strampelte hilflos mit Armen und Beinen, sank immer tiefer.

Fast schon besinnungslos spürte ich, wie ich an den Haaren nach oben gezogen wurde. Viel zu früh öffnete ich meinen Mund zum Schrei, bekam Wasser in die Kehle und Luftröhre, prustete, noch immer unter Wasser, glaubte, nun habe meine letzte Stunde geschlagen. Im letzten Moment schoss mein Kopf aus dem See, bevor ich die Besinnung verlor.

Als ich aufwachte, sah ich zuerst Sebastian, der dicht über mich gebeugt mein Gesicht tätschelte. Er tat das tatsächlich! Trotz aller Wut, aller Schmerzen, aller Angst genoss ich den Augenblick. Er hörte auf, als er meinen Blick sah, und entschuldigte sich wortreich für ihren schiefgegangenen Spaß.

Zunächst war ich nicht in der Lage, zu reagieren, prustete, heulte und schnappte noch immer nach Luft. Sebastian richtete meinen Oberkörper auf, sodass das Atmen besser funktionierte. Ihm wollte ich verzeihen – den anderen nicht. Bestimmt hatten Britta und Anette die beiden zu diesem miesen Spielchen angestiftet. Doch nun taten sie bestürzt, wollten mich beruhigen.

Mir reichte es. Wieder war ich das lächerliche Dickerchen, das nun, aus dem Wasser gezogen, noch unattraktiver war als ohnehin schon. Außerdem hatte ich ohnehin keine Kleidung zum Wechseln mitgebracht.

„Ich gehe nach Hause", brachte ich mühsam krächzend hervor.

Bestürzt sahen sich die anderen an. Klar, ihre Alibifrau wollte verschwinden. Wenn das rauskam, würden sie Riesenärger bekommen, weil sie ohne mich hiergeblieben waren. Und wenn ich dann noch erzählte, dass Sebastian und Marc hier gewesen waren ...

„Das kannst du nicht machen, wir haben uns doch so auf die Nacht hier gefreut", zwitscherte Britta und Anette nickte so heftig, dass ich fürchtete, ihr fiele deshalb der Kopf ab.

„Ich kann", brachte ich mühsam hervor und versuchte, aufzustehen.

„Das geht doch nicht", kam nun von Anette.

„Und ob das geht", erwiderte ich, jetzt auf den Knien. „Ich hab eh keine anderen Klamotten dabei und so nass kann ich nicht bleiben."

Das sahen sie ein.

„Sebastian, kannst du nicht Katharina zum Umziehen heimfahren? Jetzt ist doch eh gerade Gottesdienst, da ist niemand bei ihr zu Hause."

Sie dachte aber auch an alles, diese blöde Schlampe. Doch die Idee, allein mit Sebastian im Auto unterwegs zu sein, hatte in der Tat etwas für sich. Meine Wut fing an, zu verrauchen.

„Komm, Katharina, sei lieb, wir machen uns einen schönen Abend, wenn ihr zurück seid. Wir zünden schon das Lagerfeuer an und mit Sebastians Wagen seid ihr im Nullkommanix wieder zurück. Stimmt's, Sebastian? Das machst du doch gerne."

„Klar, aber erst muss Katharina was trinken auf den Schreck und gegen die Halsschmerzen."

Halsschmerzen? Wie kam er denn darauf? Aber das war mir egal. Er dachte an mich, wollte mir etwas Gutes tun. Das allein zählte. Sebastian tauchte nach kurzer Zeit wieder am Zelt der Jungs auf, in der Hand ein Glas, gefüllt mit einer goldgelben Flüssigkeit. Sofort schmeckte ich den Alkohol darin und schob das Glas weg.

„Ich trinke keinen Alkohol."

„Ach was, sei doch kein Spielverderber. Ist nur ganz wenig gegen die Kälte. Du musst doch frieren, so nass, wie du bist. Nicht, dass du dir noch eine Erkältung holst", schob er grinsend hinterher.

Unsicher sah ich Sebastian an, der mich schelmisch anlächelte. Wie hätte ich da widerstehen können?

Außerdem, was blieb mir übrig? Wenn ich jetzt die Geschichte platzen ließ, wäre ich das Gespött der ganzen Klasse.

Wild entschlossen leerte ich das Glas in einem Zug und nickte.

Sebastians rostroter Käfer stand auf dem Parkplatz hinter der Kapelle. Eingehüllt in ein großes Badehandtuch von Britta kuschelte ich mich auf den Beifahrersitz. Ich musste schrecklich aussehen nach dem unfreiwilligen Bad. Doch Sebastian lächelte mich lieb an und streichelte über meinen Arm. Sofort bekam ich Gänsehaut.

„Frierst du?"

Hilflos ob so viel Aufmerksamkeit von ihm, schüttelte ich den Kopf. Mehr bekam ich nicht hin.

„Es tut mir so leid. Hätten wir gewusst, dass du nicht schwimmen kannst, hätten wir das nie gemacht. Soll ich es dir beibringen?"

Ich wurde rot, konnte wieder nur nicken, diesmal zustimmend.

Viel zu schnell für meinen Geschmack kamen wir bei mir zu Hause an. Vorsichtshalber parkte Sebastian um die Ecke in einer anderen Straße. Nicht auszudenken, wie meine Eltern reagieren könnten, wenn sie mich bei ihm im Auto entdecken würden, auch wenn das unwahrscheinlich war, da tatsächlich gerade der Gottesdienst stattfand und meine Mutter meinen Vater stets dorthin begleitete.

Im Eiltempo riss ich mir die nassen Kleider vom Leib und versteckte sie auf unserem Dachboden. Mutter hatte die dumme Angewohnheit, mein Zimmer in meiner Abwesenheit zu kontrollieren, ich hatte sie einmal dabei erwischt.

Meine Haare trocken zu föhnen dauerte ewig, es waren einfach zu viele. Als ich sie zu meinem gewohnten Dutt zusammenfassen wollte, erstarrte ich. Und wenn nicht? Wenn ich sie einfach wie alle anderen Mädchen offen ließ? Mein Vater war nicht da. Warum sollte ich sie wie immer verstecken? Ich grinste mich im Spiegel an. Wenn ich doch nur Make-up gehabt hätte.

Kurz entschlossen zog ich meine alte, inzwischen zu enge Jeans an. Nackte Beine konnte ich Sebastian nicht zumuten, hatte ich doch nun erkannt, wie haarlos sie auszusehen hatten. Abgesehen davon, dass sie eindeutig zu dick waren. Dann quetschte ich mich in das enge Top, das meinen bereits stolzen Busen prächtig zur Geltung brachte, wie ich fand. Zu guter Letzt zog ich die Brille ab und ersetzte sie durch die Kontaktlinsen. Die ruhten schon viel zu lange in ihrer Schachtel. Ich konnte mit ihnen wesentlich schlechter sehen als mit Brille, doch das war mir egal.

Eine Viertelstunde nach unserer Ankunft stand ich schon wieder vor unserem Haus. Doch kaum hatte ich den Bürgersteig erreicht, stand plötzlich Michael vor mir, Nachbarsjunge und Freund von Britta. Er hatte seinen Bundeswehrsack geschultert. Offenbar kam er gerade aus der Gerolsteiner Eifelkaserne, wo er seit drei Monaten seinen Grundwehrdienst absolvierte. So traurig sah er aus, dass ich innehielt, um ihn zu begrüßen.

„Alles klar?“, brachte ich mitfühlend hervor. „Hast du frei über Ostern?“

Er nickte.

„Hey, Mann, ist doch toll!“, versuchte ich ihn zu ermuntern.

„Klar“, erwiderte er mit noch mürrischerem Gesichtsausdruck als zuvor.

„Was ist los?“

„Nichts ist los. Britta wollte mich am Bahnhof abholen, aber sie war nicht da. Das ist los“, brachte er mit zusammengekniffenen Lippen hervor.

Britta, immer nur Britta. Nicht nur, dass sie Michael zum Freund hatte, nun machte sie auch noch Sebastian schöne Augen, meinem Sebastian. Ich spürte Neid und Eifersucht. Einmal wollte ich einen Mann für mich, und zwar Sebastian. Und was war? Sie flirtete mit ihm, das hatte ich am See beobachtet. Vielleicht könnte ich ihr die Suppe versalzen.

„Kann sie auch nicht“, setzte ich also an. „Wir zelten am See.“ Vielleicht würde er sie dort abholen und ich wäre dann allein mit Sebastian. Anette und Marc waren sicherlich voll und ganz mit sich beschäftigt.

„Wie?“

„Na ja, mit ein paar Freunden“, ergänzte ich. Es war ein unglaubliches Gefühl, so zu tun, als würde ich dazugehören.

„Mit Jungs?“, hakte er nach.

„Nur Sebastian und Marc“, ergänzte ich, in Gedanken bereits im Wagen sitzend.

„Was ist los?“, kam von einem erblassenden Michael.

Erschreckt über seine Reaktion wiegelte ich ab. „Alles ganz harmlos, mach dir keine Gedanken.“

„An welchem See?“, rief er mir hinterher.

Doch ich winkte ihm nur zu. Schließlich war ich keine Petze.

Sebastian staunte nicht schlecht über mein verändertes Aussehen und fuhr mir durch die Haare. „Du siehst ja aus wie ein Rauschgoldengel.“

Ich glühte vor Stolz. Und vor Glück, als er mir während der Fahrt immer wieder übers Bein strich. Ich fühlte mich ganz leicht und auch ein wenig trunken. Das musste von dem Likör kommen, den mir Sebastian vor unserer Fahrt verabreicht hatte. Noch nie hatte mich ein Junge am Bein gestreichelt. Es löste warme Wellen in meinem Körper aus, die sich in meinem Schoß konzentrierten. Solche Gefühle kannte ich kaum, wenn, dann nur aus Träumen.

Auf dem Parkplatz angekommen, hielt er mich zurück, als ich aussteigen wollte. „Nicht so schnell", flüsterte er mir ins Ohr, während er mich immer näher an sich heranzog.

„Warum hast du es denn so eilig?"

Hatte ich nicht und so ließ ich nicht nur zu, dass er mich küsste – der erste echte Zungenkuss meines Lebens –, sondern auch, dass er mit der Hand unter mein Top fuhr. Wie genoss ich seine warme Hand an meiner Brustwarze.

Und ließ auch zu, dass er mich zwischen den Beinen zunächst sanft, dann immer fordernder streichelte.

Als er meine Jeans öffnete, zögerte ich. So kannte ich mich gar nicht. Was war nur los mit mir? Ich hatte doch meine Prinzipien und meine Religion. Niemals vor der Ehe, das hatte ich mir geschworen. Und doch ließ ich Sebastian gewähren. Wissend, dass ich das nicht tun durfte, nicht zulassen konnte. Eigentlich hätte ich empört aus dem Wagen springen und weglaufen müssen. So hatte es mir meine Mutter eingetrichtert. Doch nun saß ich hier und ließ einen Jungen mit mir machen, was er wollte. Und das Schlimmste, es gefiel mir. Es war, als wäre mir mein Denken abhanden-gekommen und ersetzt worden durch eine Erregung, wie ich sie noch nie gespürt hatte. Erregung, die meine Beine zu Butter werden ließ. Was war nur los mit mir?

Aber wie auch hätte ich mich ihm, der großen Liebe meiner jungen Jahre, verweigern können? Alle anderen Mädels hatten es bestimmt auch schon gemacht. Ich wollte sein wie sie. Meine Vagina brannte, forderte mehr, als ich vor der Ehe zu geben geplant hatte. Lähmte mich, ertrug nicht, es an dieser Stelle enden zu lassen. Wollte alles. Ich kannte mich nicht wieder. Irgendetwas schien meinen Widerstand ausgeschaltet zu haben. War das die Liebe?

Ich konnte mich nicht entziehen. Vorsichtig tastete ich nach der Beule hinter dem Reißverschluss seiner Jeans, zog ihn runter und wagte mich mit der Hand in seine Hose. Wurde weggetragen von der Erregung, die mich erfasst hatte, und dem Nie-mehr-enden-lassen-Wollen.

Er musste mich lieben, da war ich mir sicher. Das machten Männer nur mit Frauen, wenn sie sie heiraten wollten. Sonst würde er das nicht tun, nicht so weit gehen.

Und so ließ ich auch zu, dass er mir die Hose runterzog, mein Höschen zerriss und sich auf mich legte. Die kurze Unterbrechung, während er sich ein Kondom überzog, erschien mir endlos. Als er endlich sein Glied in mich stieß und dabei mein Jungfernhäutchen zerriss, war ich überzeugt: Das ist Liebe für den Rest meines Lebens.

Geschockt riss ich meine Augen auf. Das konnte nicht wahr sein, das durfte nicht wahr sein. Wenn meine Mutter das erführe oder erst mein Vater. Die Augen meiner Mutter waren nur wenige Zentimeter von mir entfernt und schauten in mein Innerstes. Ich hielt das nicht aus, musste den Kopf abwenden.

„Ich kann mich an nichts erinnern."

„An gar nichts?", hakte die Polizistin hinter Mutter nach.

„An absolut nichts."

Kapitel 3

Sie hatten die ganze Umgebung akribisch nach Hinweisen – der Tatwaffe oder irgendetwas, das Licht in diesen grauenhaften Dreifachmord bringen könnte – abgesucht. Doch gefunden hatten sie nichts. Unglaublich eigentlich nach diesem Massaker. Der Täter musste doch komplett blutbesudelt gewesen sein, vielleicht sogar selbst verletzt. Doch es fand sich keine Blutspur. Vielleicht hatte aber auch das Zelt, das sich über den Toten befunden hatte, den Täter vor dem Blut geschützt. Fußabdrücke hätten sie bei dem trockenen und felsigen Boden ohnehin nicht finden können. Wo mochte der Täter nach diesem Gemetzel hingegangen sein?

Kriminalhauptkommissar Helmuth Berg sah sich suchend um. Vor ihm auf dem Totenmaar schaukelten die Begleitboote der Taucherstaffel der Freiwilligen Feuerwehr Bitburg. Seit Stunden suchten sie den Grund des Maars, das an manchen Stellen immerhin gute fünfzig Meter tief war, nach der Tatwaffe ab. Das Messer hatten sie nicht gefunden. Und den Stein, mit dem die übelsten Verletzungen der Opfer verursacht worden waren, würden sie nach den vielen Stunden ohnehin nicht mehr identifizieren können. Das Wasser hatte mit Sicherheit das Blut daran aufgelöst.

Die Opfer waren inzwischen in der Gerichtsmedizin. Nur das aufgeschlitzte Zelt lag noch vor ihm. Doch Berg konnte das Bild der toten Teenager einfach nicht aus seinem Gedächtnis verbannen.

Schwer wog das drückende Gefühl der Verantwortung auf seinen Schultern, ihnen Gerechtigkeit widerfahren zu lassen. Es gab Fälle, die selbst alte Hasen wie ihn zutiefst erschütterten. Die man nie mehr loswurde und die einen grundlegend veränderten.

Da stand er nun, den Geruch von Tod in der Nase, und wusste, dass dies so ein Fall war.

Inzwischen kannten sie wenigstens die Namen der Opfer. Der erste Streifenbeamte vor Ort hatte sie alle identifizieren können, als er im Krankenhaus gewesen war. Danach war der alte Polizist in Tränen ausgebrochen. Der Anblick hatte Berg schwer zugesetzt. Als der Mann wieder zu Luft gekommen war, hatte er Berg erzählt, dass seine Enkelin in dieselbe Klasse wie die weiblichen Opfer gegangen war.

Auch vom Krankenhaus gab es keine guten Nachrichten. Die beiden Überlebenden würden noch Tage brauchen, bis sie vernommen werden könnten.

Zum wiederholten Male beugte er sich zu dem zerschnittenen Zelt. Es war mit seinen Leinen zwischen zwei jungen Bäumen aufgespannt gewesen, da der Boden für das Einschlagen von Heringen zu felsig war. Der Mörder hatte die Leinen gekappt, das Zelt war auf die Dreiergruppe darin niedergegangen und sie hatten sich nicht mehr befreien können. Ein perfider Plan, der auf logisches, gezieltes Handeln hinwies. Seltsam, denn die Verletzungen und der Zustand der Leichen sprachen eine andere Sprache.

Vorsichtig hob Berg den zerfetzten und blutigen Stoff an. Der Mörder hatte durch den Stoff hindurch auf die darunter Zappelnden eingestochen und dann wohl auch noch einen Stein benutzt. Zu guter Letzt musste er das Zelt aufgeschnitten haben. Ein Fetzen von einem Meter Breite war herausgeschnitten und dann zur Seite geschlagen worden. Durch diesen hatte der Mörder das blonde, sterbende Opfer herausgezerrt und ihm die Jeans samt Schlüpfer bis zu den Fußknöcheln heruntergezogen. Offenbar wollte er auch dieses Mädchen vergewaltigen, genau wie die Pfarrerstochter.

Wo wohl der schwer verletzte Junge währenddessen gewesen war? Berg schüttelte den Kopf. Und wieso lag er beim Auffinden rücklings auf dem Mädchen? Hatte er mit letzter Kraft versucht, sich schützend auf Britta zu legen? Und warum hatte der Mörder ihn am Leben gelassen? Hatte er ihn für tot gehalten und deshalb von ihm abgelassen? Auch die beiden Streifenpolizisten hatten zunächst geglaubt, dass er tot sei.

Vielleicht waren dem Mörder auch einfach die Kraft und die Wut ausgegangen. Wer mochte schon verstehen, was in solch einem kranken Hirn vor sich ging?

Das zweite Zelt stand völlig unversehrt wenige Meter entfernt an seinem Platz. Berg erhob sich mühsam aus der Hocke und ging hinüber. Der Reißverschluss war offen und in dem Zelt lagen zwei Schlafsäcke ordentlich nebeneinander. Nur ein wenig zerwühlt waren sie, als habe jemand unruhig darin geschlafen. Auch dieses Zelt war zwischen zwei Bäumen festgespannt. Wegen der zwei Schlafsäcke ging Berg davon aus, dass dieses Zelt den Jungs gehört hatte. Außerdem hatten sie darin eine Flasche Asbach Uralt und eine große Flasche Afri-Cola entdeckt. Die Flasche Weinbrand war zur Hälfte leer, die Colaflasche kaum angebrochen. Ein paar zerknäulte Plastikbecher lagen auf dem Boden verteilt herum. In einer Ecke entdeckte er noch eine Flasche

Limoncello di Sorento, Zitronenlikör, wie Berg vermutete. Der war sicher nicht für die Jungen gedacht gewesen.

Langsam kroch er rückwärts aus dem Zelt. Früher wäre ihm das leichtgefallen, doch heute tat ihm schon nach wenigen Momenten gebückt im Zelt und dem Rumkriechen der Rücken weh. Erneut ließ er seine Blicke schweifen hin zum anderen Zelt und dem abgebrannten Lagerfeuer, um das noch Luftmatratzen drapiert waren. Aus einer war die Luft entwichen. Ein Kofferradio lag auf der Seite, ein Knopf abgebrochen.

Wenige Meter entfernt hingen über Uferbüschen trockene Badeanzüge und Handtücher. Offenbar waren die Jugendlichen in dem noch eisigen Wasser schwimmen gewesen.

Welch ein tragisches Ende für einen solchen Tag.

Ein wenig wunderte sich Berg allerdings schon darüber, dass die jungen Mädchen allein mit zwei jungen Männern zelten durften. Das war doch sehr ungewöhnlich und leichtsinnig von den Eltern gewesen. Aber dass so ein Ausflug in Mord und Totschlag enden würde, nein, damit hatte niemand rechnen können. Nicht hier in der tiefsten Eifel.

Berg schüttelte wieder den Kopf. Wie konnte man Menschen, fast noch Kindern, so etwas antun? Doch er wusste es ja besser. Natürlich gab es Ungeheuer in Menschengestalt, Soziopathen, die kein Mitleid empfanden, wenn sie andere leiden sahen. Die nur sich und ihr eigenes Vergnügen und Wohlbefinden im Auge hatten. Vermutlich hatte es der Mörder auf die Mädchen abgesehen gehabt. Und war bei einer ja auch zum

Zuge gekommen. Wie es Katharina wohl gelungen war zu fliehen?

Berg sah den Fußweg hinauf. Vor seinem geistigen Auge rannte sie wieder. Schwer verletzt und vergewaltigt. Was für ein Monster hatte das getan? Ob der Mörder sie wegen der anderen nicht verfolgen konnte?

Wenn sie doch nur mit ihr reden könnten.

Doch jetzt stand ihm der Weg zu den Eltern bevor. Die Benachrichtigung der Angehörigen gehörte zu den schwersten Aufgaben bei der Kripo. Dieser Pflicht musste er während seiner Dienstzeit für seinen Geschmack schon viel zu oft nachkommen. Er hielt sich für nicht ungeschickt beim Überbringen einer solch vernichtenden Nachricht. Doch er ahnte, dass ihm seine ganze Erfahrung aus all den Jahren hier nicht helfen würde.

Den Pfarrer und seine Frau hatten sie sofort informiert. Die junge Beamtin hatte sich den Namen gemerkt und der Rest war Routine gewesen. Dieser Gang war nicht schwer gewesen. Auch wenn ihre Tochter geschunden und vergewaltigt worden war, so lebte sie wenigstens. Für Fragen war keine Zeit gewesen, die Eltern waren sofort ins Maria-Hilf-Krankenhaus an die Seite ihrer Tochter geeilt. Berg konnte es ihnen nicht verdenken. Auch drängte deren Vernehmung nicht.

Die Wahl der nächsten Familie hatte Berg Sartorius, dem Polizeibeamten, der die Jugendlichen erkannt hatte, überlassen. Nach seinem Zusammenbruch bei der Identifizierung hatte er sich so weit erholt, dass er Berg begleiten konnte. Schließlich kannte er sich nicht nur in Daun aus, er kannte auch alle Opfer und deren Familien persönlich.

Sartorius hatte sich für die Eltern des blonden Opfers, Britta Niemeyer, entschieden. Sie gehörten nicht zu seinem engsten Bekanntenkreis wie die anderen Familien.

„Ich habe vorhin in der Dienststelle nachgefragt, weil ich die Familie kaum kenne. Sind erst vor einem Jahr hergezogen. Aufgefallen sind sie noch nie. Scheinen aber anständige Leute zu sein. Er arbeitet bei der Stadtverwaltung als Steuersachbearbeiter, die Mutter ist Hausfrau. Wie man hört, hatte er vorher eine tolle Stelle in einem Ministerium in Trier. Keine Ahnung, warum er die zugunsten seines neuen Pöstchens bei der Stadt aufgegeben hat."

Kaum waren sie mit dem Zivilwagen vor dem Haus der Familie vorgefahren, wurde die Haustür aufgerissen. Mit wehendem Rock stürmte eine Frau mittleren Alters auf sie zu.

„Haben Sie meine Britta gefunden?", rief sie, im Laufschritt zu ihrem Wagen rennend. Sie beugte sich zu dem Rücksitzfenster und starrte hinein. Als könnte sie nicht glauben, dass ihre Tochter nicht darin saß, verharrte sie einen langen Moment so.

„Wo ist sie? Wieso haben Sie sie nicht im Wagen? Liegt sie im Krankenhaus? Haben Sie sie gefunden? Was ist los, Mann? Reden Sie endlich!"

Als Berg stumm blieb, versteinerte ihr Gesicht. Ihr Blick wurde erst misstrauisch, dann panisch. Sie schnappte nach Luft, hyperventilierte. Schließlich fasste sie Berg an beiden Schultern und versuchte ihn zu schütteln. Doch dafür war Berg zu massiv. Wie eine alte deutsche Eiche, sagte seine Frau immer. Und an die lehnte sich Brittas Mutter nun, geschüttelt von

Schluchzern. Sartorius trat hinzu und legte der Frau seine Hand beruhigend auf die Schulter. Ihm standen dabei Tränen in den Augen.

Unbemerkt hatte sich ihr Mann genähert. Obwohl sein Gesicht ebenfalls versteinert war und sein Körper völlig verkrampft schien, packte er seine Frau und zog sie von Berg und Sartorius weg.

„Können wir reinkommen?"

Der Mann nickte nur zur Antwort.

Das typische Siebziger-Jahre-Wohnzimmer hatte eine Holzfacettendecke aus Eiche und einen grünen Teppichboden. Das einzig Besondere war eine halbhohe Kommode, auf der viele Fotos in Silberrahmen standen. Berg trat näher. Von jedem der Bilder lachte ihn ein junges Mädchen an. Eine Schönheit mit blonden halblangen Haaren und Schmollmund. Niedlich sah sie aus, das musste selbst Berg in seinem Alter zugeben. Wie tragisch!

Die Frau sank laut weinend mit vor das Gesicht geschlagenen Händen auf einen tannengrünen Zweisitzer. Berg spürte wie immer in solch einer Situation seine Ohnmacht, Hilflosigkeit und Grobheit, die ihm sonst bei seinem Job zugutekam. Jetzt wünschte er sich deutlich mehr Feingefühl. Er seufzte.

„Herr Niemeyer, es tut mir sehr leid", wandte er sich an den Ehemann, der noch immer mit versteinertem Gesicht vor ihm stand.

Mit gestreckten Beinen, denen die Knie zu fehlen schienen, stapfte Niemeyer zu seiner Frau und ließ sich neben sie plumpsen, noch immer mit gerade ausgestreckten Beinen. Grob fasste er ihre Hände und zog sie ihr vom Gesicht, umfasste sie krampfhaft. Berg war nicht klar, ob er seine Frau trösten oder sich an ihr festklammern wollte, um nicht unterzugehen.

„Dann ist es also wahr", brachte der Mann nach einem Moment des Schweigens hervor. Mit dem Kopf nickte er in Richtung des Wohnzimmertisches, auf dem ein bunter Frühlingsblumenstrauß leuchtete.

„Das ist ihr Geburtstagsstrauß, sie wird heute fünfzehn", brachte er mit ersterbender Stimme heraus. Seine Frau starrte ihn an, Tränen glitzerten auf ihrer Wange.

Dann wandte sie erstaunlich ruhig den Kopf zu Berg. „Was ist passiert?"

Berg war perplex ob der plötzlichen Veränderung im Verhalten der Frau. Während ihr Mann sich nicht mehr rührte, nur an ihren Händen festklammerte, reckte sie den Rücken und sah ihm fest in die Augen.

„Wir wollen genau wissen, was mit unserem kleinen Mädchen passiert ist. Und dann wollen wir sie sehen."

Er schluckte. Irgendwie musste er die beiden davon abhalten. Keine Eltern dieser Welt sollten ihr Kind so sehen. Schlimm genug, wenn Kinder vor den Eltern starben, aber den Anblick des zertrümmerten Gesichtes dieses zuvor so bildschönen Mädchens würden sie nicht ertragen. Da war er sicher. Unterstützung suchend blickte er zu Sartorius, doch der rührte sich so wenig wie der Ehemann.

Doch nun musste er erst mal zur Sache kommen.

So schonend wie möglich, unter Weglassung der grausigsten Details, berichtete Berg von den Geschehnissen am Totenmaar.

„Aber wieso waren dort zwei junge Männer?", brachte die Mutter fassungslos hervor. „Sie wollten doch zu dritt in Brittas Geburtstag hineinfeiern. Wir waren so glücklich, dass Britta sich mit der Tochter des Pfarrers angefreundet hatte. Unsere Tochter war schon immer sehr erwachsen für ihr Alter und so sah sie auch aus. Man konnte ihr aber blindlings vertrauen. Immer hielt sie sich an Absprachen, war pünktlich zu Hause."

Berg bemerkte einen schnellen Blick ihres Mannes zu ihr, etwas schien ihn aus der Schockstarre befreit zu haben. Es war aber nichts Gutes, wie er an den Augen des Mannes ablesen konnte. Auch versuchte die Mutter zu sehr, ihre Tochter als Musterexemplar eines braven Mädchens darzustellen. Dahinter verbarg sich doch etwas, was mit Sicherheit wichtig war.

„Wie lange wohnen Sie hier schon?", versuchte er der Sache auf den Grund zu gehen.

„Ein gutes Jahr."

„Gab es für Ihren Umzug einen besonderen Anlass?", hakte Berg nach. Sein komisches Gefühl verstärkte sich, als die Mutter bei solch einer simplen Frage einen Schweißausbruch bekam und ihre Hände zu zittern anfingen.

Wieder dieser Blick des Vaters.

„Nein, überhaupt nicht. Wir fanden nur, dass die Stadt für ein Mädchen in der Pubertät zu gefährlich ist", antwortete die Frau etwas zu schnell.

„Fand Britta das auch?"

„Na ja, so ganz glücklich war sie nicht darüber. Schließlich hatte sie ganz viele Freunde in Trier. Aber dann hat sie eingesehen, dass es das Beste für sie ist."

„Gab es Ärger?", bohrte Berg weiter.

„Was denn für Ärger?"

Doch der Blick des Vaters sprach Bände.

„Frau Niemeyer, wir müssen alles wissen. Wir haben es hier mit einem grausamen Mord zu tun und bisher keine Ahnung, warum er geschah. Wenn es da was in der Vergangenheit Ihrer Tochter gibt, dann müssen Sie uns das sagen!"

„Nein, da ist nichts. Was reden Sie denn da? Wollen Sie unser armes kleines Mädchen jetzt noch in den Schmutz ziehen? Nix war da, sie war eine Musterschülerin, sang im Kirchenchor und war überall beliebt."

Die letzten Worte waren fast nicht mehr zu verstehen vor lauter Schluchzern.

Berg war klar, dass er hier zunächst nicht weiterkam. Die Eltern jetzt zu quälen, ertrug selbst er nicht. Nein, es reichte erst mal.

Horst Niemeyer begleitete sie zur Tür und zu Bergs Verwunderung folgte er ihnen nach draußen.

„Also ich muss Ihnen da noch was sagen", brachte Niemeyer mühsam heraus.

Berg nickte.

„Also unsere Britta ist ein bildhübsches Mädchen."

„Und weiter?"

„Na ja, also in Trier, wo wir vorher gewohnt haben, also da gab es einen jungen Mann, na ja, nicht mehr ganz jung, schon Anfang dreißig. Also dieser junge Mann, ein Kollege von mir im Ministerium, Andreas Meiser, der hat also, na ja, wie soll ich sagen? Also der hatte es auf unser Mädchen abgesehen. Britta kann gar nichts dafür. Sie ist einfach zu hübsch. Sie hat allen Jungs den Kopf verdreht, dabei ist sie doch noch ein kleines Mädchen."

„Und was war jetzt mit dem jungen Mann?"

„Na ja, also der hat sich eingeredet, dass auch Britta was von ihm will. Dabei hat sie ihm nie einen Grund dafür gegeben. Sie hat mich öfter von der Arbeit im Finanzministerium abgeholt und da glaubte er wohl, das würde sie wegen ihm machen. Das hat der sich doch glatt eingeredet, der Mistkerl. Und von da an hat er sie nicht mehr in Ruhe gelassen. Irgendwann hat er sie nach der Schule abgefangen und ihr vorgegaukelt, dass er sie nach Hause fahren wollte. Und unsere naive Britta hat ihm das geglaubt. Sie ist also zu ihm ins Auto gestiegen. Und dann hat er versucht, sie zu vergewaltigen, dieses Schwein. Gottlob kam rechtzeitig ein Streifenwagen vorbei und hat unser Mädchen gerettet. Und für was?"

Die ganze Hoffnungslosigkeit einer Zukunft ohne seine vergötterte Tochter lag in seinen Augen, als er Berg ansah.

„Wir sind dann weggezogen, dachten, auf dem Land kann ihr so was nicht passieren. Wir wollten sie beschützen."

Ein Schluchzer schüttelte ihn.

„Die ganze Zeit haben wir sie nichts unternehmen lassen, waren nur noch auf ihre Sicherheit bedacht. Das Zelten war die erste Freiheit, die wir ihr nach dem schlimmen Erlebnis damals erlaubt haben. Und das auch nur, weil sie am nächsten Tag fünfzehn wurde und die Pfarrerstochter mitgemacht hat. Wer ahnt denn schon, dass hier so was passieren würde?"

Nun, das klang zumindest nach einem Tatverdächtigen, fand Berg. Sartorius war derselben Meinung. Diesen Meiser würden sie ganz genau unter die Lupe nehmen. Auch wenn Berg sich kaum vorstellen konnte, woher Meiser hätte wissen können, was die Mädchen vorhatten. Es sei denn, eine von ihnen hätte es ihm erzählt. Und da käme nur Britta in Frage.

Welch bittere Ironie des Schicksals, dass Brittas Eltern extra von Trier weggezogen waren, um ihre Tochter vor der bösen Welt zu schützen, schoss es Berg durch den Kopf, als er in seinen Dienstwagen einstieg.

Als Nächstes waren sie zu den Eltern von Anette Dobrindt gefahren.

„Er ist Lehrer an der Berufsschule in Gerolstein, sie ist auch Hausfrau, sie wohnen nur zwei Straßen von uns entfernt", berichtete Sartorius. „Das Mädchen ist recht hübsch und war schon seit Längerem mit dem Marc befreundet, dem jungen Mann, der auch tot ist. Aber ganz anständig. Ich kann mir gar nicht erklären, wieso der am See war."

Das konnten auch Anettes Eltern nicht.

„Zu dritt wollten sie eine Nacht am Totenmaar verbringen. Ganz recht war uns das ja nicht. Aber als die Pfarrerstochter mitkam und erzählte, dass selbst ihr Vater nichts dagegen hat, und auch Niemeyers ihr Einverständnis gegeben hatten, wollten wir Anette den Spaß nicht verderben. Wieso aber Marc und Sebastian da waren, wissen wir nicht. Das ist uns einfach unbegreiflich. Unsere Tochter hat uns nie angelogen."

Herbert Dobrindt hatte die Worte kaum herausgebracht, da entwich seiner Frau ein Laut, halb Schrei, halb Wehklage. Sie starrte Berg an, als wolle sie ihm als Überbringer der schlechten Nachricht an die Kehle gehen. Er wappnete sich, doch sie verharrte endlose Sekunden bewegungslos auf der Stelle, wie festgefroren. Plötzlich lief ihr Gesicht tiefrot an.

„Sie lügen, mein Kind ist nicht tot."

Verlegen und weil er den leidvollen Blick nicht ertragen konnte, starrte Berg auf ein Bild an der Wand. Ihn lachte ein überdurchschnittlich hübsches Mädchen an, mit tiefblauen Augen und offenem Gesichtsausdruck. Anette Dobrindt. Ihre Mutter war seinem Blick gefolgt, stürzte zu dem Bild und riss es an sich. Sie stürmte auf Berg zu und hielt ihm das Foto dicht unter die Nase.

„Das ist meine Tochter und sie kann nicht tot sein, geben Sie das sofort zu."

Hilflos schüttelte Berg den Kopf. Viel war von Anettes Gesicht nicht übrig geblieben, doch es reichte, um sie auf dem Foto zu erkennen.

„Bitte sagen Sie, dass das nicht stimmt."

Sie packte ihn am Kragen und versuchte ihn zu schütteln wie Brittas Mutter zuvor. Verrückt. Ob die Frauen glaubten, so eine andere Antwort aus ihm rausschütteln zu können? Er bedauerte zutiefst, dass es ihnen nicht gelang.

Wie es Berg hasste, schlechte Nachrichten zu überbringen. Gleich zu Beginn seiner Arbeit bei der Polizei hatte er als Streifenpolizist einer Familie die Nachricht überbringen müssen, dass ihr Sohn einen Tag nach seinem achtzehnten Geburtstag bei der Probefahrt seines Geburtstagsgeschenkes, einem funkelnagelneuen Golf, sich und seine Schwester totgefahren hatte. Danach hatte Berg geglaubt, dass es nicht schlimmer kommen könne, und sich zum ersten Mal im Leben allein betrunken. Leider nicht zum letzten Mal.

Nun hatte er das Gefühl, den Boden unter sich zu verlieren.

Um ihr Zeit zu geben, sich wieder zu fassen, schwieg Berg. Zum wiederholten Male wurde ihm klar, wie furchtbar es im Grunde war, im Haus dieser Familie zu stehen und ihr Leben einfach so zu zerstören. Und nicht zum ersten Mal dankte er Gott dafür, dass er und seine geschiedene Frau keine Kinder hatten bekommen können. Wenn er sich vorstellte, eins davon wieder zu verlieren, kaum dass man sie aus dem Gröbsten raushatte, nein, dann lieber auch keine Freuden vorher. Zu groß musste der Verlust des Kindes sein, um ihn ertragen zu können.

Plötzlich kippte Anettes Mutter um. Sartorius musste den Notarzt rufen.

Marcs Vater war vor drei Jahren bei einem Arbeitsunfall tödlich verletzt worden. Er hatte einem Trupp Gleisarbeiter angehört, zu deren Sicherung er eingesetzt war. Warum er als Sicherungsposten selbst vom Zug erfasst wurde, blieb wohl ein ewiges Rätsel, wie Sartorius berichtete. Die Mutter musste seitdem verschiedene Putzstellen annehmen, um Marc und seinen jüngeren Bruder Kevin durchzubringen.

Nun saß sie vor ihnen mit kalkweißem Gesicht, ihre Hand zerquetschte fast die eines Teenagers, der die beiden Beamten unwillig anstarrte. Der Mutter waren offenbar die Tränen schon vor Jahren ausgegangen. Berg fühlte sich an eine Mumie erinnert, so verhärmt und vertrocknet wirkte sie.

„Mein Sohn war ein guter Junge. Er hätte so gerne das Abitur gemacht. Aber das ging nicht. Wir brauchten das Geld, das er als Lehrling bei Beckmanns bekam. Sebastian hat ihm die Lehrstelle im Boschdienst seiner Eltern verschafft. Sie waren so zufrieden mit ihm, dass sie ihn übernehmen wollten. Und dann hatte er ja auch die Anette, so ein liebes und hübsches Mädchen. Ich war so glücklich für ihn, dass er sie gefunden hat. Der Tod seines Vaters damals hat ihm schwer zu schaffen gemacht, er ist lange nicht darüber weggekommen. Und nun das!“

Sie wurde von einem trockenen Schluchzen geschüttelt.

Berg bedauerte sie zutiefst. Wusste aber auch, dass er sich emotional nicht in das Elend dieser Frau reinziehen lassen durfte, wollte er nicht den Überblick verlieren.

Er räusperte sich.

„Hatte Ihr Sohn Feinde? Irgendwen, mit dem er Ärger hatte?“

Ihr kurzes, empörtes Kopfschütteln sagte mehr als tausend Worte.

Fragend sah Berg zu Sartorius, der, für die Frau unmerklich, mit dem Kopf nickte, für Berg hinreichende Bestätigung dafür, dass da wirklich ein guter Junge gestorben war.

Berg wandte sich an den Bruder.

„Hast du eine Idee, wer deinem Bruder so was antun könnte? Hatte er Ärger mit anderen Jugendlichen? Ist er irgendwem auf die Füße getreten?“

„Mein Bruder wurde von allen geachtet. Er war der Stärkste in der Schule und hat mich immer beschützt. Und beim Fußball wollten ihn alle in ihrer Mannschaft haben. Das können Sie natürlich nicht verstehen. Er war einfach klasse und nun lassen Sie mich gefälligst in Ruhe.“

Der Junge sprang auf und ließ sich auch nicht von der Hand der Mutter, die ihn festzuhalten versuchte, aufhalten.

„Kevin“, rief sie ihm hilflos hinterher. Doch der drehte sich nicht um, sondern rannte, immer zwei Stufen gleichzeitig nehmend, eine Treppe hinauf und verabschiedete sich türknallend.

„Ich weiß nicht, was mit ihm los ist, er ist sonst so lieb“, versuchte seine Mutter ihn zu entschuldigen.

Doch das brauchte sie nicht. Berg kannte diese Reaktion von Kindern und Heranwachsenden auf den Tod älterer Geschwister. Der Junge brauchte Zeit und die wollte ihm Berg geben. Auch wenn das gegen die Regeln verstieß.

Denn ihm war schmerzlich bewusst, dass die ersten achtundvierzig Stunden nach dem Dreifachmord unaufhaltsam ihrem Ende entgegentickten. Nach einem Verbrechen waren sie entscheidend für die Ermittlungen. Waren sie rum, wurde die Aufklärung immer zäher, blieb meist im Morast stecken und würde schlimmstenfalls im Sand verlaufen.

Jetzt, an diesem Samstagabend, waren die ersten vierundzwanzig Stunden rum.

Nun blieb ihnen nur noch die Fahrt ins Krankenhaus zu Katharina und Sebastian und zu dessen Eltern. Vielleicht hatten die beiden Jugendlichen inzwischen etwas Wichtiges gesagt und Licht ins Dunkel dieses unfassbaren Massakers gebracht. Doch Chefarzt Dr. Bernhard Kuckartz, der sie in seinem Arztzimmer empfing, enttäuschte sie.

„Wir haben vor ein paar Stunden eine Röntgenaufnahme von Sebastians Schädel gemacht. Gottlob ist die

Verletzung nicht so schlimm wie befürchtet. Er wird keine bleibenden Schäden davontragen."

„Wann können wir denn mit ihm reden? Er ist unser wichtigster Zeuge neben dem Mädchen."

„Ich denke, dass Sie morgen Vormittag kurz mit ihm reden können, jetzt ist es noch zu früh. Er ist auch noch sediert."

„Und Katharina?"

„Da müssen Sie mit Ihrer Frau Kollegin sprechen. Die sitzt schon den ganzen Tag neben ihr am Bett und versucht ihr Glück. Zwischenzeitlich ist Katharina mehrfach aufgewacht, aber sie brach jedesmal in Panik aus."

„Hat sie irgendwas gesagt, was uns weiterhelfen könnte?", bohrte Berg nach.

„Nein, und das wird sie wohl auch nicht so schnell."

Danach hatte Berg Sartorius entlassen. Der war kurz vor dem Umkippen gewesen, das wollte Berg ihm ersparen. Am nächsten Morgen stand die Obduktion an. Auch das war eindeutig zu viel für Sartorius. War auch nicht nötig. Er konnte einen anderen Kollegen mitnehmen, dieser hatte mehr als genug.

Berg hatte so vielen Obduktionen beigewohnt, dass es ihm in der Regel nichts mehr ausmachte. Aber in diesem Fall mit den vielen toten Teenagern war das was anderes. Davor graute selbst ihm. Außerdem war es immer gut, wenn zwei Paar Augen dabei waren.

Anschließend wollte er sich selbst ein Bild von Katharinas Amnesie machen und Sebastian endlich befragen.

Ihm fiel die junge Beamtin ein. Eine Frau in solch einem Job, ne, das passte nicht.

Vielleicht wurde ihr das selbst klar, wenn sie das erste Mal eine Obduktion an Jugendlichen miterlebte.

Kapitel 4

„Dir wurde Gewalt angetan, mein Schatz.“

Mutter hielt meine Hand so fest umschlossen, dass ich dachte, gleich wird sie zerquetscht, während alles in mir zusammenzuckte. Was meinte sie nur damit?

„Was?“, stellte ich hilflos in den Raum.

„Na ja, also, was ich meine, ist ... Ich kann das nicht“, fuhr sie nach einem Moment des Zögerns an die Polizistin gewandt fort.

„Ich weiß, dass das schwer ist, aber wir müssen Katharina befragen, und dann fände ich es besser, wenn Sie als Mutter ...“

Lauter unvollendete Sätze, deren Sinn sich mir völlig entzog.

„Nun gut, wenn es also sein muss.“

Ich sah das Nicken der Polizistin.

Mutter wandte sich mir wieder zu.

„Du wurdest vergewaltigt, mein Schatz.“

Ich entriss ihr meine Hand und zog die Bettdecke bis unter meine Nasenspitze. Ich ertrug den stechenden Blick der Polizistin nicht, die mich keine Sekunde aus den Augen ließ. Sie verharrte seit Stunden auf dem Stuhl rechts von mir. Nur einmal ganz kurz hatte sie ihn verlassen. Das musste auch schon wieder Stunden her sein. Ich hatte jegliches Zeitgefühl verloren. Meine Tage setzten sich zusammen aus Stunden und Sekunden, dazwischen gab es nichts. Ich konnte die Zeit weder halten noch bestimmen, ebenso wenig wie mein Bewusstsein, meine Gedanken. Längst wusste ich nicht mehr, ob Morgen oder Nachmittag war. Ich wusste nur, ob es hell oder dunkel war. Und so ging es mir auch mit meinen Gefühlen.

Langsam sickerten die Worte meiner Mutter in mein Bewusstsein. Vergewaltigung! Ein fremdes Wort, mit dem ich nichts anfangen konnte, das nichts mit mir zu tun hatte.

Wieso sagte meine Mutter so was? Ich verstand das alles nicht.

„Hast du mich gehört, Katharina? Schau mich an", forderte meine Mutter mich nun auf.

Doch was sollte ich sagen, wie reagieren? Vergewaltigt? Ich? Unsinn! Ich schaffte es nicht, sie anzusehen. Zu groß war meine Angst, dass meine Mutter die Wahrheit erkannte, wenn ich ihr jetzt in die Augen schauen würde. Dass ich mit Sebastian geschlafen hatte. Freiwillig, mehr noch, es herausgefordert und gewollt hatte, herbeigesehnt. Tränen schossen mir in die Augen. Ich musste reagieren, etwas sagen, von der Schuld in meinen Augen ablenken.

„Bin ich deshalb im Krankenhaus?"

„Ja, auch deshalb. Hast du Schmerzen?"

Ich durchforstete meinen Körper, doch da war nichts. Ich spürte ihn überhaupt nicht. Das war am erschreckendsten. Bis auf meinen rechten Arm. Der brannte am Ellbogen. Verdutzt schaute ich ihn an. Zerkratzt und zerschunden. Überall blaue Flecken und Risse, die vom Desinfektionsmittel rot ummantelt waren. Ebenso der andere Arm. Erschreckt warf ich die Bettdecke beiseite. Meine Beine sahen nicht viel besser aus.

„Mama, was ist passiert?"

Ich spürte Panik in mir hochsteigen. Konnte mir nicht erklären, wieso ich so zerkratzt war. Ich japste nach Luft, mir wurde der Hals zu eng. Suchte in meinen Erinnerungen nach einer Erklärung dafür. Doch das Einzige, was ich vor Augen hatte, waren die Küsse von Sebastian und sein Eindringen in mich. Das konnte mich doch nicht so verunstaltet haben. Oder war das die Strafe Gottes für mein Nachgeben vor der Ehe? Ich verstand gar nichts mehr.

„Hilf mir, sonst drehe ich durch. Was war los?"

„Alles ist gut, bald kannst du wieder nach Hause. Dann bist du in Sicherheit."

Wieso in Sicherheit? Doch ich hatte nicht die Kraft, zu fragen. Und sehnte mich nach Ruhe, ganz viel Ruhe, um endlich einen klaren Gedanken fassen zu können, herauszufinden, was los war.

Ich schloss meine Augen, um darüber nachzudenken. Raffte meine Gedanken zusammen, versuchte mich zu konzentrieren. Ich hatte mit Sebastian geschlafen. Verzweifelt bemühte ich mich, meine Gefühle wieder aufleben zu lassen. Doch es stellte sich nur noch Scham ein. Ich spürte mein Erröten, ertrug das Gefühl nicht länger und riss die Augen wieder auf.

„Was ist denn nur passiert, Mama?"

Alles war besser, als mich diesen Gefühlen zu stellen.

„Scht, mein Kind, alles ist gut."

Doch das brachte mich nicht weiter. Ich durchforstete mein Hirn erneut auf der Suche nach dem, was danach, nach meinem Erlebnis mit Sebastian, geschehen war. Weshalb ich im Krankenhaus gelandet war.

Eins war ganz klar: Niemals und unter keinen Umständen durfte ich meiner Mutter oder sonst wem davon erzählen, was ich getan hatte. Auch wenn meine Mutter meistens auf meiner Seite stand, so wäre dieses Geheimnis zu groß für sie. Und ich wagte nicht, mir auszumalen, was mein Vater mir dann sagen würde. Sie hatten schon öfter darüber gesprochen, mich in ein evangelisches Internat zu stecken. Das würde ich nicht ertragen. Schon gar nicht mehr jetzt, nachdem ich die Liebe kennengelernt hatte.

Meine Mutter atmete schwer ein.

„Kannst du dich daran erinnern, was du Karfreitag vorhattest?", fragte sie behutsam.

Klar wusste ich das noch. Britta und Anette wollten mich, die Außenseiterin, mit zum Zelten nehmen. Tatsächlich hatten sie mich nur als Alibi gebraucht. Konnte ich das gefahrlos zugeben? Ich nickte.

„Weißt du noch, dass ihr zusammen losgezogen seid?"

Auch in diesem Eingeständnis sah ich keine Gefahr. Wieder nickte ich.

„Kannst du uns erklären, wieso Sebastian und Marc bei euch waren?"

Darum ging es also. Ich beruhigte mich etwas. Dafür konnte ich nichts, das hatten die anderen eingefädelt. Sollten die doch auch solch unangenehme Fragen beantworten. Ich würde meinen Kopf nicht dafür hinhalten, dass die anderen das so eingerichtet hatten. Ich schüttelte den Kopf.

Wieder atmete meine Mutter schwer ein.

„Dann hast du also auch keine Ahnung, was passiert ist, als ihr am See wart?"

Diesmal sagte ich die Wahrheit, als ich den Kopf schüttelte. Was sollte schon passiert sein? Wir waren erwischt worden mit den zwei Jungs. Schlecht, aber keine Katastrophe. Das erklärte aber noch nicht meinen Zustand.

„Was ist passiert, Mama? Wo sind die anderen? Warum fragt ihr die nicht?"

Sollten doch Britta und Anette erklären, wieso Marc und Sebastian plötzlich am See aufgetaucht waren.

„Denen geht es nicht so gut."

„Wie? Was meinst du mit ‚nicht so gut'?"

Wieder das schwere Atemholen.

„Sie sind tot."

„Tot?"

„Ja, tot."

„Wer? Alle?"

Meine Mutter nickte.

„Wer sind alle?" Entsetzen hatte mich gepackt. Es durfte nicht sein, dass Sebastian, meine große Liebe, nicht mehr am Leben war. Ich durfte aber auch nicht durchblicken lassen, wie viel er mir nach diesem Abend bedeutete.

„Alle. Na ja, nicht ganz alle. Sebastian liegt nebenan, auch er wurde schwer verletzt."

Fast wäre ich aus dem Bett gesprungen. Sebastian lag nebenan. Das war die Hauptsache. Erst langsam sickerte die Bedeutung dessen, was meine Mutter gesagt hatte, in mein Hirn.

„Wie ist das passiert? Und wer ist denn nun tot?"

„Anette, Britta und Marc. Was passiert ist, wissen wir noch nicht. Wir hatten gehofft, dass du uns das sagen könntest."

„Wie? Ich? Aber ich weiß doch gar nichts. Und wieso bin ich so zerkratzt? Und du sagst, ich wäre vergewaltigt worden?"

Wieder nickte meine Mutter, was ihr offensichtlich unendlich schwerfiel.

Ich konnte das nicht fassen, es war zu viel. Alle tot bis auf Sebastian und mich. Und ich vergewaltigt. Wie passte das? Ich hatte doch nur gute Erinnerungen an den Abend. Also bis auf das Ins-Wasser-Werfen. Aber das hatte sich ja als Glücksfall erwiesen. Ich verstand die Welt nicht mehr.

Nun warf meine Mutter der Polizistin einen fragenden Blick zu.

„Wir müssen dich schonen, Katharina. Mir ist klar, dass das alles ein Schock für dich sein muss. Bevor wir dir mehr erzählen, holen wir einen Arzt, einver-standen?"

Das machte mir noch mehr Angst. Wieso wollten die einen Arzt dabeihaben, wenn sie mir erzählten, was passiert war? Ich verstand die Welt absolut nicht mehr. Was war nur geschehen?

Dr. Hermann Betten nahm meine Hand wie zuvor meine Mutter in seine beiden und umschloss sie, als könnte sie sonst wegfliegen. Er hatte alle anderen aus dem Zimmer geschickt. Meine Mutter war nur widerwillig gegangen, doch der alte Arzt hatte sich nicht erweichen lassen.

„Du brauchst keine Angst zu haben. Und vor allem kannst du mir alles erzählen. Du weißt doch, dass Ärzte der Schweigepflicht unterliegen? Weißt du, was das bedeutet?"

Ich schüttelte den Kopf.

„Das bedeutet, dass ich niemandem auf der ganzen Welt erzählen darf, was du mir sagst. Auch nicht deinen Eltern. Deswegen habe ich alle rausgeschickt."

Stand mir die Wahrheit so deutlich ins Gesicht geschrieben?

„Also, nun erzähl mir doch mal in aller Ruhe, an was du dich erinnerst."

Ich zuckte die Schultern, war mir völlig unsicher, wie viel ich ihm anvertrauen konnte und musste.

„Fangen wir ganz vorn an. Weißt du, wie du heißt?"

Die Frage entlockte mir ein unangebrachtes Kichern. Ich wusste nicht, woher es kam. War es eine Reaktion auf die Angst? Keine Ahnung. Errötend ob dieser Peinlichkeit nickte ich.

„Kanntest du die Frau, die eben an deinem Bett saß?"

Ich musste noch lauter kichern. Welch komische Fragen. „Natürlich, das war doch meine Mutter."

„Das ist doch schon mal hervorragend. Dann weißt du doch auch bestimmt, was wir heute für einen Tag haben."

Ich erstarrte. Natürlich konnte ich mich erinnern, dass wir Karfreitag zelten wollten, aber welcher Tag heute war? Ich schüttelte verwirrt den Kopf und fing an zu japsen.

„Ganz ruhig, mein Kind, ganz ruhig. An welchen Tag erinnerst du dich denn?"

Konnte ich zu viel verraten, wenn ich die Wahrheit sagte? Ich glaubte nicht.

„Karfreitag", murmelte ich.

„Na also, Karfreitag war vorgestern." Er strahlte mich an, als hätte ich gerade eine kubische Gleichung gelöst.

„Und weißt du auch noch, was du am Karfreitag alles gemacht hast?“

Ich dachte scharf nach. Mir drohte kein Ärger, wenn ich von unserem Plan, zu zelten, berichtete. Auch konnte ich wohl zugeben, dass Sebastian und Marc plötzlich aufgetaucht waren und wir gemeinsam unsere Zelte aufgebaut hatten. Schließlich wussten alle, dass die beiden ebenfalls am Totenmaar gewesen waren. Das erzählte ich also Dr. Betten. Wohlweislich ließ ich meine Erzählung enden, als es um das unfreiwillige Bad ging. Zu dicht käme ich an den Teil der Geschichte, den ich niemals preisgeben durfte.

„Und weiter?“, hakte er sofort nach.

Das fragte ich mich auch, verzweifelt auf der Suche nach einer Erinnerung, die wieder harmlos war. Irgendetwas, das ich bekennen konnte. Was war passiert, nachdem ich mit Sebastian geschlafen hatte? Doch ich landete immer wieder an dieser Stelle.

Aus diesen Gedanken riss mich der Arzt mit seiner nächsten Frage.

„Wann genau endet deine Erinnerung?“

Panisch überlegte ich, was ich zugeben konnte und was ich wirklich noch wusste. Alles verschwamm zu einer einzigen Lüge.

„Mit dem Aufbauen der Zelte.“

Ich hatte den Satz noch nicht ausgesprochen, da wusste ich, dass ich von nun an dabei bleiben musste, auf diese Behauptung festgenagelt war, ihr nicht mehr entkommen konnte, egal, was geschah.

Doch plötzlich fiel mir ein, dass Sebastian ihnen vielleicht die Wahrheit erzählte. Würde er das tun? Ich konnte es mir nicht vorstellen. Außerdem war es schließlich keine Lüge, wenn man nicht mehr wusste, was passiert war. Nur dass ich das Ende meiner Erinnerung etwas vorzog.

Und dann brach die Erkenntnis über mich herein, das, was meine Mutter gesagt hatte. Bisher hatte mein Hirn den Zugang zu diesen Worten verweigert. Britta, Anette und Marc tot. Wie konnte das geschehen sein?

„Bitte sagen Sie mir endlich, was am See passiert ist! Wieso bin ich so zerkratzt und was ist mit Sebastian? Die anderen sind tot? Ist ein Unglück passiert? Sind sie ertrunken?"

Ich japste wieder nach Luft. Wurde von meiner eigenen Erinnerung an die Angst zu ertrinken, als mich die beiden Jungs ins Wasser geworfen hatten, überrollt.

Das war die Antwort. Sie waren alle ertrunken, während ich mit Sebastian unterwegs war. Etwas anderes war undenkbar. Deshalb endete meine Erinnerung auch kurz vor der Rückkehr zum See.

Aber wie kamen sie darauf, dass ich vergewaltigt worden wäre? Weil ich so zerkratzt war? Dachten sie vielleicht, dass Sebastian mich gegen meinen Willen genommen hatte? Schließlich hatte ich mit sonst niemandem Geschlechtsverkehr gehabt. Alles war ein riesengroßer Irrtum.

Oh Gott, würden sie jetzt Sebastian verhaften, weil sie das dachten? Ich schnappte wieder nach Luft, wusste, ich müsste eigentlich zugeben, dass ich das freiwillig gemacht hatte. Doch dazu fehlte mir der Mut.

Dr. Betten sah mich einen Moment kritisch an, während er mich meiner Gedankenflut überließ. Bisher war sein Blick immer wohlwollend gewesen.

Hatte er meine Lüge durchschaut? Hatte ich mit meiner Vermutung ins Schwarze getroffen?

Schließlich schüttelte er den Kopf.

„Nein, ihr seid überfallen worden."

„Was ist geschehen?" Ich fiel aus allen Wolken.

„Ja, ihr seid angegriffen worden von jemandem, den die Polizei noch nicht ermittelt hat. Fällt dir irgendwas dazu ein?"

Noch immer fassungslos schüttelte ich den Kopf.

„Man vermutet, dass der Täter dich auch vergewaltigt hat."

Also nicht Sebastian, auf ihn und unser Zusammensein waren sie nicht gekommen. Offenbar hatte auch er nichts erzählt.

Doch jetzt trat der Schock ein. Ich, vergewaltigt von einem Fremden. Und das Schlimmste, ich konnte mich noch nicht einmal daran erinnern.

„Aber wieso weiß ich gar nichts mehr davon?", stammelte ich hilflos.

„Das kommt vor, wenn man etwas ganz Schlimmes erlebt, das man nicht wahrhaben will und das der Geist einfach nicht erträgt. Dann zieht er sich zurück. Verstehst du das?"

Ich schüttelte den Kopf, war zu verwirrt, um einfache Worte zu finden.

„Aber ich müsste doch noch irgendwas davon wissen", hakte ich hilflos nach.

Was war alles mit mir geschehen, ohne dass ich es wusste? Das erschreckte mich am allermeisten. Ich dachte an meine zerkratzten Arme und Beine.

„Nein, leider nicht. Ich fürchte, du hast eine dissoziative Amnesie. Dabei kommt es zu ausgestanzten

Erinnerungslücken, die sich meist auf peinliche, erschütternde oder traumatisierende Ereignisse beziehen. So kann sich der Betroffene nach Unfällen, nachdem er gedemütigt oder misshandelt wurde, nachdem er Opfer einer Straftat geworden ist oder selbst etwas Verbotenes getan hat, nicht mehr an den Hergang der Ereignisse erinnern. Oder er vergisst das, was geschehen ist, komplett. Oder es entstehen Erinnerungsverfälschungen. Auch das ist möglich. Da müssen wir ganz vorsichtig sein. Dabei kann man sich zwar an das Ereignis erinnern, aber die Details dieser Erinnerung sind stark subjektiv verzerrt, wie die Deutung des Erlebten insgesamt. Soll heißen, dass dir dein Gehirn etwas völlig Falsches vorspielt, du dich an etwas anderes erinnerst, als du tatsächlich erlebt hast, oder deine Fantasie dir einen Streich spielt und etwas völlig Neues erfindet, um die Lücke zu füllen. Wir müssen also ganz langsam und vorsichtig versuchen herauszufinden, was du wirklich noch weißt."

„Ja, aber was mach ich denn jetzt? Ich muss doch wissen, was war. Wie soll ich denn so ahnungslos weiterleben?"

„Keine Aufregung, die Erinnerung kommt fast immer wieder, es ist meist nur eine Frage des Wann."

Als ob mich das hätte beruhigen können.

„Ich muss jetzt wissen, was los ist, nicht erst wenn ich alt und grau bin", schob ich verzweifelt hinterher.

Dr. Betten grinste.

„Davon bist du ja noch ein paar Jahrzehnte entfernt. Also keine Panik. Aber Spaß beiseite. Es ist für deine Form der Amnesie völlig normal, dass du auch durch intensives Nachdenken deine Erinnerung nicht herbeizwingen kannst. Aber die jetzt verschwundenen Erinnerungen kommen fast immer wieder, häufig dann, wenn du in eine ähnliche Situation gerätst wie bei dem Erlebnis, das du verdrängt hast. Oder irgendetwas erinnert dich ganz plötzlich an das Geschehen. Das sind sogenannte Trigger, Auslöser. Die können dich in die Szenen zurückversetzen, die du verdrängt hast, und plötzlich steckst du mittendrin in dem verdrängten Erlebnis. Das heißt dann Flashback. Hast du das alles verstanden?"

Hilflos starrte ich Dr. Betten an. Ich verstand kein Wort, aber das, was ich in Bruchstücken kapierte, machte mir höllisch Angst.

Doch plötzlich sickerte eines der Wörter, die Dr. Betten benutzt hatte, in mein Bewusstsein zurück.

„Was haben Sie da eben von Erinnerungsverfälschungen gesagt?"

„Kannst du dich doch an etwas erinnern?", hakte er sofort mit ernstem Blick nach.

Ich schüttelte meinen Kopf viel zu stark, um authentisch zu wirken.

Ob er mir glaubte oder nicht, er ließ sich jedenfalls nichts anmerken.

„Das kann ebenfalls bei einer Amnesie passieren. Dann kommt man mit den Lücken im Gedächtnis nicht klar und schafft sich eine neue Erinnerung. Das passiert unabsichtlich. Das unterscheidet sich von der bewussten Lüge dadurch, dass die sich erinnernde Person ihre Aussage selbst für richtig hält. Sie also nicht lügt."

„Ich versteh das nicht. Soll das heißen, dass ich mir was einbilde, wenn ich mich an was erinnere?"

„Das kann sein, muss aber nicht. Kommt ganz drauf an."

„Worauf denn?"

Ich hatte das Gefühl, den Boden unter den Füßen zu verlieren.

„Wie gut man mit den Erinnerungslücken klarkommt. Oder auch mit den Erinnerungen. Oder auch mit dem, was man ahnt, aber nicht wahrhaben will."

„Heißt das, dass wenn ich mich endlich wieder erinnere, die Erinnerung auch falsch sein kann, weil sie sonst zu schlimm für mich wäre? Wollen Sie das damit sagen?"

Er nickte.

Ich traute mich nicht, weiterzufragen. Zu groß war meine Angst, an den wunden Punkt zu kommen, mich zu verraten.

Denn nun stand ich vor der Frage, ob meine Erinnerung an Sebastian vielleicht falsch war. Ob mein Hirn es nicht ertragen hatte, dass mich ein wildfremder Mann vergewaltigte, und ich deshalb in den Glauben oder vielmehr in die Hoffnung geflüchtet war, Sebastian hätte mich entjungfert.

Was stimmte nun und was war falsch? Ich versuchte mein Gehirn zu Höchstleistungen zu zwingen, ihm abzuringen, was geschehen war, nachdem ich mit Sebastian zusammen gewesen war – oder eben nicht. Was danach passierte. Was überhaupt passiert war. Vielleicht konnte ich daran die Wahrheit ablesen.

Oder ich fragte Sebastian. Doch den Gedanken schob ich sofort weit von mir. Das hätte ich mich nie getraut. Wie peinlich, wenn wir nicht miteinander geschlafen hätten und ich fragte ihn so was. Schon bei der bloßen

Vorstellung öffnete sich der Boden unter mir und ich versank darin. Unmöglich.

Andererseits, was konnte schlimmer sein, als nicht zu wissen, ob man von dem Jungen, den man liebte und verehrte, entjungfert worden oder von einem Fremden, vielleicht widerlichen Fettsack, vergewaltigt worden war?

Kapitel 5

Janna saß ganz hinten in der Reihe der Ermittler aus der Mordkommission „Totenmaar“. Viel zu spät hatte sie sich von dem geschundenen und vergewaltigten Teenager gelöst und war unter Missachtung sämtlicher Geschwindigkeitsbeschränkungen ins Revier nach Daun gerast, um noch halbwegs pünktlich zur Morgenbesprechung zu erscheinen. Inzwischen war Ostersonntag und die ersten vierundzwanzig Stunden seit dem Mord waren längst rum. Die Besprechung am gestrigen Abend hatte sie versäumt.

Katharina Zamanka war aus ihrer Betäubung erwacht und musste befragt werden. Doch das hatte nichts gebracht, sie konnte sich an nichts erinnern.

Chefarzt Dr. Bernhard Kuckartz hatte sofort den Psychologen der Klink, Dr. Herrmann Betten, hinzugezogen, als ihm Janna von Katharinas Gedächtnisverlust berichtet hatte. Der hatte sie in sein Zimmer gerufen, nachdem er Katharina über eine Stunde lang untersucht und befragt hatte.

„Ich fürchte, Fräulein Zamanka leidet an einer psychogenen situationsspezifischen Amnesie, die auf das traumatische Erlebnis am See, insbesondere wohl auch die Vergewaltigung, zurückgeführt werden muss.“

„Soll heißen?“, hakte Janna nach.

„Sie kann sich an nichts von dem erinnern, was am See geschah.“

„An gar nichts? Ist das wirklich alles komplett weg?“

„Das kann ich noch nicht beurteilen. Dazu brauche ich mehr Zeit.“

„Wie lange? Und bleibt das so?“

„Diese Frage ist nicht klar zu beantworten. Die Reichweite eines Gedächtnisverlustes ist sehr unterschiedlich. Häufig erholen sich diese Patienten wieder“, führte der Psychologe aus.

Er habe aber auch Patienten erlebt, deren Erinnerungen nach zwei Jahrzehnten noch nicht zurückgekehrt waren.

„Kann man denn gar nichts machen, um diese Erinnerungen wieder hervorzuholen? Wir sind dringend auf ihre Aussage angewiesen.“

„Schwierig. Dazu muss man die Ursachen verstehen. Warum psychogene Amnesien auftreten, ist noch nicht endgültig geklärt. Charakteristisch für diese Form der dissoziativen Amnesie ist, dass bewertete und sinnvolle Informationen im Großhirn kaum bis gar nicht vorhanden sind und auch noch so starkes Nachdenken auf Verstandesebene nichts zu Tage fördern kann. Wer von dissoziativer Amnesie betroffen ist, der weiß oft nicht einmal von der Existenz des Traumas; wegen der fehlenden Hinweise hat er auch kaum eine Chance, von allein darauf zu kommen.“

Er schüttelte betroffen den Kopf.

„Aber wenn die Trauma-Informationen der impliziten Gedächtnisse aufgrund des Triggers wieder aktiviert werden, dann geschieht dies häufig nur selektiv. Oft wird nur das implizite Gedächtnis für Gerüche oder nur das für Bilder oder nur das für Töne angesprochen. Wenn es beispielsweise nur die Körperwahrnehmung wie den Tastsinn und das Körperwahrnehmungsgefühl betrifft, wird dies auch ‚Körpererinnerung‘ genannt. Das erklärt den vollkommen anderen Charakter von Trauma-Erinnerungen, der sich von der gewöhnlichen Alltags-Erinnerung drastisch unterscheidet. Was wir wissen, ist, dass für manche Menschen die Erinnerung an Erlebtes so schmerzhaft ist, dass sie diese stoppen, wenn sie anfangen, ihr Gedächtnis zurück-zugewinnen. Sie denken einfach stattdessen an etwas anderes und weichen so den schmerzlichen Erinnerungen aus. Das ist natürlich kein bewusster Vorgang. In ausgeprägten Fällen wird die Erinnerung so früh ‚ausgeschaltet', dass das Wissen um einen bestimmten Sachverhalt der bewussten Wahrnehmung überhaupt nicht mehr zugänglich ist. Schließlich wird noch nicht einmal wahrgenommen, dass da etwas fehlt in dem ‚Buch der Erinnerung' eines Menschen. Das Ausradieren wird dabei in einigen Fällen so umfassend vorgenommen, dass nicht nur die Erinnerung an das schmerzliche Erlebnis, sondern auch an alle anderen Ereignisse der Lebensphase, in der das Schlimme geschah, nicht mehr zugänglich sind. Das kann so weit gehen, dass ganze Lebensjahre aus dem Gedächtnis einer Person gestrichen werden."

Er schüttelte erneut den Kopf.

„Ein solches, um wesentliche Teile seiner Geschichte beschnittenes Leben, verarmt in vielerlei Hinsicht. Andererseits, kann man denn einem geschändeten und gequälten Menschenwesen wirklich wünschen, dass es sich an die Gräuel erinnert? Gottlob muss ich das nicht entscheiden."

„Aber wir müssen wissen, was am See geschah, sie ist zurzeit unsere einzige Zeugin."

Hilflos zog Dr. Betten die Schultern hoch.

„Im Moment können wir da gar nichts tun, bedaure."

„Aber es muss doch eine Möglichkeit geben, wie man die Erinnerung wieder freilegen kann."

„Sie kommt fast immer irgendwann wieder zurück. Der Weg dahin ist allerdings schwer und schnell geht es schon gar nicht. Natürlich gibt es auch Fälle, in denen schlagartig die Erinnerung zurückkehrt. Oder dass in Situationen, die Ähnlichkeiten zu der unter-drückten Vergangenheit aufweisen, die Erinnerungen plötzlich wieder auftauchen. Dies geschieht meist bruchstückhaft und führt nicht selten zu großer Verwirrung und enormen Ängsten. Erzwingen können wir das alles jedoch nicht."

Konzentriert lauschte Janna den Ausführungen des Erkennungsdienstlers Helge Reuter. Nichts hatten sie gefunden, absolut nichts. Oder besser gesagt: zu viel. Überall war Blut verspritzt gewesen und es gab Fußabdrücke noch und nöcher. Doch unter ihnen befand sich kein Hinweis auf einen möglichen Täter. Selbst wenn auch er geblutet hatte, wie nach solch einem Angriff zu erwarten, wäre es ungeheuer schwer, sein Blut unter den vielen anderen Blutspuren zu entdecken. Auch von der Tatwaffe fehlte weiterhin jede Spur. Reuter ging davon aus, dass alles im See gelandet war. Und der war tief.

Es war, als wäre ein Phantom, ein Teufel in Menschengestalt, dem Himmel oder der Hölle entstiegen und genau so wieder verschwunden.

Alle waren frustriert.

Anschließend berichtete Berg von den Besuchen bei den Angehörigen und den Informationen der Ärzte.

„Sebastian ist am wenigsten verletzt, bis auf die üblen Schläge auf den Kopf. Die Ärzte dachten zunächst, es wäre schlimmer, weil auch er voller Blut war. Aber das meiste davon stammte wohl von Britta, auf der er lag. Zumindest ist es ihre Blutgruppe. Aber auch Blut-spritzer mit den Blutgruppen der anderen beiden Toten haben wir auf ihm gefunden. Aus meiner Sicht kann man das mit der Auffindesituation erklären. Schließlich lag er nicht nur auf Britta, sondern auch auf dem Zelt. Morgen können wir mit ihm sprechen, dann wissen wir mehr."

Gemurmel ging durch den Raum.

„Wie sich herausgestellt hat, könnten wir einen Verdächtigen haben. Na ja, es ist nur eine Möglichkeit, aber immerhin. Ein Kollege des Vaters der getöteten Britta wollte sie vor knapp einem Jahr angeblich vergewaltigen. Eine zufällig vorbeikommende Streifenwagenbesatzung in Trier konnte das wohl gerade noch verhindern. Sagen die Eltern. Zu einer Anklage ist es nicht gekommen. Wegen des Vorfalls sind die Eltern mit ihrer Tochter hierhergezogen. Sie haben sich eingebildet, dass es hier sicherer wäre für das Mädchen."

Das Gemurmel machte auf der Stelle einem betroffenen Schweigen Platz.

„Andreas Meiser, so heißt er, lebt noch in Trier. Er muss dringend vernommen werden. Also fahre ich nach dieser Besprechung direkt nach Trier zur Obduktion und anschließend knöpfe ich mir diesen Andreas Meiser vor. Bis dahin brauche ich seine aktuelle Adresse. Kollege Fischer, bitte besorgen Sie mir die. Fräulein Habena, Sie begleiten mich. Helge, du kommst wieder mit zum Fotografieren der Obduktion."

Janna schreckte hoch. Hatte sie da tatsächlich ihren Namen gehört?

Verdutzt sah sie den Ermittlungsleiter Berg an.

Wenigstens der Himmel hatte ein Einsehen. Sommerwetter und solch ein Drama passten einfach nicht zusammen. Es schüttete inzwischen in Strömen. Das machte die Suche nach Indizien am Tatort allerdings so gut wie unmöglich. Nur die Taucher waren laut Berg noch immer im Maar auf der Suche.

Mit seinen knapp achteinhalbtausend Einwohnern war Daun zu klein, um ein eigenes Leichenschauhaus zu besitzen. Deshalb waren die Leichen nach Trier in die Gerichtsmedizin gebracht worden.

Sie brauchten knapp eine Stunde, um von Daun dorthin zu fahren. Von den sonnigen und heißen Tagen vor Ostern war der Straßenbelag noch so warm, dass kleine Dampfwolken aufstiegen und die Sichtweite stellenweise auf unter fünfzig Meter reduzierten. Nebel hing wie Rauch über den Feldern und Wäldern. Das hielt Berg aber nicht von einem hohen Fahrtempo ab. Reuter folgte nicht langsamer in einem weiteren Dienstwagen.

Die Aufzugtür öffnete sich im zweiten Stockwerk des Krankenhauses der Barmherzigen Brüder, wo sich die Prosektur befand. Sie betraten einen weiß gekachelten Korridor, der an ein Schlachthaus erinnerte, und passierten eine Schwingtür mit der Aufschrift: Zutritt nur für Mitarbeiter des pathologischen Instituts. Dahinter zog sich ein langer Gang an Dutzenden offenen Türen vorbei, die in unbeleuchtete Räume führten. In einem mit Licht saß am Schreibtisch eine Sekretärin, die offensichtlich kurz vor der Pensionierung stand. Ihr Gesicht und ihre Haare waren so grau, wie der Fußboden gefliest war.

„Hallo Helmuth."

„Hallo Bertha. Hat Ihr Chef schon losgelegt?"

„Nein, er ist eben erst aus Homburg angekommen. Dort gab es wohl auch einen kleinen Mord. Natürlich hat er auf Sie gewartet. Er weiß doch, wie gerne Sie Blut sehen", schickte sie kichernd hinterher.

Janna schluckte. Auch wenn dies nicht ihre erste Obduktion war, so legte sie keinen gesteigerten Wert auf ihre Anwesenheit hier. Und überhaupt nicht nachvollziehen konnte sie, was daran zum Kichern sein sollte.

„Staatsanwalt Bergschmidt ist noch nicht da. Er lässt sich entschuldigen, er hat noch einen wichtigen Termin vor Gericht wahrzunehmen. Anschließend kommt er."

„Ja, ja, er drückt sich wieder, der gute Schmidt vom Berg. Kennen wir doch schon", erwiderte Berg nun ebenfalls kichernd.

„Gehen Sie rein, der Chef wartet schon."

Berg nickte und Janna und Helge Reuter folgten ihm wieder in den Gang. Nach dem Passieren einer weiteren Schwingtür umfing sie der medizinische Geruch nach Formalin und Alkohol. Aber auch der süßliche Gestank nach Tod umhüllte sie mit eisiger Hand.

Jannas Schultern verspannten sich, als sie die Stahltür direkt vor sich sah. Das Schild „Autopsiebereich" brauchte sie nicht erst zu lesen, um zu wissen, was sie dahinter erwartete.

Auch hier waren die Wände weiß gekachelt und der Boden war grau gefliest. Vier lange Stahltische standen parallel mitten im Raum. Jeder hatte an einem Ende ein Waschbecken mit Wasserhahn und Duschvorrichtung und einem Loch als Abfluss. Neben dem letzten Tisch am hinteren Ende des Raumes stand ein Edelstahlrollwagen. Auf ihm entdeckte Janna Sägen, Meißel, Messer und Behälter in verschiedenen Größen. Die waren wohl zur Aufnahme von Organen und Körperflüssigkeiten der Leichen gedacht. Ihr schauderte.

An der Fensterseite mit Milchglasscheiben war eine lange Arbeitsplatte angebracht, auf der eine übergroße altmodische Waage stand. Auf einem Rollschreibtischstuhl rechts neben der Waage saß Dr. Wolfgang Heimann und diktierte in sein Handdiktiergerät. Er musste laut sprechen, weil die übergroße Dunstabzugshaube über den Tischen einen Höllenlärm machte. Warum sie bereits lief, obwohl noch keine Leichen im Raum waren, verstand Janna nicht.

Erschreckt fuhr er herum, als Berg ihm die Hand auf die Schulter legte.

„Keine Sorge, Doc, ich bin's nur, keine wandelnden Leichen."

„Na endlich, dann können wir ja anfangen. Dachte schon, Sie kämen gar nicht mehr."

Er griff nach dem Telefonhörer neben sich und wies einen „Karl" an, die erste Leiche vom Totenmaar zu bringen.

„Ich habe gestern, gleich nachdem die Leichen eingeliefert wurden, die Restkörpertemperatur gemessen. Die lag um zwölf Uhr mittags bei den drei Opfern zwischen zweiundzwanzig und vierundzwanzig Grad. Da es allerdings sehr kalt war, könnte sich das Abkühlen ein wenig beschleunigt haben. Andererseits waren Anette Dobrindt und Marc Exner teilweise durch das Zelt und eine Wolldecke abgedeckt. Britta Niemeyer dagegen lag fast nackt, zumindest mit dem Genitalbereich, im Freien. Bei ihr habe ich auch mit zwanzig Grad die niedrigste Temperatur festgestellt. Ich gehe also davon aus, dass sie frühestens um Mitternacht, spätestens gegen drei Uhr morgens in der Nacht auf Samstag gestorben sind. Das Ergebnis passt zu meinen Feststellungen bezüglich der Totenflecken und der Totenstarre. Ich denke also, dass wir damit in etwa einschätzen können, wann die Morde verübt wurden."

Eine Tür hinter Janna wurde geöffnet und ein mittelalter Mann mit einem Kopf wie ein Totenschädel betrat, eine Bahre vor sich herschiebend, den Raum.

Natürlich hatte sie gewusst, was sie erwartete, und natürlich hatte sie die Leichen bereits gesehen. Doch dieser Moment in dieser sterilen Umgebung erschütterte Janna mehr, als sie sich eingestehen wollte.

Dr. Heimann zog sich einen Kittel über und die Brille ab, die er wohl nur zum Lesen benötigte. Langsam trat er an die Rollbahre, die sein Mitarbeiter parallel zu dem Stahltisch am Ende des Raumes gestellt hatte. Beide zogen sich Latexhandschuhe über. Mit der Selbst-verständlichkeit langjähriger Übung gingen sie wortlos an die beiden Enden der Bahre, schnappten sich die Leiche mitsamt dem sie bedeckenden Tuch und wuchteten sie auf den Stahltisch.

Der Erkennungsdienstler Reuter brachte sich mit seiner Kamera seitlich des Obduktionstisches in Position und fing an, zu fotografieren. Janna hielt gebührenden Abstand.

Der Totenkopfmann schob die nun leere Rollbahre in eine Ecke und verschwand wieder. Berg trat ebenfalls an den Stahltisch und winkte Janna neben sich.

Dr. Heimann zog seinen Mundschutz, der ihm zuvor um den Hals gebaumelt hatte, vor seinen Mund hoch. Fast andächtig zupfte er das Laken zurück und entblößte einen zerschmetterten Kopf mit einer leeren, blutigen Augenhöhle. Er schritt, das Laken hinter sich herziehend, ans Fußende des Tisches und schaute auf ein Schild, das vom großen Zeh des rechten Fußes baumelte.

„Bei der weiblichen Leiche handelt es sich um Britta Niemeyer, fünfzehn Jahre alt, tot aufgefunden am 21. April 1984 am Weinfelder Maar bei Daun. Ich beginne mit der äußeren Untersuchung“, sprach er in sein Taschendiktiergerät, das er schon bei ihrem Eintreffen benutzt hatte.

„Die weibliche Tote ist einszweiundsechzig groß und wiegt zweiundfünfzig Kilo“, ging es weiter nach Vermessung der Scheitel-Fuss-Länge und dem Verwiegen der Leiche.

„Der Habitus ist athletisch und der Ernährungs-zustand gut. Die Hautfarbe ist unauffällig und es sind keine Hautveränderungen erkennbar. Lediglich eine chirurgische Appendektomienarbe ist feststellbar.“

Es folgte das Vermessen der Einstichstellen und Verletzungen, was wegen ihrer Vielzahl eine halbe Stunde in Anspruch nahm.

Anschließend öffnete er die Leiche mit dem Kragenschnitt, der unterhalb des Schlüsselbeins von einer Schulter zur andern geführt wurde. Es folgte das Präparieren der Halshaut von der Grube zwischen den Schlüsselbeinen über den Kehlkopf bis an die Mundbodenmuskulatur. Das alles hatte Janna schon miterlebt. Auch wenn sie den Anblick nur schwer ertrug, so schaute sie nicht einen Moment weg, denn sie spürte die ganze Zeit den forschenden Blick von Berg auf sich. Wahrscheinlich wartete der nur darauf, dass ihr übel wurde und sie umkippte. Den Gefallen würde sie ihm nicht tun.

Als Nächstes schnitt Dr. Heimann in der Medianlinie über das Brustbein um den Nabel herum bis zum Schambein hinunter den gesamten Rumpf des Mädchens auf, bis der Körper von einem großen Y gezeichnet war. Jetzt kam der schlimmste Teil, fand Janna, als Dr. Heimann mit einer Rippenschere die Rippen durchtrennte und nach außen klappte. Als dann noch das leise Summen der Oszillationssäge erklang, musste sie sich gedanklich ausklinken, sonst hätte sie das nicht ausgehalten. Das funktionierte bei ihr immer. Sie dachte sich weg, ließ Bilder aus einer anderen Zeit, einer besseren Zeit, vor ihrem inneren Auge abspielen. So überstand sie auch die restliche Stunde. Sie tauchte erst wieder aus ihrem geheimen Raum auf, als Dr. Heimann die Untersuchung für beendet erklärte.

„Also, wir haben kein Sperma und keine Spuren von Gewaltanwendung an den Geschlechtsorganen des toten Mädchens gefunden“, stellte Dr. Heimann fest.

„Gestorben ist sie an schwersten Hirnverletzungen, beigebracht durch die vielen Schläge ins Gesicht. Letztendlich wären auch die Messerstiche in ihren Rumpf tödlich gewesen, aber die Wunden am Kopf führten schneller zum Tod. Da muss jemand mit einem stumpfen Gegenstand wie verrückt auf sie eingeschlagen haben. Ich vermute aufgrund der Verletzungen und des Blutaustritts, dass ihr die Augenverletzung kurz vor ihrem Tod beigebracht wurde. Das arme Mädchen, aber sie wird davon nicht mehr viel gespürt haben“, schloss er seine Zusammenfassung.

Die anderen Obduktionen verliefen nach dem gleichen Schema. Auch Anette war nicht vergewaltigt worden, sie war an inneren Blutungen gestorben, die durch die unzähligen Messerstiche in ihren Oberbauch ausgelöst worden waren.

Marc hatte man den Schädel zertrümmert und das Gesicht zerschlagen. Deswegen hatte er eigenes Blut absorbiert und war daran erstickt.

Nach drei Stunden verließen sie das Gerichtsmedizinische Institut wieder. Berg hatte von dort aus in der Einsatzstelle angerufen und sich die Adresse von Andreas Meiser, dem Mann, der Britta in Trier bedrängt hatte, geben lassen. Nun waren sie auf dem Weg zu ihm.

„Mal schauen, ob wir den Typen antreffen. Ich kann mir zwar nicht vorstellen, wie der von dem Zelten am Totenmaar erfahren haben sollte, aber man weiß ja nie“, meinte Berg. Janna widersprach ihm nicht.

„Ich verstehe nicht, dass Britta mit nacktem Unterkörper gefunden und trotzdem nicht vergewaltigt wurde. Warum hat der Täter die Gelegenheit nicht genutzt? Offenbar hatte er es doch vor, sonst hätte er ihr nicht Jeans und Slip runtergezogen“, stellte Berg während der Fahrt in den Raum.

„Vielleicht hatte der Täter dann doch genug, nachdem er Katharina vergewaltigt hatte, oder er wurde von Sebastian gestört“, argumentierte Janna.

Doch so richtig zufrieden war sie mit ihrer Antwort nicht. Der Täter hatte alles darangesetzt, Britta zu entblößen, und dann einfach aufgehört? Das passte nicht.

„Nein, ich denke, er wurde gestört“, verbesserte sie sich selbst und begründete die Annahme mit ihrer Überlegung.

Bedächtig nickte Berg. „Da ist was dran. Aber wir müssen wohl erst mehr rauskriegen, um es genau zu wissen.“

Die Adresse von Meiser befand sich in Trier-West/Pallien. Nicht die beste Gegend, wie Berg konstatierte. Er wies Janna auf die vielen ehemaligen Kasernen am Straßenrand hin.

„Die sind alle in Sozialwohnungen umgewandelt worden und nun wohnen hier hauptsächlich Sozialhilfeempfänger. Wenn Meiser hier wohnt, dann ist er aber ganz schön abgestiegen, seit er im Ministerium gearbeitet hat.“

Vor einer dieser umgebauten Kasernen aus rotem Backstein parkten sie.

Die Haustür war nur angelehnt. Wie Janna feststellte, ließ sie sich nicht mehr ganz schließen. Das war gut, so konnten sie direkt bis vor die Wohnungstür von Meiser gelangen, ohne klingeln zu müssen.

Sie mussten allerdings mehrfach lautstark an die Wohnungstür klopfen, nachdem sie seinen Namen, lieblos auf einen Klebezettel geschmiert und auf den Kunststoff der Tür geklebt, entdeckt hatten, bevor die Tür knarrend einen Spaltbreit geöffnet wurde. Vor ihnen stand ein ungeduschter Mann Ende dreißig mit Fünftagebart und einer Alkoholfahne, die Janna benebelte. Ob er tatsächlich so alt war, wie er aussah, konnte Janna nicht ausmachen. Nach der Erzählung ihres

Chefs hatte sie einen deutlich jüngeren und attraktiveren Mann erwartet. Er trug eine ungewaschene Jogginghose zu einem fleckigen weißen Doppelrippunterhemd. Aus seinen Badelatschen lugten geschwollene Zehen mit dicken gelben Nägeln heraus, ein Anblick, der Janna würgen ließ.

Er hatte gleichzeitig etwas Lauerndes und Ängstliches an sich. Janna fühlte sich an eine Hyäne erinnert. Wenn sie nicht genau aufpassten, würde er sich auf sie stürzen, da war sie sich sicher. Berg allerdings schien er nicht zu beeindrucken.

„Können wir kurz reinkommen?"

„Wer will das wissen?", knurrte die Hyäne.

„Berg, Kriminalhauptkommissar von der Kripo Trier, und Janna Habena, Kriminalmeisterin."

„Kripo? Was wollen Sie mir denn jetzt wieder unterjubeln?"

„Wir wollen Ihnen nur ein paar Fragen stellen. Ganz kurz und zackig und dann verschwinden wir wieder."

Der Mann machte keine Anstalten, die Tür weiter zu öffnen.

„Ich kenne meine Rechte, ich muss Sie nur mit einem Durchsuchungsbefehl in meine Wohnung lassen. Warum sollte ich Sie also reinlassen?"

„Weil wir freundlich gefragt haben. Aber wir müssen das Ganze nicht hier besprechen, wenn Sie das nicht wollen. Ich schlage vor, Sie ziehen sich an und dann fahren wir gemeinsam zur Dienststelle."

Nach einem Moment, in dem sich Meisers Stirn verzog, als müsse er scharf nachdenken, nickte er.

„Na schön, was soll's. Aber treten Sie die Füße ab."

Die Wohnung oder besser das Zimmer mit Waschbecken in der Ecke und einem Zweiplattenkocher auf einem Campingtisch vor dem Fenster ließ sich nur kurz ertragen, und das auch nur mit der Gewissheit, nicht bleiben zu müssen. Allerdings war es tatsächlich makellos sauber und aufgeräumt. Das passte so gar nicht zu dem Mann, der nun provokant vor ihnen stand und einen strengen Geruch nach Schweiß und ungewaschenen Haaren verströmte.

„Herr Meiser, wir sind hier, um mit Ihnen über Britta Niemeyer zu sprechen", eröffnete Berg das Gespräch.

Allein der Name ließ Meisers Augen vor Wut funkeln und sein Gesicht rot anlaufen.

„Was hat die kleine Schlampe denn jetzt wieder behauptet?", presste er aus verkniffenem Mund hervor.

„Bitte, Herr Meiser, ganz ruhig. Wir wollen nur nochmals aus Ihrem Munde hören, was damals vorgefallen ist. Sie wissen schon, welchen Tag ich meine."

„Als könnte ich den jemals vergessen. Ich soll sie abgefangen und versucht haben, sie zu vergewaltigen. So ein Quatsch. Das hat sie sich nur ausgedacht, um selbst keinen Ärger mit ihren Eltern zu kriegen. Und mich hat sie in die Scheiße geritten, dieses Luder, diese Möchtegern-Lolita. Sie hätten mal sehen sollen, wie sie mir schöne Augen gemacht hat. Dabei stehe ich überhaupt nicht auf so junges Gemüse. Ich dachte, sie ist fast zwanzig. Mir sind fast die Eier aus der Hose gefallen, als sie der Polizei gesagt hat, dass sie gerade erst vierzehn geworden ist. Und ich stand da wie ein Idiot."

„Na ja, also eine Vierzehnjährige sieht nicht aus wie eine Zwanzigjährige, bei aller Fantasie, Herr Meiser. Wie ging es denn dann weiter?"

„Wie es weiterging? Gar nicht! Ich hab mich auf der Polizeiwache wiedergefunden, so ging das weiter. Und da tauchte dann ihr Vater auf, mein ach so toller Kollege. Hat mich behandelt wie einen Schwerverbrecher. Ich hab versucht, es ihm zu erklären. Aber meinen Sie, der hätte mir zugehört? Ich hätte seine Britta, das liebe, kleine Mädchen, vor der Schule abgefangen, hätte sie in den Wagen gezerrt und mich auf sie gestürzt, ha", lachte er verbittert auf.

„Und wie war es denn nun aus Ihrer Sicht?", warf Janna ein.

„Aufgelauert hat sie mir. Sie wusste genau, dass ihr Vater an dem Tag einen Auswärtstermin hatte. Kam scheinheilig an die Tür meines Büros und fragte nach ihm. Und ich Riesenidiot fall darauf herein. Wollte nur nett sein und hab ein wenig mit ihr geflirtet. So ganz nebenbei erzählte sie mir, wie furchtbar gerne sie mal nachmittags einen Ausflug in den Eifelpark machen würde, ihr Vater es aber strikt abgelehnt hätte. Sie hätten den Schmollmund sehen sollen, die Bardot hätte sie darum beneidet."

Verärgert schüttelte er den Kopf.

„Also hab ich ihr angeboten, sie dahin zu fahren. Sofort ist sie darauf angesprungen und hat sich mit mir verabredet. An der Schule sollte ich sie abholen. Und das hab ich dann getan – der größte Fehler meines Lebens. Es ging ganz harmlos los. Ich hab mich ja schon gewundert, wie begeistert sie von den Tieren im Park war, das kam mir schon ein wenig pubertär vor. Aber ehrlich gesagt, war ich zu dem Zeitpunkt schon ziemlich testosterongesteuert. Danach, im Auto, zeigte sie viel Bein und so weiter. Wir sind dann auf einen Parkplatz in der Nähe gefahren. Ich hatte vorsorglich eine Flasche Sekt mitgebracht, ganz, wie es die Weiber eben gerne haben. Als wir dann so im Wagen saßen, haben wir angefangen zu knutschen und ein bisschen rumzufummeln, was man eben so macht. Erst als ich versucht habe, ihre Bluse aufzuknöpfen, fing sie an, zickig zu werden. Ich dachte, das gehört dazu bei den Weibern, hab einfach weitergemacht. Aber da wurde sie auf einmal ganz komisch. Und plötzlich steht da dieser Streifenwagen neben uns. Sie sieht ihn, springt aus meinem Wagen und fängt ein Riesentheater an, heult, schreit, ich habe sie vergewaltigen wollen und so."

Wieder schüttelte Meiser den Kopf, als könne er nicht fassen, was passiert war.

„Die Bullen haben mich gleich aus dem Wagen gezerrt, mir den Arm auf den Rücken gedreht und mit dem Stock einen Schlag auf den Schädel verpasst, weil ich mich natürlich gewehrt habe. Schneller, als ich sehen konnte, war ich auf dem Revier in einer Zelle. Und da hab ich dann erfahren, wie jung sie ist. Zehn Tage später hat Britta zugegeben, dass sie sich mit mir verabredet und auch freiwillig mit im Wagen gesessen hatte. Erst danach haben sie mich wieder aus der U-Haft entlassen. Ihr Vater hat ein Riesentheater gemacht, nicht nur im Ministerium, sondern auch bei meiner Verlobten. Die war weg wie der Blitz, das kann ich Ihnen sagen. Und im Ministerium hat keiner mehr mit mir geredet. Das war kaum auszuhalten. Und als mir dann nahegelegt wurde, eine andere Stelle zu suchen, und ihr Vater noch einen draufsetzte und mir drohte, erst richtig Ärger zu machen, wenn ich mich nochmals in ihre Nähe wage, bin ich gegangen. Tja, was sollte ich machen? Mein Ruf war ruiniert."

„Haben Sie denn nicht versucht, eine andere Stelle zu finden?", warf Berg ein.

„Natürlich, ich hab dann versucht, in der freien Wirtschaft Fuß zu fassen", empörte sich Meiser, „aber bis heute keine neue Stelle gefunden. So langsam habe ich den Verdacht, dass hinter meinem Rücken was läuft, weshalb ich keinen Job bekomme. Hab auch schon überlegt, ganz woanders hinzugehen, aber das schaffe ich noch nicht. Und so vegetiere ich hier vor mich hin."

„Sie klingen ganz schön sauer, wenn ich mir Ihre Geschichte so anhöre", hakte Janna nach.

„Sauer? Sie spaßen! Ich könnte das Weib umbringen! Sie hat mein Leben, meine Karriere versaut. So sieht es aus. Wenn ich die noch mal in die Finger kriege ..."

„Was machen Sie dann, Herr Meiser?"

Irgendetwas in Bergs Stimme schien ihn vorsichtig werden zu lassen.

„Na, Sie wissen schon."

„Nein, weiß ich nicht, Herr Meiser. Was würden Sie mit ihr machen, wenn Sie die Chance bekämen?"

Verblüfft sah Meiser von einem zum anderen. Ein Hauch seiner nüchternen Intelligenz lugte unter dem noch immer wütenden Blick hervor.

„Warum sind Sie eigentlich hier? Die Sache ist doch schon ein Jahr her und Anklage wurde nie erhoben gegen mich. Das hat sich das Herzchen denn doch nicht getraut. Also was wollen Sie von mir?"

„Wo waren Sie in der Nacht von Karfreitag auf Ostersamstag?"

„Wie bitte? Was soll denn das?"

„Das ist doch eine einfache Frage, Herr Meiser. Wir wollen nur wissen, wo Sie vorgestern Nacht waren."

„Was soll das? Kommen hier rein und fragen mich so was. Was steckt dahinter? Wo kommen Sie noch mal her?"

„Herr Meiser, bitte beantworten Sie ganz einfach meine Frage, sonst muss ich Sie doch noch mitnehmen. Das wollen Sie doch bestimmt nicht, oder?"

„Mitnehmen? Wieso mitnehmen? Was zum Teufel ist hier los? Hat die kleine Schlampe etwa noch mehr über mich behauptet? Und das glauben Sie? Was soll ich denn jetzt gemacht haben?"

„Herr Meiser, bitte, sagen Sie doch einfach, wo Sie Freitagnacht waren."

Janna spürte, dass die Luft anfing zu brodeln.

„Was glauben Sie wohl, wo ich war? Schauen Sie mich doch an. Hier war ich, in diesem Loch, diesem Viehstall, und hab mich besoffen. Wie übrigens fast jeden Abend in den letzten drei Monaten. Nachdem ich kapiert hatte, dass ich am Arsch bin. Und das wegen so einem kleinen Flittchen."

„Reißen Sie sich zusammen, Mann. So spricht man nicht über Tote", rutschte es Berg heraus.

Ein großer Fehler, wie ihm selbst sofort klar wurde. Das sah man ihm an.

„Tot?" Entsetzen spiegelte sich im Gesicht der Hyäne. Der Blick war jetzt noch gehetzter.

„Wieso tot und warum sind Sie eigentlich hier?"

Berg holte tief Luft.

„Haben Sie Zeugen dafür, dass Sie hier waren?"

„Natürlich nicht. Wen kann man schon mit hierhernehmen? Und warum brauche ich einen Zeugen?

Verdammt noch mal, was ist hier los? Raus mit der Sprache, sonst sage ich kein Wort mehr."

„Dann müssen wir Sie mitnehmen, Herr Meiser. Wollen Sie das?"

Meiser trat einen Schritt zurück, als wollte er von etwas Bösem Abstand gewinnen.

„Natürlich nicht. Aber nochmals, was ist hier los?"

Berg warf Janna einen Blick zu und holte erneut tief Luft.

„Britta Niemeyer ist tot, gestorben in der Nacht von Karfreitag auf Ostersamstag."

Meiser stolperte weiter zurück, als hätten die Worte seinem Körper einen Stoß verpasst.

„Aber ... wie ist das möglich? Sie war doch erst vierzehn, nein fünfzehn muss sie inzwischen sein."

„Ermordet, Herr Meiser, Britta wurde ermordet."

Janna war klar, dass Berg kein Wort mehr dazu sagen würde. Es bestand immerhin die vage Chance, dass der Täter, ob nun Meiser oder ein anderer, aus Unvorsichtigkeit ein Detail preisgeben würde, von dem er gar nichts wissen dürfte, es sei denn, er war dabei gewesen.

„Oh Gott." Meiser umfasste sein Gesicht mit den Händen.

„Wer tut ...?" Er starrte Janna an, und sie sah in seinen Augen, dass ihm dämmerte, warum sie bei ihm waren.

„Sie glauben, ich hätte das getan?", brachte er mit ungläubiger Stimme hervor.

„Sie denken ernsthaft, ich hätte ein junges Mädchen, fast noch ein Kind, umgebracht?"

„Sie hatten Riesenärger wegen ihr. Und wie Sie eben deutlich gezeigt haben, sind Sie noch immer stinksauer auf sie."

„Klar war ich sauer. Das wäre doch wohl jeder gewesen. Sie hat mein Leben ruiniert, nicht mehr und nicht weniger. Aber ich würde doch niemanden deswegen umbringen."

„Das klang vorhin aber doch so, als wäre es durchaus möglich bei Britta. Ihr Job, Ihre Verlobte, alles weg. Keine neue Arbeit in Sicht und dann diese Wohnung. Ich halte es durchaus für möglich, dass Ihre Wut Sie zu etwas getrieben hat, was Sie jetzt bereuen. Seien wir doch ehrlich, Herr Meiser. Es wäre doch eine Genugtuung für Sie, es dem Mädchen heimzuzahlen."

„Sie haben kein Recht, in meine Wohnung zu kommen und mich des Mordes zu bezichtigen."

Sein Mund zuckte heftig, so, als bekäme er die Worte nicht schnell genug heraus.

Janna spürte, dass gleich etwas passieren würde. Sie wusste allerdings nicht, in welcher Form – ob er in Tränen ausbrechen oder gewalttätig werden oder ob beides geschehen würde –, und bereitete sich innerlich auf einen Angriff vor. Berg spürte es wohl auch, denn er schob sich vor Janna und starrte Meiser herausfordernd an.

Auch Janna starrte Meiser in die Augen. Doch alles, was sie darin erkannte, waren Schock und Entrüstung. Nichts davon entlastete ihn, denn man konnte Entrüstung nicht mit Unschuld gleichsetzen.

„Niemand verdächtigt Sie", versuchte Janna die Anspannung zu lösen.

Meiser machte einen Schritt auf sie zu.

„Sie haben mir unterstellt, dass ich Britta umgebracht habe."

„Nein, Herr Meiser, wir haben Sie lediglich gefragt, wo Sie in der fraglichen Nacht waren und ob Sie Zeugen dafür haben. Bei Ihrer Vorgeschichte ist es doch wohl logisch, dass wir Sie befragen, oder?"

Meiser sah zu Berg, als wolle er ihn erwürgen. Als er wieder zu Janna schaute, hatte er etwas Wildes im Blick.

„Sie haben nicht die geringste Ahnung, was ich seit einem Jahr durchgemacht habe. Was dieses Flittchen mir angetan hat. Alles hab ich verloren. Aber ein Mörder bin ich trotzdem nicht!"

Janna trat einen Schritt zurück. Sie hatte keine Lust auf eine Konfrontation mit diesem Mann. Aber schuldig oder nicht, wenn er zu weit ginge, würde sie nicht zögern, ihn kampfunfähig zu machen.

„Sie müssen sich beruhigen", versuchte sie weiter, die Situation zu deeskalieren.

„Mir gefallen Ihre Fragen nicht", schrie er plötzlich los, während sein Gesicht keine Regung zeigte.

Er war so schnell, dass Janna den Schlag nicht kommen sah. Berg taumelte, am Kinn getroffen, hilflos zur Seite, stolperte, griff Halt suchend nach einem Stuhl, rutschte ab und donnerte so fest auf ihn, dass er zerbrach. Dann sackte Berg auf den Boden.

Sekunden später lag Janna auf dem Rücken. Sie hatte gar nicht so schnell reagieren können, wie Meiser erneut zugeschlagen hatte. Meiser hockte rittlings über ihr und umfasste ihre Kehle mit beiden Händen. Janna sah Sternchen, während sie versuchte, den Kopf zu drehen und seine Hände wegzudrücken. Doch Meiser nagelte ihre Arme mit den Knien auf dem Boden fest.

„Na, wie fühlt sich das an, du Miststück? Ihr Weiber seid doch alle gleich. Fertigmachen willste mich, was? Aber das lasse ich nicht zu."

Janna schnappte nach Luft.

„Runter von mir, Herr Meiser", war alles, was sie hustend hervorbrachte.

„Was bist du doch für ein Miststück."

Grausamkeit und unverhohlener Hass leuchteten in seinen Augen. Die Ängstlichkeit, die Janna noch zu Beginn der Befragung in seinem Blick gesehen hatte, war völlig verschwunden.

„Runter", fauchte sie ihn an.

Doch er lachte nur.

Janna zog ihr rechtes Knie an und stieß es mit aller Kraft in Meisers Genitalien. Gleichzeitig verpasste sie ihm mit dem Faustballen einen Schlag auf die Nase. Deutlich war das Knacken des Nasenbeins zu hören und sofort tröpfelte sein Blut auf Jannas Jacke. Obwohl Meiser laut losjaulte und die Hände von ihrem Hals gelöst hatte, verpasste sie ihm sicherheitshalber noch einen Ellenbogenstoß gegen die Schläfe. Meiser sackte seitlich von ihr zusammen.

Mühsam richtete sich Janna auf, um sofort zu Berg zu kriechen, der sich noch immer wie ein Sandsack auf dem zerbrochenen Stuhl krümmte.

„Alles okay, Chef?"

Der gegrunzte Fluch als Antwort beruhigte sie.

Nachdem eine halbe Stunde später die Kollegen von der Streife Meiser in Gewahrsam genommen hatten und ein Arzt Berg als diensttauglich eingestuft hatte, waren sie wieder unterwegs nach Daun.

„Gut gemacht, Habena“, brachte ein deutlich geknickter Berg zustande, wenn auch ungern, wie Janna spürte. „Das müssen wir aber nicht im Detail den Kollegen auf die Nase binden, richtig, Habena?“

„Selbstverständlich, Chef, aber wie erklären wir ihnen Ihr Veilchen?“

Ob aus Dankbarkeit für ihre Verschwiegenheit oder Bequemlichkeit, wusste Janna nicht zu sagen. Zu ihrer Verblüffung und Freude nahm Berg sie nach einem kurzen Zwischenstopp im Revier noch mit ins Krankenhaus zu Sebastian.

Chefarzt Dr. Bernhard Kuckartz hatte es sich offenbar zur Aufgabe gemacht, die Überlebenden des Anschlags am Totenmaar persönlich medizinisch zu betreuen und zu beschützen. An ihm kamen sie nicht so einfach vorbei.

„Sebastian hat zwar weniger äußere Verletzungen, als wir befürchteten, aber sein Kopf hat mehrere Schläge abbekommen. Sein rechter Unterkiefer ist gebrochen und er hat ein Hämatom am linken Auge. Zudem hat er ein mittelschweres Schädelhirntrauma. Wir können noch nicht abschätzen, ob er neurologische Folgeschäden davontragen wird. Das kann allein die Zeit zeigen. Symptome hat er bisher Gott sei Dank keine gezeigt.“

„Können wir endlich mit ihm sprechen? Sie wissen ja, wie wichtig es für uns ist, endlich mehr über den Angriff zu erfahren.“

„Mehr als eine Viertelstunde auf keinen Fall. Und bedenken Sie, wegen der Kopfschmerzen haben wir ihm ein starkes Schmerzmittel verabreicht. Er ist also noch immer sediert.“

Im Krankenhausbett lag eine schmale Gestalt mit weißem Verband um den Kopf. Sein Unterkiefer wurde von einer Kieferstütze, mit Hilfe eines Stahlbandes, das ebenfalls über seinen Kopf geführt war, hochgehalten. Sein ehemals blaues Auge hatte begonnen, sich lila zu verfärben, und war zugeschwollen.

Trotz der Verletzungen und Verbände erkannte Janna das hübsche Gesicht darunter. Sein Oberkörper steckte in einer blau gestreiften Schlafanzugjacke, die ein wenig offen stand. Janna war verblüfft über die ausgeprägte Muskulatur bei solch einem jungen Mann. Der musste kräftig dafür trainiert haben, das war klar.

Jetzt jedoch sah er aus wie ein Häufchen Elend.

„Wie geht es dir, Sebastian?“, begann Berg das Gespräch. Seine Stimme hatte einen ungewohnt warmen Unterton angenommen.

„Geht so“, hauchte Sebastian mit kaum geöffneten Lippen als Antwort.

„Du weißt doch, warum wir hier sind, oder?“

Sebastian nickte vorsichtig.

„Kannst du uns erzählen, was Karfreitag am Weinfelder Maar passiert ist?“

Sebastian schüttelte minimal den Kopf. Schon diese Bewegung schien ihm starke Schmerzen zu bereiten.

„Ich kann mir vorstellen, wie es dir geht. Aber wir brauchen ganz dringend deine Hilfe. Das verstehst du doch?“

Sebastian nickte sein nahezu unsichtbares Nicken.

„Also, was ist passiert?“

Kaum hörbar flüsterte Sebastian etwas Unverständliches.

„Was hast du gesagt?“

„Was is mit meinen Freunden? Keiner sagt mir was", nuschelte Sebastian zwischen den kaum geöffneten Zähnen hindurch.

„Denen geht es nicht so gut. Deshalb musst du uns jetzt erzählen, was Karfreitag passiert ist."

„Weiß nich", flüsterte er.

„Du kannst dich aber schon daran erinnern, dass du mit Marc und auch mit Britta, Anette und Katharina am Weinfelder Maar zelten wolltest?"

Sebastian nickte.

„Was ist dann passiert?"

„Wir ham geschlafen. Dann musste ich pinkeln. Bin annen See gegangen, wollte aber nich, dass die Mädchen mich dabei sehen. Also bin ich 'n Stück weiter innen Wald. Plötzlich hör ich was hinter mir. Dachte, es wäre Marc. Hab gesagt: ‚Hau ab, Mann, is mein Platz!' Aber er hat nich geantwortet. Ich dreh mich um, da trifft mich was am Kopp. Bin umgefallen wie 'n gefällter Baum. Der Kerl hat weitergeschlagen in mein Gesicht. Konnte nix machen."

Tränen standen Sebastian in den Augen, während er das erzählte.

„Und weiter? Was hast du von dem Kerl gesehen?"

„Nix gesehen, bin gleich umgefallen und dann hat er mich weiter geschlagen. Irgendwann war ich ausgeknockt."

Berg sah Janna verzweifelt an. Wieder eine Sackgasse.

„Sebastian", schaltete sich Janna in die Befragung ein. „Irgendwie musst du doch zurück zu den Zelten gekommen sein. Dort bist du gefunden worden."

Sebastian zuckte hilflos die Schultern.

„Bin irgendwann aufgewacht. Hab Angst um meine Freunde gehabt. Bin zu den Zelten gekrochen."

Bei der Erinnerung liefen die Tränen, die eben noch in den Augen gestanden hatten, seine Wangen ungehemmt herunter.

„Da lag Britta, nackt. Weil sie gefroren hat, hab ich mich auf sie gelegt, wollte sie warm halten. Dann war ich wieder weg, muss ohnmächtig geworden sein."

„Noch mal zurück, Sebastian. Der Mann, der dich im Wald niedergeschlagen hat. Hast du ihn erkannt, ist dir irgendwas von ihm in Erinnerung?"

Sebastian schüttelte schwerfällig den Kopf.

„Hab nix sehn können. Muss mein Auge sofort erwischt haben. War voller Blut. Weiß nur, dass es 'n Mann gewesen sein muss, so groß, wie der war."

„Hast du irgendwas gehört? Hat er was gesagt?"

Wieder schüttelte Sebastian kaum wahrnehmbar den Kopf.

Enttäuscht sahen sich die beiden Ermittler an.

„Ach doch, da war was", nuschelte Sebastian plötzlich. „Er hat mich an jemand erinnert."

„An wen?", brachten Berg und Janna gleichzeitig heraus.

„An Freddy Krueger ..."

Mehr war aus Sebastian nicht herauszuholen gewesen.

Enttäuscht hatten die beiden Ermittler noch Katharina einen kurzen Besuch abgestattet. Doch auch sie konnte sich an nichts weiter erinnern als an das, was sie bereits gesagt hatte.

„Wer zum Teufel ist Freddy Krueger?"

Janna kicherte. „Chef, gehen Sie denn nie ins Kino?"

„Wieso Kino?“

„Na, der spielt doch die Hauptrolle in diesem Gruselfilm, der gerade angelaufen ist, Nightmare – Mörderische Träume.“

„Was ist los? Wie sieht der denn aus?“

„Na, jedenfalls nicht wie irgendjemand, den ich kenne. Das muss der Schock bei Sebastian sein, anders kann ich mir das nicht erklären.“

„Also wieder eine Niete?“

„Ich fürchte, Chef.“

Kapitel 6

„Das waren deine Freunde. Wie sieht es denn aus, wenn du nicht da bist? Alle anderen gehen auch hin. Nein, kommt nicht in Frage. Du musst mitkommen, keine Diskussion."

Kein Flehen, kein Weinen und schon gar kein Fluchen brachten meine Mutter davon ab, mich zu der Begräbnisfeier von Britta, Anette und Marc mitzuschleppen.

Natürlich ahnte sie nicht, wie mir vor allem vor der Begegnung mit Sebastian graute. Wie sollte ich ihm gegenübertreten? Ich hatte noch immer nicht die geringste Ahnung, ob wir miteinander geschlafen hatten oder was überhaupt am Karfreitag passiert war.

Der Tag nahte und ich wurde in mein schwarzes Konfirmationskostüm gesteckt, musste meine Haare wieder zum festen Knoten binden und mutierte zu dem unbeliebten Klassenpummelchen. Eingekeilt zwischen Mutter und Vater betrat ich die völlig überfüllte alte katholische Pfarrkirche St. Nikolaus. Unsere Plätz waren reserviert, schließlich gehörte auch ich zu den Opfern.

Zwei Plätze weiter saß Sebastian. Mit seinen rot geweinten Augen, leichenblass und in einen dunklen Anzug gezwungen, schniefte er in ein übergroßes Stofftaschentuch. Mich würdigte er keines Blickes. Immer wieder entfuhren ihm Schluchzer, die so ergreifend waren, dass auch mir Tränen in die Augen stiegen.

Vom Trauergottesdienst bekam ich fast nichts mit. Er war mir auch fremd, war ich doch nur evangelische

Gottesdienste gewohnt. Nur wenig drang zu mir durch, doch das Wenige machte mich beklommen.

„Liebe Schwestern und Brüder, wir sind hier zusammengekommen, um unseren Bruder Marc Exner und unsere Schwestern Britta Niemeyer und Anette Dobrindt zu Grabe zu tragen. So jung noch und schon haben sie unsere Welt verlassen. Hier, an diesem Ort, in dem jeder jeden kennt, an dem man einander vertraute, an dem man die Türen nachts nicht abschloss. Bis jetzt. Alle fragen sich, warum das geschehen musste, warum so junge Menschen um ihr Leben betrogen wurden. Doch bedenket: Wir wissen weder Ort noch Stunde. Das Schicksal schlägt erbarmungslos zu und holt immer die Besten zuerst. Liebe Angehörige und Freunde der Verblichenen, lasst uns nun gemeinsam beten."

Weder Ort noch Stunde. Den Satz bekam ich nicht mehr aus meinem Kopf. Weder Ort noch Stunde. Aber irgendjemand hatte es gewusst, hatte das geplant. Ein eiskalter Schauer jagte meinen Rücken hinunter.

Der in der Nase kitzelnde Weihrauch holte mich aus meinen Gedanken zurück, während das dramatische Orgelspiel mein Gefühl von Trostlosigkeit und Ausgeliefertsein noch verstärkte.

Doch am Schlimmsten war Sebastians Reaktion auf mich. Er nahm mich so gut wie gar nicht wahr. Schon als wir beim Eintreffen an ihm vorbeigegangen waren, hatte er nur kurz aufgeschaut, genickt und sich gleich wieder seinem Kummer hingegeben.

Wie ich es auch drehte und wendete, sein Verhalten war eine Katastrophe. Hatte er mit mir geschlafen, dann war seine jetzige Gleichgültigkeit verheerend.

Hatte er es nicht, dann konnte ich mich an nichts festhalten, war Opfer eines Fremden geworden und meinen wenigen Erinnerungen an den Tag war nicht zu trauen. Alles war in Frage gestellt, allein durch sein Desinteresse, seine Apathie mir gegenüber.

Nach dem Gottesdienst schleppten mich meine Eltern mit zu den drei offenen und nebeneinanderliegenden Gräbern, um die all meine Klassenkameraden und die Abschlussklasse von Sebastian und Marc versammelt waren. Viele scharrten sich um Sebastian, alle wollten ihn drücken, halten. Um mich? Niemand. Nur meine Eltern.

Hatte ich vor diesem verfluchten Karfreitag geglaubt, einsam und allein zu sein, so wurde ich nun eines Besseren belehrt. In dieser Menschenmasse, in der alle um die anderen Opfer trauerten, spürte ich die wahre Verlassenheit. Allein unter vielen. Schlimmer ging es nicht.

Natürlich kamen Bekannte meiner Eltern, um mich ihres Mitgefühls zu versichern. Doch damit konnte ich nichts anfangen. Das galt nicht mir, das galt meinen Eltern.

Zum anschließenden Leichenschmaus ging ich nur mit, um mich davon zu überzeugen, dass Sebastian tatsächlich nicht auf mich reagierte.

Kaum hatten wir den Gemeindesaal betreten, der von dem Ansturm der Trauernden aus allen Fugen platzte, stand ich plötzlich direkt vor ihm. Nun gab es kein Ausweichen mehr.

„Oh Katharina", schluchzte er laut auf und zog mich an sich.

„Wie geht es dir? Ich hab so Schlimmes gehört. Kannst du dich wirklich an nichts erinnern? Ach Gott, tut mir das leid." Dabei klopfte er mir freundschaftlich auf den Rücken.

Ich versteifte mich in seinen Armen. Hoffte, er würde mir etwas ins Ohr flüstern, irgendetwas, das dieses Dunkel lichtete. Doch es kamen nur weitere laute Schluchzer.

Und schon war er wieder weg, hatte das Taschentuch vor seine Augen gepresst und weinte hemmungslos.

Das war's dann also. Er hätte mir doch bestimmt ein heimliches Zeichen gegeben, wenn mehr zwischen uns gewesen wäre. So kaltschnäuzig konnte er doch wohl nicht sein. Ich sackte zusammen, nichts hielt mich mehr auf den Beinen und in diesem Leben.

Nach drei Wochen musste ich wieder in die Schule. Mein höchstpersönlicher Gang nach Canossa. Angefleht hatte ich meine Eltern, mir das zu ersparen, aber sie waren eisern geblieben.

„Kind, du musst doch zur Schule, musst wieder ein normales Leben führen. Sonst kommst du nicht auf die Beine."

Das kam ich auch so nicht.

Die verwaiste Bank von Britta und Anette war mit Kerzen und Teddybären geschmückt. Schon das reichte mir. Mein Platz dagegen war leer und ich saß wie immer allein. Die anderen Schüler warfen mir böse Blicke zu. Als sei ich schuld an dem, was mit den beiden passiert war.

Die Lehrer begrüßten mich zwar persönlich, doch auch ihr Mitgefühl war begrenzt, wie sie mich schnell spüren ließen.

Und so saß ich täglich lustlos an meinem Platz, konnte mich kaum konzentrieren, wollte es auch nicht.

Ich konnte die Worte Dr. Bettens einfach nicht vergessen, dass die Erinnerung plötzlich wiederkommen könnte. Was, wenn sie mich hier in der Schule überfiele, ich mich plötzlich vor allen an alles erinnerte?

Wie eine Marionette stand ich auf dem Pausenhof, natürlich wieder allein. Alle flüsterten hinter meinem Rücken über mich. Ich sah es an ihren schrägen Blicken und hörte es an ihrem Kichern. Ich war keine Jungfrau mehr und sie wussten es. Wussten auch, dass ich keine Ahnung hatte, wer es gewesen war. Ein widerlicher, fetter, alter Kerl, geiferten sie bestimmt. Wer hätte mich sonst nehmen wollen?

Ich ertrug diese Blicke nicht, rannte auf die Toilette und übergab mich. Das passierte mir inzwischen laufend. Vor allem morgens nach dem Frühstück, das ich angewidert runterzwang, um Ruhe vor meinen nörgelnden Eltern zu haben.

Meine Mutter reagierte panisch, als sie das bemerkte. Sie schleppte mich zu meinem alten Kinderarzt, der uns entsetzt an einen befreundeten Frauenarzt überwies. Der zapfte mir Blut ab und versprach, sich schnellstmöglich zu melden.

Ich sah meinen Bauch an und konnte nicht glauben, dass vielleicht etwas Fremdes in mir wuchs, das ein ekelhafter Vergewaltiger dort gepflanzt hatte. Mein eigener Körper fühlte sich abstoßend an. Ich trommelte mit einem Hammer aus der Werkzeugkiste meines Vaters auf meinem Bauch herum. Wollte das Ding loswerden, aus mir rauszwingen. Sah in der überflüssigen Rundung aus Fett einen Babybauch.

Das widerte mich so sehr an, dass ich mich noch öfter übergeben musste. Oder lag es tatsächlich an einer

Schwangerschaft? Essen bekam ich überhaupt nicht mehr runter.

Als nach drei Tagen die Entwarnung kam, war es zu spät für mich. Mein Körper, den ich immer als zu dick empfunden hatte, gehörte nicht mehr mir. Der runde Bauch erinnerte mich an das Geschehen am See, an meine Vergewaltigung. Er musste weg.

Schritt für Schritt reduzierte ich meine Nahrungsaufnahme, zählte verzweifelt Kalorien. Doch der Bauch wurde nicht dünner, egal, wie wenig ich aß. Trotzdem reduzierte ich weiter.

Zunächst fand meine Mutter das gut, lobte mich. Sie gab mir Ratschläge, wie ich weiter abnehmen könnte. Nur wie ich den Bauch wegbekommen könnte, wusste auch sie nicht. Also fastete ich weiter. Irgendwann musste er doch verschwinden.

Doch ich nahm nur an den Armen und Beinen ab. Verzehrte nur noch Obst und Gemüse, verweigerte alles andere.

Wenn meine Mutter mich darauf ansprach, dass ich kaum mehr etwas essen würde, brach ich das Gespräch ab und rannte in mein Zimmer. Wagte sie dann zu klopfen, warf ich irgendwas an die Wand. Das vertrieb sie immer.

Mutter hoffte, dass diese Macke vorübergehend sei.

„Katharina, du übertreibst es wieder. Du musst doch was essen!“

Doch das musste ich nicht. Und wenn ich mich zwang, etwas runterzuwürgen, um wenigstens ab und an Ruhe vor ihren Ermahnungen zu haben, schlich ich mich anschließend ins Bad und steckte den Finger in den Hals. Das Einzige, was ich bei mir behielt, waren Tomaten. Die hatten kaum Kalorien.

Nach zwei Monaten hatte ich es geschafft, der Bauch war weg. Fast hätte ich glücklich sein können. Wären nur meine Schenkel nicht so unförmig fett gewesen.

Ich hatte inzwischen gelernt, dass ich nicht viel Nahrung brauchte. Zusätzlich zu dem Hungern fing ich an, mich viel zu bewegen. Ständig war ich in Bewegung, hielt es nicht aus, ruhig zu sitzen. Auch nicht in der Schule, wo meine Leistungen in den Keller gerutscht waren. Nichts brachte ich mehr zustande. Konnte immer nur an Essen denken und daran, dass ich mich erinnern müsste.

Ich wurde blass und fahrig, meine Hände waren ständig gerötet und mir war trotz des warmen Frühsommers immer kalt. Diese Eiseskälte bekam ich nicht mehr aus mir raus. Stundenlang saß ich in der Wanne in kochend heißem Wasser. Doch kaum stieg ich raus, war die Kälte wieder da.

Inzwischen war ich so dünn geworden, dass ich mehrere Lagen Pullover und Hosen anzog, damit meine Mutter mich nicht zum Essen zwang. Meine Tagesration bestand zu dieser Zeit aus zwei grünen Äpfeln oder drei Tomaten und einem Magermilchjoghurt. Doch egal wie viel ich abnahm, ich fühlte mich nie dünn genug.

Und dann brach ich in der Schule zusammen. Die Ohnmacht währte nur kurz, aber der Rektor rief natürlich meinen Vater an und der kam mit meiner Mutter sofort angefahren.

Zu Hause hielt er mir eine Strafpredigt, doch zu meinem Glück wurde er zu einem Sterbenden gerufen.

Kaum war er aus dem Haus, rannte meine Mutter zum Kühlschrank und holte einen Becher Schlagsahne heraus, den sie mich zwang, komplett auszutrinken. So übel wie danach war mir noch nie in meinem ganzen Leben gewesen. Ich wollte aufspringen, zur Toilette rennen, alles ausspeien, doch sie hielt mich fest, zwang mich auf einen Stuhl.

Ich versuchte, mich zu beherrschen, ich schwör's. Doch es ging einfach nicht. Zu schwer lag mir die Sahne im Magen, zu widerlich war mir der Gedanke, wie die Kalorien sich auf meinem Bauch festsetzten.

Ich übergab mich direkt vor ihr auf den Küchenfußboden.

Und da passierte es, als der säuerliche Geruch nach frisch Erbrochenem, das deutlich rot gefärbt war von den wenigen Tomaten, die ich zuvor gegessen hatte, in meine Nase hochstieg: In einem gleißenden Blitzlicht sah ich Hände, die nach mir griffen, sich in Schlangen verwandelten und an mir vorbeizischten. Die eine Hand kam zurück und schoss auf mich zu. Wieder verfehlte sie mich, doch ich hörte hinter mir einen dumpfen Aufschlag. Ich drehte mich um und sah ein Riesenauge vor mir, das mir immer näher kam. Schon ganz nah, platzte es und ergoss sich in einem einzigen Blutschwall über mich.

Ich japste nach Luft, Angst schnürte mir die Kehle zu. Ich konnte nicht fliehen, meine Knie waren butterweich. Schließlich spürte ich sie gar nicht mehr.

Irgendetwas packte mich an den Schultern und schüttelte mich wie verrückt. Doch ich konnte nur dasitzen, auf das Erbrochene starren und nach Luft schnappen. Ekel, Schmerz und Scham überrollten mich.

Von Stund an konnte ich nicht mehr schlafen. Kaum schloss ich die Augen, überfielen mich die bizarrsten Albträume. Augen, die mich fraßen, Münder, die mich wieder ausspien. Manchmal waren es Gestalten, die auf mich zurannten, dann wieder lag ich unter einem Leichenberg. Ich kratzte, schrie und schlug um mich, doch die Bilder ließen mich nicht los.

Ich beschloss, nachts nicht mehr zu schlafen, ertrug die Träume einfach nicht mehr. Gegen Morgen schlief ich meistens trotzdem ein, nur um kurze Zeit später hochzuschrecken.

Die Albträume waren absolut real und doch gespenstisch und unwirklich. Mit der Zeit fing ich an, in solchen Momenten Blut zu riechen. Spätestens dieser widerliche metallische Geruch ließ mich würgend aus dem Schlaf hochfahren.

An Schule war nicht mehr zu denken. Mir fehlte die Kraft. Aber vor allem hatte ich Angst, als so ein zitterndes, würgendes Monster vor meinen Klassenkameraden zu stehen. Inzwischen löste nämlich der kleinste Blutstropfen diese Reaktionen bei mir aus.

Meine Eltern schleppten mich zu Dr. Betten ins Krankenhaus.

Heulend berichtete ich ihm von meinen Träumen.

„Wie fühlst du dich, wenn sie kommen?"

„Die machen mir totale Angst."

„Warum machen sie dir totale Angst?"

„Weil immer jemand verletzt wird oder schlimmer."

„Er stirbt?"

„Manchmal."

„Bist du dabei? Siehst du zu?“

„Ja.“

„Willst du helfen?“

„Ich versuche es, kann aber nicht.“

„Warum nicht?“

„Weil ich wie gelähmt bin oder so.“

„Weißt du, von wem du da träumst?“

„Ich hab keine Ahnung.“

Ich gestand ihm, dass ich überzeugt davon war, durchzudrehen. Dass ich bei all diesen Bildern keines gesehen hatte, das mir offenbarte, was am Totenmaar geschehen war.

„Das ist völlig normal nach dem, was du erlebt hast. Ich hatte es dir damals gleich gesagt, dass diese Flashbacks kommen werden, sie kommen immer. Irgendein Trigger, also Auslöser, hat die Traumainformationen deines Gedächtnisses freigelegt. Wegen der Trennung der verschiedenen Gedächtnisarten geschieht das häufig nur *selektiv.* Oft wird nur das Gedächtnis für Gerüche oder nur das für Bilder oder nur das für Töne angesprochen. Wenn es beispielsweise nur die Körperwahrnehmung wie den Tastsinn oder das Körperwahrnehmungsgefühl betrifft, wird das auch Körpererinnerung genannt. Das erklärt den vollkommen anderen Charakter von Traumaerinnerungen, der sich von der gewöhnlichen Alltagserinnerung drastisch unterscheidet: Häufig kommen Traumaszenen als eine Art Stummfilm mit nur kurzen zeitlich ungeordneten Szenen hoch. Diese können unter Umständen sogar sehr *detailreich* sein, aber mit Details verziert, die wegen der fehlenden Interpretation und Sinngebung durch das Großhirn einen bizarren und scheinbar unwirklichen oder gespenstischen Charakter tragen, gleichzeitig aber mit Gefahrensignalen und Alarmgefühlen verbunden sind. Hast du das ver-standen, Katharina?"

Obwohl mich all diese Informationen verwirrten, hörte ich doch manche Worte heraus, die wie eine Lupe meine Gedanken aufklarten. Also nickte ich in der Hoffnung, noch mehr erkennen zu können.

„Gut, also weiter. Je nach Art dieser blitzartigen Erinnerung kann es vollkommen unklar sein, was hinter dieser Szene steckt, weil andere wesentliche Erinnerungsarten wie zum Beispiel das gesprochene Wort fehlen. Dadurch kann eine vernünftige Interpretation sehr schwierig werden. Andererseits können die Erinnerungsblitzszenen auch Elemente enthalten, die die Art der Traumatisierung klar belegen. Der gespenstische oder unwirkliche Charakter solcher Erinnerungen ist rein subjektiv. Tatsächlich ist er ein *Echtheitsmerkmal.* Denn er *belegt* die Traumaherkunft der Erinnerung. Mach dir klar, dass das Phänomen der Einseitigkeit, Unwirklichkeit oder scheinbaren Ver-rücktheit nicht auf deiner eigenen persönlichen Unfähigkeit beruht, sondern es *jedem* Traumatisierten so ergeht. Man *ist* nicht verrückt, sondern man *hat* verrückt *erscheinende* Erinnerungen, die sich eventuell durch eine Traumatherapie auflösen und *klären* lassen."

Zum Schluss empfahl er meinen Eltern auch im Hinblick auf meine Abgemagertheit die Unterbringung in einer Klinik für Psychosomatische und Psychotherapeutische Medizin.

In Bielefeld, meinte er, im Evangelischen Krankenhaus bei Frau Professor Dr. Mettemann, sei ich gut aufgehoben.

Kapitel 7

Andreas Meiser hatte Zeugen dafür, dass er die ganze Karfreitagnacht in seiner Wohnung verbracht hatte. Die Nachbarin, eine fünfzigjährige Frührentnerin mit zwei Hunden, hatte sich mehrfach über die laute Musik beschwert, die Meiser zu seinem Besäufnis vom Tonbandgerät abspielen ließ. Erst hatte sie nur an die Wand geklopft, doch als es nicht leiser wurde, hatte sie die Polizei gerufen.

Das erste Mal waren die Streifenkollegen um dreiundzwanzig Uhr gekommen und hatten Meiser verwarnt. Um ein Uhr morgens waren sie zum zweiten Mal erschienen, diesmal schon deutlich schlechter gelaunt. Als sie zum dritten Mal um halb drei gerufen wurden, hatten sie kurzerhand den Stecker gezogen. Zu diesem Zeitpunkt war Meiser schon so betrunken gewesen, dass er nicht einmal mehr mitbekam, dass die Polizisten in seiner Wohnung waren. Die Tür hatte er bereits nach dem ersten Besuch nicht mehr geschlossen.

Die Kollegen waren absolut sicher, dass Meiser in seinem Zustand nichts mehr unternommen haben konnte. Schon gar nicht konnte er nach Daun gefahren und dort eine Gruppe von Menschen überwältigt haben.

Wirklich geglaubt hatte Janna an ihn als Täter nie. Was sein Aggressionspotenzial betraf, wäre er zwar durchaus in der Lage gewesen, auf Britta loszugehen. Doch gleich fünf Jugendliche überfallen und ermorden? Nein, das traute sie ihm nicht zu. Außerdem war ihr völlig schleierhaft, wie er von deren Plan, zu zelten, erfahren oder die Gruppe am Totenmaar gefunden haben sollte. Nein, das passte einfach nicht.

Und so vergingen die ersten vierundzwanzig Stunden nach der Tat, ohne dass sie weitergekommen waren. Und die ersten achtundvierzig Stunden ohne Erfolg. Und so verging auch ein ganzes Jahr.

Berg hatte sich dafür eingesetzt, dass Janna in die Kriminalinspektion Trier, Abteilung K1, versetzt wurde. Er hatte sie zu seiner persönlichen Assistentin ernannt.

Der öffentliche Druck auf die Ermittler hatte in der Zeit kaum nachgelassen. Auch nachdem der Fall bei Aktenzeichen XY ... ungelöst vorgestellt worden war, erhielten sie keine neuen Erkenntnisse. Es war wie verhext.

Nach zwei Jahren wurde die Sonderkommission „Totenmaar" verkleinert auf drei Mann. Janna gehörte nach wie vor dazu.

Natürlich tauchten in den folgenden Jahren neue Spekulationen und Verdächtige auf.

Da war zum Beispiel der Russlanddeutsche Vladimir Smirnow, der zusammen mit seinen Eltern in den Sechzigern aus Wladiwostok in die Eifel gezogen war. An warmen Tagen war er mit seinem kleinen Eiswagen am Totenmaar unterwegs, um Ausflüglern Eis und Limonade zu verkaufen. Er sollte Jugendliche gehasst haben und häufig nachts um den See geschlichen sein. Angeblich hatte er später einem Freund in der Sauna die Tat gestanden und sich danach in einem anderen Eifelmaar ertränkt. Erwiesen hatte sich nur Letzteres, denn seine Mutter hatte ihm für die Tatnacht ein Alibi gegeben.

Ende der achtziger Jahre erregten der Krankenpfleger Otto Schmidt und der Journalist Peter Obermeier Aufsehen mit einem Buch, in dem sie den Kölner Hans Lehmann als Täter präsentierten.

Schmidt hatte im Jahr 1984 in der Chirurgischen Abteilung des St. Antonius Krankenhauses in Köln-Süd gearbeitet. Nun behauptete er, Lehmann sei dort in der Tatnacht aufgetaucht, verwirrt und mit Blutspritzern an der Kleidung. Nach Meinung der behandelnden Ärzte konnten die nicht von ihm selbst stammen. Damit nicht genug. Lehmann, der zur Tatzeit Mitte sechzig war, habe sich angeblich als Wächter in Auschwitz in eine Jüdin verliebt und sei zur Strafe an die Ostfront geschickt worden. Dann sei er in russische Gefangenschaft geraten, habe die Seiten gewechselt und später als Agent für den KGB spioniert.

Janna und Berg waren von dem Geständnis, das der zwischenzeitlich nach Dänemark verzogene Lehmann kurz vor seinem Tod gegenüber dem Journalisten abgelegt haben sollte, unbeeindruckt. Auschwitz-Wächter hin oder her, für den Totenmaar-Mord hatte Lehmann ein Alibi. Er hatte tatsächlich im Krankenhaus gelegen, aber im St. Vinzenz-Hospital, und das mit einem gebrochenen Bein. Er kam also als Täter ebenfalls nicht in Frage.

Als Berg fünf Jahre später in den Ruhestand versetzt wurde, war Janna bereits Kriminalhauptkommissarin und Leiterin der Mordkommission. Sie folgte ihm nach als stellvertretender Kommissariatsleiter der Kriminalinspektion Trier.

Ihre Ehe mit einem Kollegen aus Köln, die sie zum Jahrtausendwechsel gewagt hatte, war schon nach zwei Jahren und einer Schwangerschaft Vergangenheit gewesen. Übrig geblieben war ihre kleine Tochter Maria, die sie nur mit Hilfe ihrer Mutter betreuen konnte. Ihr Exmann war mit seinem Neuen, ebenfalls ein Kollege, und seinem Hobby, Bergsteigen im Himalaja, zu beschäftigt, um sie bei der Kinderbetreuung zu unterstützen. Nicht mal an den vereinbarten Wochenenden nahm er sie zu sich. Was Janna ganz recht war. Sie hielt sich zwar für aufgeschlossen, auch gleichgeschlechtlichen Paaren gegenüber. Aber als es um ihre eigene Tochter ging und nach dem Schock der Erkenntnis, dass ihr Ehemann auf Männer stand, musste sie erkennen, dass sie damit nicht klarkam. So wuchs die kleine Maria im Grunde bei ihrer Oma auf. Und Janna hatte die Nase von Männern gestrichen voll.

Neben all den privaten Problemen vergaß sie niemals die Morde am Totenmaar. Immer noch verfolgten die sie. Alle anderen Fälle in ihrer Laufbahn als Mordermittlerin waren gelöst worden, nur dieser eine, der grausamste und bedeutendste, nicht.

Es bedurfte nicht der dienstlichen Verpflichtung, die Ermittlungen in den Totenmaar-Morden als cold cases immer wieder aufzunehmen. Das tat sie automatisch alle paar Jahre, auch wenn sie keine neuen Ansätze für Ermittlungen fand.

Etwa zur gleichen Zeit, als die Morde am Weinfelder Maar geschahen, wurde die DNA-Analysetechnik entwickelt und vier Jahre später der erste Mord mithilfe dieser Methode aufgeklärt.

Janna verfolgte die Entwicklung gespannt. Sie wurde die Vorstellung nicht los, dass die Totenmaar-Morde gelöst worden wären, wenn es die DNA-Analysetechnik bereits früher gegeben hätte.

Irgendwann Anfang der Neunziger war die Asservatenkammer umgezogen und dabei waren die Blutproben von Britta, Anette und Marc verloren gegangen. Auf ihrer Suche nach Material, das sich für die DNA-Analyse eignen könnte, hatte Janna nur noch die zerfetzten Kleidungsstücke und Zelte samt den Pflöcken und Leinen gefunden. Auch die Flasche Afri-Cola hatte den Umzug überstanden.

Katharina und Sebastian waren überhaupt keine Blutproben entnommen worden. Janna erinnerte sich, wie erleichtert die Ermittler gewesen waren, dass überhaupt zwei Teenager das Inferno überlebt hatten. Warum hätten sie ihnen also auch noch zumuten sollen, ihnen Blut abzuzapfen? Aus heutiger Sicht eine große Nachlässigkeit.

Trotzdem hatte Janna Mitte der neunziger Jahre Kontakt zu Prof. Dr. Hübner von der Universität Köln aufgenommen. Er galt als Koryphäe in der DNA-Forschung.

Doch Prof. Hübner hatte nur abgewinkt.

„Für die Extraktion von DNA brauchen wir einen halben Fingerhut voll Blut oder einen Blutfleck vergleichbarer Größe, um sichere Ergebnissen zu erhalten."

Mitgebracht hatte sie ihm Brittas lila Pullover, der von dem trockenen Blut noch immer braun verfärbt war. Als Janna ihm die Blutspuren auf dem Pullover zeigte und von denen auf den anderen Asservaten berichtete, lachte er lauthals los.

„Die paar Tropfen und dann noch so alt? Damit brauchen wir gar nicht erst anzufangen. Kommen Sie wieder, wenn Sie uns mehr Blut bringen können."

Teil II

Kapitel 8

2014

Dreißig Jahre ist es her. Janna braucht nicht in die Zeitungen und Zeitschriften zu schauen, um an das Ereignis erinnert zu werden.

Auch die ständigen Anrufe von Anja Niemeyer sind nicht nötig, um sie an den Jahrestag zu erinnern. Die hatte ihre ganze Kraft in die Suche nach dem Mörder gesteckt, hatte sich dabei auf Meiser fixiert. Hatte er doch ihr Mädchen bereits einmal fast vergewaltigt. Auch von Janna hat sie sich nicht davon überzeugen lassen, dass der ein Alibi hatte. Nun ist sie mit der alten Geschichte zu allen großen Zeitungen gegangen und hat dessen Ruf endgültig ruiniert.

Ihr Mann, der sie in all den Jahren immer gebremst hatte, war vor zwei Jahren gestorben. Nun hat sie sich mit aller Macht auf ihr Ziel gestürzt. Und die Zeitungen machen gerne mit, greifen den alten Fall wieder auf und bringen ihn mit den Fotos der Opfer und des Tatortes bundesweit.

Janna kann es Anja Niemeyer nicht verdenken. Ihr ist es nicht besser ergangen. Dreißig lange Jahre, in denen sie sich den Kopf zermarterte, wie sie endlich den Mörder und Vergewaltiger finden könnte. Damit nervte sie anfangs ständig den Genetiker Prof. Dr. Josef Hübner, dann seinen Nachfolger Prof. Dr. Dr. Dietrich Fischer.

Doch auch ein Vierteljahrhundert später kann Janna nicht mehr Blut für die Analyse bieten – aber die Analysetechnik wurde weiterentwickelt. So weit, dass es nur noch winziger Mengen wie Speichelresten an Zigarettenstummeln, Hautabrieb an Gläsern, Abstrichen von Mundschleimhautzellen oder minimalen Blut- oder Spermaspuren bedarf, um eine DNA-Analyse erfolgreich durchzuführen. Sogar schon jahrealtes DNA-Material einer Person lässt sich zweifelsfrei zuordnen.

Aufgrund der durch die DNA-Analyse ermöglichten Aufklärung verschiedener Sexualmorde wurde in den neunziger Jahren eine DNA-Analyse-Datei eingerichtet, die inzwischen fast eine Million Profilsätze umfasst. Jährlich wächst der Bestand um hunderttausend Datensätze.

Auch Janna hat Zugriff auf sie. Doch die nützt ihr nichts, solange sie keine Blutproben hat.

Ihr nahestehende Menschen, und davon gibt es wahrlich nicht allzu viele, behaupten, sie wäre zwanghaft, wenn es um ihre Arbeit ginge. Sie bestreitet das zwar, aber im Grunde ihres Herzens weiß sie, dass sie recht haben. Wenn sie in einer Ermittlung steckt, kann sie an nichts anderes denken. Sie ist völlig auf den Fall fixiert, nichts anderes zählt. Nicht mal ihr Kind.

Dieses obsessive Verhalten schreibt sie ihrer Arbeit zu, ihrer Sucht nach Gerechtigkeit. Mit Macht muss sie sich von solchen Gedanken lösen, um wieder zurück ins normale Leben, das Leben vor einem Mord, zu finden.

Bei einem einzigen Fall ist ihr das nicht gelungen: dem Totenmaar-Massaker. Obwohl seitdem bereits dreißig Jahre vergangen sind, liegt er ihr im Magen wie damals schon. Nicht nur, weil es ihr erster Mordfall war oder das Rätsel ungelöst blieb. Nein, es ist diese

Hilflosigkeit, die sie damals wie heute spürt, wenn eine Frau vergewaltigt wurde. Dann kommen Gefühle in ihr hoch, die sie nicht wahrhaben will, die sie zerfleischen. Dann wird sie selbst zurückgeworfen auf ihre ureigensten Erinnerungen und Ängste. Dann schreit alles in ihr nach Gerechtigkeit, einer Gerechtigkeit, die den Frauen nicht mehr helfen kann. Denn sie sind Opfer und sie werden es bleiben. Nichts kann die Erinnerung an die Tat auslöschen. Bei jedem Sexualkontakt werden sie daran erinnert. Eine normale Beziehung wird den Frauen nahezu unmöglich gemacht. Das haben die Täter erreicht, die in der Regel nach ein paar Jahren das Gefängnis wieder verlassen können. Die Frauen werden ihr Gefängnis nie mehr verlassen.

Und das Gefängnis droht nur den Tätern, die gefasst werden. Ihr ist bewusst, dass die große Mehrheit der Vergewaltigungen zu Hause stattfindet, mit Männern, die die Opfer kennen, ja ihnen vertrauen. Das war aber vorher und danach ist das Vertrauen weg, für alle Zeiten. In alle Männer.

Auch Janna hat einmal dem Falschen vertraut. Deswegen ist sie danach allein geblieben. Sie schafft es nicht mehr, irgendeinem Mann zu vertrauen. Dabei hatte auch sie von einer Familie geträumt.

Doch heute jammert sie deswegen nicht mehr. Ihr reicht ihre Tochter, die jetzt im pubertären Alter zu einem Monster mutiert ist. Ohne ihre Mutter, die die schlimmsten Anwandlungen und Aussetzer abfängt, würde Janna durchdrehen.

Nach dem frühen Tod ihres Vaters kurz nach Jannas Scheidung hatten sie sich in Trier-Gartenfeld eine gemeinsame Wohnung genommen. Ohne ihre Mutter wäre sie beruflich nie so weit gekommen. Nicht in diesem Beruf. Davon ist sie felsenfest überzeugt.

Sie fragt sich oft, wie es wohl Katharina ergangen ist in all den Jahren. Sie war doch ein unschuldiges junges Mädchen, als ihr das widerfahren ist. Und dabei konnte sie noch froh sein, die anderen hatten mit ihrem Leben bezahlt. Was mochte wohl aus ihr geworden sein?

Anfangs hatte Janna noch Kontakt zu ihren Eltern gehalten, immer in der Hoffnung, dass Katharinas Erinnerung irgendwann zurückkehren würde.

Doch trotz intensiver Behandlung im Traumazentrum Bielefeld war die Erinnerung nicht zurückgekehrt. Auch nicht, als sie anschließend ihre restliche Schulzeit in einem Internat auf Langeoog verbrachte. Abgeschirmt von allem und in völliger Ruhe. Auch nicht, als sie später nach Trier zum Studium zurückkehrte. Und auch nicht, als sie nach erfolgreichem Abschluss Rechtsanwältin in einer der größten Kanzleien am Platze wurde. Da hatte selbst Janna die Hoffnung längst aufgegeben, dass sie mit Hilfe von Katharina den Totenmaar-Fall lösen könnte.

Auf einem großen Tisch, der mit Schutzfolie abgedeckt ist, liegen ein helles Stück Tuch, ein Häuflein mit geschnitzten Angelruten und Hanfkordeln, eine leere Flasche Afri-Cola, eine hellbraune Wolldecke, die vom vielen Blut ganz hart geworden ist, ein lilafarbener Frauenpullover und die Reste von zwei Zelten. Die kläglichen Überreste eines Campingausflugs von fünf Teenagern, der in einem ungeheuerlichen Verbrechen mündete. Wie leichtsinnig erscheint es Janna auf einmal, dass sich der Mensch geborgen fühlt in solch einem Zelt aus einfachem Stoff. Dieses hier ist klein. Es konnte den Jugendlichen keine Rüstung sein, sondern nur eine dünne, verletzliche Haut, die Wind und Wetter abhält, aber nicht das Inferno aus heiterem Himmel, das seine Spuren auf dem Zelt hinterlassen hat.

Das schmutzige Segeltuch ist völlig zerfetzt von großen und kleinen Stichen. Übersät ist das Ganze von Blutspritzern, die auf dem Boden und an der Stirnseite zu dicken, schwarzen Krusten eingetrocknet sind. Genug Spuren, um ein DNA-Profil daraus zu erstellen. Doch das Wichtigste fehlt: die Vergleichsspuren.

Jannas ganze Überzeugungskraft reichte nicht aus, um vom Richter die Anordnung für die Exhumierung der drei Leichen von Britta, Anette und Marc zu bekommen, damit den Knochen DNA-Proben entnommen werden konnten.

Doch ein einziger Anruf ihres Vorgesetzten Dr. Wilhelm Sarter, Polizeipräsident und Duzfreund der neuen alten Ministerpräsidentin, reicht, damit der Richter ein Einsehen hat. Der Erfolgsdruck ist enorm gestiegen, seit in der Silvesternacht vor dem Trierer Hauptbahnhof Dutzende Migranten junge Frauen sexuell belästigt und ausgeraubt hatten. Nun braucht man Erfolge – und Ablenkung. Da kommt der alte Fall gerade recht.

Daneben wirken die vernünftigen Argumente wie der Verweis auf die neuen Analysemethoden und auch darauf, dass die Öffentlichkeit noch immer nach der Wahrheit lechzt, nur nebensächlich.

Janna ist das egal, nur das Ergebnis zählt. Und mit genau diesen Argumenten gedenkt sie, Katharina und Sebastian zur freiwilligen Abgabe von Analysematerial zu bewegen. Dann endlich wird sich zeigen, wessen

Spuren sich an welchen Stellen der Asservate befinden. Und welche Spuren keinem der Opfer zugeordnet werden können – sondern der sechsten Person am Tatort.

Wenn die DNA erst einmal analysiert und durch die Datenbank gelaufen ist, könnte ihnen das System einen Namen ausspucken. Doch in Janna gibt es eine leise zweifelnde Stimme, die ihr zuflüstert, dass es so einfach nicht werden wird.

Denn damit das System einen Namen ausspucken kann, muss der Täter irgendwann einmal polizeilich erfasst worden sein, und das ist in der Regel nur dann der Fall, wenn er in einer anderen Strafsache beschuldigt oder verurteilt worden ist. Außerdem muss diese Verhaftung zu einer Zeit erfolgt sein, in der das DNA-Ergebnis bereits routinemäßig in die Daten-Analyse-Datei eingegeben wurde. Und selbst dann könnte die Eingabe aus irgendeinem Grund unterblieben oder fehlerhaft erfolgt sein. Oder der Täter war bisher nie straffällig geworden. Auch dann würde ihnen die Analyse rein gar nichts bringen.

Andererseits, auch das ist Janna klar, sind DNA und Fasern natürlich wichtig, um einen Fall gerichtsfest zu machen. Doch eins hat sie in ihren Jahren als leitende Ermittlerin gelernt, nämlich dass einem nichts auf einem Silbertablett serviert wird. Um die Spuren verwenden zu können, braucht sie einen Verdächtigen, einen Namen. Und den hat sie nach all den Jahren noch immer nicht. Die Verantwortung dafür lastet schwer auf ihren Schultern.

Dabei weiß sie doch ganz genau, dass nicht sie die Verantwortung dafür trägt.

Kapitel 9

„Das klang dringend. Alles in Ordnung, Katharina?"

Ich sehe über den Schreibtisch aus glänzendem Rosenholz hinweg meine neueste Therapeutin Dr. Christina Limberger an und frage mich, was mir dieser Termin bringen soll. Dutzende Therapeuten habe ich im Laufe der Jahre verschlissen, immer auf der Suche nach Rettung, die es für mich doch nicht geben kann.

„Ich kann nicht schlafen."

Mehr brauche ich nicht zu erzählen. Wir beide wissen, was ich von der Ärztin will. Es ist nur eine Frage der Zeit und meiner Antworten, wie ich im Laufe der Jahrzehnte gelernt habe.

„Können Sie nicht einschlafen? Oder wachen Sie auf? Haben Sie Albträume?"

„Manchmal."

Was für ein Witz. Seit fast dreißig Jahren kann ich nicht mehr richtig schlafen – seitdem ich das Massaker am Totenmaar überlebte. Habe ich überlebt? Es fühlt sich nicht immer so an. Die Albträume hetzen mich durch jede Nacht. Wenn ich zwei Stunden schlafen kann, ist das schon viel.

Dabei habe ich früher gerne geschlafen und vor allem geträumt. Als ich noch das unschuldige, aber einsame Schulmädchen war. Von einer besseren Zeit und einer hübscheren Ausgabe meiner selbst träumte ich. Begehrt, schlank und geliebt. Und nicht mehr allein. Heute ist mir selbst die Flucht in Träume verwehrt.

Einige Therapeuten haben die Träume als Begleiterscheinung meines posttraumatischen Stresssyndroms bezeichnet und mir so ziemlich alles verschrieben, was es an Medikamenten auf dem Markt gibt: Valium, Antidepressiva, Anxiolytika und Schlaftabletten. Ich habe alles brav durchprobiert. Und kam mir lange Zeit wie ein Junkie vor. War von Arzt zu Arzt gerannt, nur um immer genügend Medikamente im Haus zu haben. Um die Zeit zu überstehen. Die Pillen haben meine Tage erträglicher und die Nächte weniger endlos gemacht. Und sie haben bewirkt, dass ich wieder ein wenig essen konnte.

So hatte ich mich durch die Schulzeit im Internat auf Langeoog als eine der Letzten, die ihr Abitur vor seiner Schließung 1988 machen konnten, gequält und war nach Trier zurückgekehrt. Mein Gewicht hatte sich damals bei fünfundvierzig Kilo eingependelt, gerade genug, um zu überleben.

Dann hatte ich mich weitergehangelt durch mein Jura-Studium. Mein Zimmer im Studentenwohnheim auf dem Universitätscampus verließ ich selten. Traute mich kaum unter Leute, weil alle mich scheel ansahen. Ob das an meinen dünnen Beinen lag, die ich noch immer mit meinem Lagenlook zu kaschieren versuchte, oder an meinen langen Haaren, die ich nun nicht mehr zum Dutt band, weiß ich nicht.

Da ich nichts anderes zu tun hatte, lernte ich. Ich lernte so viel, dass ich mein erstes Staatsexamen als Jahrgangsbeste ablegte.

Das Referendariat hätte eine Qual sein können. Und genau das hatte ich erwartet. Auftritte vor Gericht, Menschen, die mich anstarrten, Plädoyers, die ich halten, und Beweisaufnahmen, die ich leiten musste. Doch das wurde es nicht. Es war meine Zeit der Offenbarung.

Verwaltungsrecht war mein Fachgebiet. Dort störte meine Schüchternheit nicht, da ich trotzdem vor Gericht brillierte. Meine Noten waren noch besser als während des Studiums und im zweiten Staatsexamen schaffte ich einen Einserabschluss, der Einzige seit dreißig Jahren an der Universität Trier.

Kaum hatte ich meine Examensurkunde in der Tasche, standen die großen Kanzleien Schlange, um mich einzustellen. Ich ging zu Dr. Winkler, Sauer und Kollegen, die mir das beste Büro im Gründerzeitbau der Kanzlei und ein Gehalt, von dem ich nicht zu träumen gewagt hatte, boten. Und ich konnte in Trier bleiben.

Allerdings wurde mir auch nahegelegt, mein Äußeres dem Kanzleiniveau anzupassen.

Also bändige ich mein Rauschgoldengelhaar durch Glätten und trage es dezent zum Zopf gebunden im Nacken. Der zuvor hässliche Aschblondton wird mit Goldblond aufgepeppt und ich trage nur noch Hosenanzüge und Pumps, die meine Beine schier endlos erscheinen lassen. Dass sie steckendürr sind, kann man dank der weiten Hosenbeine nicht erkennen. Leichtes Make-up akzentuiert meine hohen Wangenknochen und die leichte Schrägstellung meiner rotkehlcheneierblauen Augen, wie die Kosmetikerin nicht müde wird zu betonen. Ich habe die Farbe recherchiert, sie hat nicht die geringste Ähnlichkeit mit dem Blau meiner Augen. Ich spare es mir, sie darüber aufzuklären.

Dank der Zufriedenheit mit meinem Aussehen und der Anerkennung in meinem Job schaffe ich es tatsächlich auf zweiundfünfzig Kilo und kann wenigstens ab und an schlafen. Natürlich mit Hilfe von Nitrazepam.

Fast hätte ich mir einbilden können, doch noch ein normales Leben führen zu können. Welch ein Irrtum. Ich hätte es mir denken können, nein, müssen. Irgendwann musste alles wieder hochkommen, ans Tageslicht und in die Presse gezerrt werden.

Als der Anruf von Janna Habena tatsächlich kommt, bin ich mehr erschüttert als überrascht.

Ihre Aufforderung, zu ihr ins Polizeipräsidium zu kommen, um eine DNA-Probe entnehmen zu lassen und mich mit ihr über den alten Fall zu unterhalten, klingt mehr devot als höflich. Kein Wunder, hat sie es jetzt nicht mehr mit einem dicklichen Teenager zu tun, sondern mit einer angesehenen Rechtsanwältin. Warum nur fühlt es sich dann nicht so an?

„Sie haben also noch immer Albträume."

Die Psychiaterin holt mich zurück aus meinen Gedankengängen.

„Wie oft? Einmal die Woche? Zweimal, dreimal? Noch öfter?"

„Nur ein paar Mal die Woche, nicht mehr ganz so intensiv."

Welch Untertreibung. Doch das würde ich niemals der Psychiaterin anvertrauen oder sonst irgendjemandem gegenüber zugeben. Ich habe die Erfahrung gemacht, dass ich nicht ernst genommen werde, wenn mein Gegenüber von diesen Dingen weiß.

„Haben Sie schon mal ein Antidepressivum probiert?"

Mir entschlüpft ein trockenes Lachen.

„Ich kann mich nicht mehr an alle Namen der Medikamente erinnern, so viele waren es. Nie wieder werde ich das Zeug nehmen. Geben Sie mir einfach ein Rezept für Nitrazepam und gut ist."

„Sie wissen, dass Sie damit nur Ihre Schlaflosigkeit und die unspezifischen Angstgefühle bekämpfen. Das ist keine Lösung auf längere Sicht. Ich wünschte, Sie würden Ihre Meinung hinsichtlich der Antidepressiva ändern. Die können wirklich was bewirken."

„Ich finde, mein Hirn hat auch ohne das Zeug genug Probleme."

Tatsächlich hatte ich von den Antidepressiva zugenommen. Das ertrage ich nicht. Dann lieber so weiterleben.

„Einige der Antidepressiva hatten ja unangenehme Nebenwirkungen. Aber inzwischen sind Blocker auf dem Markt, die kaum mehr Nebenwirkungen haben. Wenn Sie die regelmäßig unter meiner Aufsicht nehmen, könnten die Ihnen dauerhaft helfen."

Daran glaube ich nicht mehr. Mein Privatleben ist jetzt schon so lange eine unabwendbare Katastrophe, dass ich niemandem mehr abkaufe, jemals wieder eine annehmbare Zukunft zu haben. Lediglich meine Arbeit hält mich aufrecht. Damit würde ich klarkommen, wenn nur die Nächte nicht wären.

„Vergessen Sie es, das Zeug nehme ich nicht mehr."

„Bei Ihnen könnte ein chemisches Ungleichgewicht vorliegen ..."

Ich kann nicht mehr an mich halten. Was weiß die blöde Kuh von meinen Problemen?

„Sie wissen so gut wie ich, dass ich nicht wegen eines verdammten chemischen Ungleichgewichts hier vor Ihnen sitze, sondern weil meine Freunde umgebracht und ich vergewaltigt wurde. Und ich kann mich noch nicht einmal daran erinnern. Wie zum Teufel können

Sie mir da mit einem beschissenen chemischen Ungleichgewicht kommen?“

„Ganz ruhig. Stresshormone können den Serotoninspiegel beeinflussen. Durch die Antidepressiva können wir das ausgleichen. Dann geht es Ihnen vielleicht besser.“

„Oder sie geben mir mein verdammtes Gedächtnis zurück. Dann geht es mir ganz sicher besser.“

„Sollen wir heute darüber reden?“

„Ich will heute überhaupt nicht reden. Können Sie das verstehen?“

„Durchaus.“

„Mir reicht schon, dass ich morgen in dieses beschissene Polizeipräsidium gehen muss, um meine Blutprobe abzugeben. Wissen Sie, was der Anblick von Blut bei mir auslöst? Dass ich wieder an alles erinnert werde! Ahnen Sie auch nur, was das morgen für mich bedeutet?“

Dr. Limberger starrt mich eine Weile an.

„Ich weiß, dass Sie große Probleme haben und dass der Anblick von Blut Ihr höchstpersönlicher Trigger ist. Darüber haben wir ja schon gesprochen. Aber Nitrazepam löst diese Probleme nicht.“

Als ob ich das nicht selbst wüsste. Aber ich weiß auch, dass es an der Zeit ist, den Psychiater zu wechseln. Immer wenn sie mir so dumm kommen, suche ich mir einen anderen.

Die Ärztin starrt mich eine Weile an. Ich fürchte, sie kann meine Gedanken am Gesicht ablesen. Sie atmet schwer ein.

„Sehen Sie mal, Katharina, ich weiß, dass Sie nicht hier sein wollen. Dass Sie nur Ihr Rezept haben wollen und ansonsten Ihre Ruhe, soweit das überhaupt möglich ist nach dem, was Sie durchgemacht haben. Ich verstehe das. Aber um ehrlich zu sein, Sie sind auch nicht gerade die ideale Patientin."

Ich lache auf.

„Na, wenigstens mal ein ehrlicher Psychiater, das ist doch schon mal was."

„Aber Tatsache ist auch, dass es ein paar Dinge in Ihrem Leben gibt, mit denen Sie sich endlich aus-einandersetzen müssen. Und nicht mit mir zu reden, hilft da auch nicht weiter. Ich kann meine Arbeit nur machen, wenn Sie mit mir sprechen. Aber solange das nicht passiert, machen wir – Sie – keine Fortschritte."

Ich sehe sie an, alles verschwimmt vor meinen Augen. Mein Herz klopft staccato und ihre Worte erzeugen einen Knoten in meiner Brust, der sich immer fester zusammenzieht, bis ich das Gefühl habe, innerlich zerquetscht zu werden.

„Mir geht's beschissen", würge ich schließlich heraus. Das ist mehr, als ich zu sagen beabsichtigte.

„Was ist los?"

Ich kämpfe mit mir, sehe sie an. Der wissende Ausdruck in ihren Augen missfällt mir. Ich wende den Kopf ab, wünschte, ich wäre nicht gekommen. Denn mir fehlt das Vertrauen in diese Psychiaterin. In alle Psychiater. Ich glaube nicht mehr daran, dass mir einer helfen kann. Denn keiner hat mich der Wahrheit von damals näher gebracht.

„Ach, vergessen Sie es."

Ich überlege, ob ich gehen soll. Es wäre nicht das erste Mal, dass ich ein Arztzimmer ohne Erklärung verlasse.

„Reden wir kurz über Ihre Albträume. Wie fühlen Sie sich danach?“

Ich schlucke. „Sie machen mir totale Angst.“

„Warum machen sie Ihnen totale Angst?“

„Weil ich immer dieses Rot sehe und weiß, dass jemand stirbt. Aber ich weiß nicht, wer das ist und warum. Dann zieht es in meinem Unterleib, als würde mir jemand ein heißes Messer in die Scheide schieben. Das ist die Hölle. Und dann höre ich diese Schreie ...“

„Sehen Sie andere Menschen, wenn Sie die Schreie hören?“

„Ich sehe Schemen, manchmal auch blondes Haar, das sich rot verfärbt. Dann weiß ich, dass da jemand vor mir stirbt.“

„Wer stirbt, können Sie das erkennen?“

„Nein, und ich will es auch nicht. Denn manchmal denke ich, es ist mein eigenes Haar.“

„Wollen Sie dann flüchten?“

„Ich versuche es, kann aber nicht.“

„Warum nicht?“

„Ich bin gelähmt oder so. Kann mich nicht bewegen. Spüre etwas auf mich zukommen. Aber ich kann nicht weg. Meine Beine spielen einfach nicht mit.“

„Erinnert Sie das an die Situation damals?“

„Woher soll ich das wissen?“

Es ist immer dasselbe. Alle wollen von mir nur wissen, ob ich mich endlich erinnere. Quälen mich mit ihren Fragen. Dabei weiß ich es doch einfach nicht. Ich sehe in den Albträumen immer nur Blut, Blut, Blut. Und manchmal auch Sebastian. Dann überkommt mich ein Gefühl von unendlicher Leere und Einsamkeit.

Der kurze Augenblick von Glück mit ihm hat sich nicht festhalten lassen. War nur eine Illusion, die ich mir vorgaukelte, um nicht damit leben zu müssen, dass mich ein anderer vergewaltigte. Dann wird mir auch wieder klar, dass es nicht meine Freunde waren, die dort gestorben sind, sondern ich nur ein Anhängsel war, erforderlich, um die elterliche Genehmigung für ihr Todesurteil zu bekommen.

Vielleicht ist es gut, dass ich auch später keine Freunde oder Liebhaber fand. Auch ihnen hätte ich sicherlich nur Pech gebracht.

Pünktlich um zehn Uhr stehe ich am folgenden Morgen vor Zimmer 452 im Polizeipräsidium in Trier. Das Schild neben der Tür weist es als das Zimmer von KHK Janna Habena, stellvertretende Kommissariatsleiterin der Kriminalinspektion Trier aus. Weit hat sie es gebracht, die junge Beamtin, die mir damals kaum älter als ich selbst erschien.

Meine Hände sind schweißnass und mein Herz tickt im Sekundentakt seiner Explosion entgegen. Kaum hebe ich die Hand zum Klopfen, wird die Tür schon aufgerissen. Doch vor mir steht nicht Janna, sondern Sebastian. Alles Blut weicht aus meinem Gesicht und ich fange an zu schwanken. Er stürzt nach vorn und umfasst mit sicherem Griff meine Taille.

„Aber, aber, Katharina, dass mich die Frauen umwerfend finden, bin ich ja gewohnt, aber dass sie tat-sächlich gleich umfallen bei meinem Anblick ...“

Dieses Grinsen hat mich schon als Schulmädchen um den Verstand gebracht. Ich fasse mich und richte mich auf. Doch er lässt nicht los. Also nehme ich mir die Zeit, sein Gesicht zu betrachten. Es hat die jugendliche

Weichzeichnung verloren. Harte Linien ziehen sich von der Nase zum Mund und horizontal über die Stirn. Auch der Haaransatz seiner prächtigen, dunkel-braunen Locken ist zurückgewichen. Doch insgesamt ist ihm das Altern gut bekommen. Was er an jugendlicher Schönheit verlor, hat er als markante Gesichts-züge dazugewonnen. Aber die Falten in seinem Gesicht stammen nicht vom Lachen. Auch ihm scheint es in den Jahren nicht gut ergangen zu sein.

Mir werden die Beine wieder weich, weil er mir so nahe ist. Sein herbes Aftershave kitzelt in meiner Nase. Ich will nicht weg von ihm, höre aber hinter Sebastian ein Räuspern.

„Frau Zamanka, alles in Ordnung?"

Ich bringe lediglich ein Nicken zustande. Dass er noch immer diese Wirkung auf mich hat, verstört mich. Das hat kein Mann in all den Jahren geschafft.

„Ich warte hier auf dich", flüstert er mir ins Ohr und zu meiner eigenen Verblüffung nicke ich lächelnd.

„Lang, lang ist's her, Frau Zamanka. Katharina kann ich Sie ja nun nicht mehr nennen, dann verklagen Sie mich gleich."

Ich kann diese dummen Sprüche nicht mehr hören. Sie kommen garantiert immer, wenn sich herausstellt, dass ich Anwältin bin. Da spielt es keine Rolle, dass ich lediglich Kommunen und öffentliche Einrichtungen verklage oder vertrete. Ich verkneife mir den genervten Seufzer.

„Natürlich können Sie mich noch Katharina nennen, wenn Sie das mögen, Janna."

Sie hat den Seitenhieb verstanden und ordentlich pariert, nämlich nur gegrinst. Etwas anderes habe ich von ihr auch nicht erwartet.

„Wie ist es Ihnen ergangen in all den Jahren?"

„Das wissen Sie doch genau. Meine Eltern haben mir immer von Ihren Nachfragen berichtet."

Wieder dieses Grinsen. Es wird schwer sein, sie in Verlegenheit zu bringen.

„Ja, Ihre Eltern haben mir erzählt, wo Sie waren und was Sie machten. Aber leider kam nie die Antwort, auf die ich all die Jahre gehofft hatte, nämlich dass Sie angefangen haben, sich zu erinnern."

Ich zucke mit den Schultern. Sie ist nicht die Einzige, die das bedauert. Ich habe viel mehr Grund dazu.

„Haben Sie denn immer noch überhaupt keine Ahnung, was damals geschah? Ich habe gehört, dass Sie sich sogar hypnotisieren ließen."

Sie weiß aber auch alles, sogar von diesem Fiasko.

„Ja. Aber es hat absolut nichts gebracht", versuche ich davon abzulenken, dass ich bei der Rückführung in die Zeit der Morde wimmernd auf allen vieren vor dem Hypnotiseur erwacht bin. Danach waren die Träume noch schlimmer geworden.

Sie nickt.

„Nun, das ist nicht zu ändern. Finde ich toll, dass Sie es wenigstens versucht haben, Katharina. Aber nun zu dem Grund, warum ich Sie gebeten habe zu kommen. Wie Sie ja bestimmt aus der Presse entnommen haben, wollen wir den alten Fall nun andersrum aufrollen. Mal schauen, ob wir nicht Täter-DNA finden, indem wir Ihrer aller Blut auf den Asservaten identifizieren und ausfiltern. Sind Sie mit der Blutentnahme einverstanden?"

Bin ich nicht, aber was soll ich machen?

„Reicht denn nicht ein Wattestäbchen im Mund?"

Janna seufzt.

„Sie haben doch bestimmt den tragischen Fall mitbekommen, in dem eine Mitarbeiterin einer Verpackungsfirma die Wattestäbchen für DNA-Analysen verunreinigte. Alle jagten einer Phantom-Mörderin nach, vierzig Verbrechen wurden ihr zugerechnet. Und was war? Die Packerin hatte alle Stäbchen verunreinigt. Ne, unser Gerichtsmedizinisches Institut ist da ganz altmodisch und fordert Blutproben an, wenn das möglich ist. Das ist doch sicher kein Problem für Sie?"

Um nichts in der Welt würde ich zugeben, was für ein Riesenproblem das für mich ist.

„Hab ich die Wahl?"

Wir wissen beide, dass ich nicht hier sein müsste und keine Blutprobe abgeben muss. Schließlich bin ich keine Verdächtige. Kein Richter würde gegen mich einen Beschluss erlassen, der mich dazu zwingen könnte.

Doch der Zwang, der tatsächlich auf mich ausgeübt wird, ist subtiler. Die öffentliche Meinung hat mich hergetrieben. Noch immer lechzt sie nach der Wahrheit und nun glaubt sie, mit den tollen Erfolgen bei den DNA-Analysen alle Rätsel lösen zu können. Auch ich habe in den Zeitungen von Brittas Mutter gelesen, die dreißig Jahre nach dem Mord immer noch nach der Wahrheit sucht und drängt. Habe gesehen, dass alle Regionalzeitungen am dreißigsten Jahrestag des

Totenmaar-Massakers große Artikel darüber gebracht haben.

Sogar in der Kanzlei haben Journalisten angerufen und um Interviews mit mir gebeten. Doch dort bin ich sicher, ein Heer von Kollegen aus allen Rechtsgebieten hat sich auf Anweisung der beiden Kanzleiinhaber wie eine Schutzwand zwischen die Journalisten und mich gestellt. Sie wollen keine Negativ-Publicity. Das hat sogar mich erstaunt, denn selbst schlechte Presse ist besser als keine.

Doch meine Klientel mag es nicht, wenn ihre Rechtsstreite an die große Glocke gehängt werden. Also werde ich abgeschirmt. Das ist nicht weiter schwierig, denn meine Mandate werden größtenteils am Schreibtisch und nicht vor Gericht gelöst.

„Nehmen Sie das Blut ab?"

Janna lachte auf.

„Ne, das überlasse ich unserem Polizeiarzt. Wenn es Ihnen recht ist, gehen wir gleich rüber. Sebastian wartet auch noch darauf."

Das ist der Gau. Sebastian wird miterleben, wie ich mich in ein winselndes Monster verwandle, das um sich schlägt, nur weil es Blut sieht. Das darf nicht passieren. Ich räuspere mich.

„Können wir das bitte getrennt machen? Mir wird schlecht, wenn ich Blut sehe."

Die Untertreibung des Jahres.

„Ja, na klar. Wenn Ihnen das lieber ist."

Gerettet.

„Gut, gehen wir."

Schon die Vorstellung, Blut zu sehen oder zu riechen, lässt mein eigenes aus dem Kopf absacken. Ich habe

Probleme, vom Stuhl hochzukommen. Janna bleibt das nicht verborgen. Doch ich strecke mich zur vollen Größe aus und überrage sie um einen halben Kopf dank der Plateauschuhe, für die ich mich heute Morgen entschieden habe. Eine gute Wahl, um sie zu beeindrucken, eine schlechte, um in diesem Zustand die wenigen Schritte bis zur Tür zu bewältigen. Doch ich schaffe es.

Nun bin ich auch gewappnet gegen die Überraschung, Sebastian gegenüberzutreten. Trotzdem stockt mir der Atem, als er mich wieder anlächelt.

„Toll siehst du aus, auf der Straße hätte ich dich gar nicht wiedererkannt."

Mein Lächeln verrutscht, ich freue mich zwar über das Kompliment, aber die Angst vor der Blutentnahme überdeckt alles.

„Wollen wir nach dem Mist hier einen Kaffee trinken gehen?"

Ich kann es nicht fassen. Er fragt mich so was. Bevor ich nicken kann, öffnet Janna nach kurzem Klopfen eine Tür. Wieder sackt mir das gerade zurückgekehrte Blut aus dem Gesicht.

„Hey, hast du Probleme damit?"

Trotz meiner Panik bringe ich ein kleines Kopfschütteln zustande.

Sein Lächeln wird breiter.

„Soll ich mit reinkommen und deine Hand halten?"

Entschlossen reiße ich mich zusammen.

„Ach was, bin gleich wieder da."

Ich werde mir vor ihm keine Blöße geben, das schwöre ich mir. Ich werde das schaffen. Will vor ihm nicht wie eine Idiotin dastehen. Allein betrete ich das Zimmer.

Schon bei dem Blick auf die Spritze, die sich gleich in meinen Arm bohren und mit meinem Blut füllen wird, bekomme ich Ohnmachtsgefühle. Den Arzt nehme ich nicht wirklich wahr, erahne nur einen Menschen im weißen Kittel. Ich bin zu fixiert auf die Nadelspitze. Eine dunkle Männerstimme fordert mich auf, mich auf einen Stuhl in der Nähe zu setzen. Ich spüre meine Schritte nicht, kann den Blick noch immer nicht von der Spitze der Nadel lösen. Wenn ich so weitermache, ist alles verloren. Sebastian sitzt vor der Tür, die sicher nicht schalldicht ist. Da gibt es nur eins.

Ich taste nach der Lehne, setze mich unbeholfen auf den Stuhlsitz, während ich die Augen fest zukneife.

„Haben Sie Angst?“, höre ich die dumpfe Stimme und nicke.

„Das müssen Sie nicht.“

Wie oft habe ich diesen Satz schon gehört. Geholfen hat er nie. Die wissen ja auch nicht, was der Anblick von und der Geruch nach Blut bei mir auslösen. Und ich werde es ihnen nicht erzählen. Niemandem. Mit geschlossenen Augen taste ich in meiner Handtasche nach dem parfümgetränkten Taschentuch, das ich vorsorglich zu Hause präpariert habe, und halte es vor meine Nase.

„Gleich pikst es ein bisschen.“

Kann der Idiot nicht den Mund halten? Ein Schmerz, fast reiße ich die Augen auf, im letzten Moment schaffe ich es, sie fest zusammenzukneifen. Nun zieht es im Arm. Wie viel Blut will er mir noch abzapfen?

„Es reicht“, stöhne ich.

„Okay, machen wir Schluss."

Ich spüre, wie die Kanüle aus der Armbeuge gezogen wird. Jetzt bloß die Augen geschlossen halten.

„Sie können die Augen wieder öffnen", höre ich die Stimme sagen.

Und ich Volltrottel mache es.

Ich erwache auf dem eiskalten Fußboden. Spüre Spucke aus meinem Mundwinkel rinnen. Der Arzt redet auf mich ein und Janna Habena steht erschrocken über mich gebeugt. Doch am schlimmsten ist, dass ich dahinter Sebastians Gesicht entdecke. Es ist wieder passiert. Aber was genau?

„Geht es Ihnen wieder besser, Katharina?", höre ich Janna.

Was soll man in dieser Situation auf solch eine dumme Frage antworten? Ich lasse es, egal, was ich sage, es macht alles nur noch schlimmer. Ich richte mich auf und versuche, auf die Beine zu kommen. Sebastian schiebt sich zu mir und greift mir unter die Arme.

„Das reicht", höre ich ihn sagen, dann bringt er mich vor die Tür.

„Ich erledige das hier schnell und dann verschwinden wir, einverstanden?"

Er setzt mich auf einen der Wartestühle vor der Tür.

Ich nicke mein vertrautes Nicken und versuche zu Luft zu kommen. Hab ich geschrien wie sonst, habe ich um mich geschlagen? Warum habe ich nur die Augen aufgemacht?

Nach drei Minuten kommt Sebastian wieder raus. Er greift nach meinen Arm, zieht mich hoch und in Richtung Ausgang.

„Moment noch“, höre ich Janas Stimme.

„Nicht jetzt“, lautet Sebastians entschiedene Antwort und ich bin ihm unendlich dankbar dafür.

Drei Ecken weiter betreten wir das Coyote Cafe. Ein kleiner Tisch am Fenster ist noch frei. Wir schieben uns durch das voll besetzte Café in seine Richtung, als von einem Tisch an der hinteren Wand ein „Hallo Sebastian“ erschallt. Natürlich gehört die Stimme einer Frau.

Ich will die Ruferin gar nicht sehen und starre weiter auf den vor mir liegenden Weg. Sebastian winkt kurz und rückt mir den Stuhl zurecht.

„Geht's wieder? Was war denn los? Du bist ja einfach umgefallen.“

„War noch mehr?“, frage ich vorsichtig nach.

„Na, das hat doch gereicht. Aber egal. Geht es dir jetzt besser?“

Ich nicke, brauche aber unbedingt einen Schnaps, um wieder auf die Beine zu kommen.

„Was kann ich bringen?“, kommt die Nachfrage der Serviererin perfekt getimt. Sie lächelt dabei in Sebastians Richtung, was ich ihr nicht verdenken kann.

Jetzt sehe ich den alten Sebastian klarer durchschimmern. Die Zeit ist nicht spurlos an ihm vorübergegangen, ebenso wenig wie an mir. Doch sein altes Lächeln, das Heerscharen von Schulmädchen verzückte, ist noch da und jetzt schenkt er es nur mir, nicht der Kellnerin. Auch nicht der Frau, die ihn rief. Nur mir.

„Einen Cognac bitte.“ Ich ernte Sebastians erstaunten Blick.

„Da ist aber nicht mehr viel übrig geblieben von der braven Pfarrerstochter“, stellt er grinsend fest.

Kein Wunder, ist es doch gerade einmal halb elf vormittags. Ich zucke die Schultern.

„Egal, erzähl mal, wie es dir in all den Jahren ergangen ist. Wie bist du vom Pummelchen zu so einer schönen Frau geworden?"

Blöder Spruch, aber er weicht etwas in mir auf. Verlegen erröte ich leicht.

„Au Mann, wie konnte ich das damals nur über-sehen?", schiebt er nach.

Ich werde noch röter.

„Was hast du in den vielen Jahren gemacht?", hakt er nach.

Die Frage lässt mich selbst stutzen. Viele Jahre? Dreißig, um genau zu sein. Fünfundvierzig bin ich jetzt und so sehe ich auch aus. Die Zeit ist vergangen, ohne dass ich es merkte. Ich habe immer funktioniert. Auch geflirtet habe ich, mehr oder weniger. Doch es ist nie irgendetwas daraus geworden. Zu sehr lastete die Angst auf mir, im entscheidenden Moment die Kontrolle über mich zu verlieren.

Nun sitze ich meinem alten Jugendschwarm gegenüber und versinke wieder in Angst. Was ist damals am See geschehen? Haben wir miteinander geschlafen? An seinem Verhalten mir gegenüber kann ich nichts ablesen.

Und wie ist es ihm ergangen? Ich habe fast vergessen, dass er genau wie ich betroffen war.

„Wie bist du mit dem Unglück", ich schaffe es nicht, das Wort Massaker zu benutzen, „klargekommen?"

Mich interessiert die Antwort wirklich.

Sein Blick wird ernst. „Na ja, es hat mich ziemlich aus der Bahn geworfen. Meine Pläne, zu studieren, habe ich abgehakt. Ich hab lange gebraucht, bis ich mich wieder auf was anderes als das Überleben konzentrieren konnte. Ich hab erst mal bei meinen Eltern gearbeitet, auch um Marc zu ersetzen. Und dann ist es dabei geblieben. Als sie vor zehn Jahren gestorben sind, hab ich den Laden übernommen, aber ich musste im Laufe der Zeit verkleinern. Die Konkurrenz ist zu groß. Gut, dass meine Eltern das nicht mehr miterleben mussten. Jetzt habe ich gerade noch zwei Angestellte. Ist auch besser so, meine letzte Frau war gierig bei der Scheidung, das hätte mich fast noch den Rest des Geschäfts gekostet. Ist aber auch schon wieder Vergangenheit."

Ob er wieder liiert ist? Ich traue mich nicht, zu fragen.

„Nach drei Versuchen hab ich jetzt erst mal die Nase gestrichen voll. Wie steht's mit dir? Glücklich verheiratet? Kinder?"

Ich schüttle den Kopf.

„Zu viel zu tun. Mein Job ist sehr anstrengend und kostet unheimlich viel Zeit."

„Ach ja, dein Job. Ich hab gehört, dass du Anwältin in Trier bist. Gratulation, du hast wirklich was aus dir gemacht. Siehst toll aus und hast einen Superjob. Da biste dir vielleicht zu schade, heute Abend mit mir essen zu gehen."

Ich fasse es nicht. Er will sich mit mir verabreden. Endlich bringe ich ein Lächeln zustande.

„Komm doch zu mir, ich koch uns was."

Ich glaub es nicht. Habe ich das wirklich gesagt?

Ein breites Grinsen zieht über sein Gesicht.

„Sag mir nur, wann und wo, und ich bin da."

Ich habe schon ewig nicht mehr gekocht und noch nie für einen Mann. Was ist nur in mich gefahren? Ich habe keine Ahnung, was ich machen, wie ich das schaffen soll.

Auf dem Rückweg halte ich kurz in der Kanzlei, um ein paar Unterschriften zu leisten. Meine Sekretärin hat eine lange Liste von Anrufern, die ich alle ganz dringend zurückrufen müsste. Kein Mandant hat Zeit, immer muss alles sofort erledigt werden. Normalerweise sind sie das auch von mir gewohnt. Aber heute mache ich das nicht.

Ganz verblüfft schaut mich Andrea an, als ich alle Termine und Anrufe auf morgen verschiebe.

„Sagen Sie, Andrea, wo bestellt die Kanzlei eigentlich diese Kanapees, die immer so gelobt werden?"

Was anderes fällt mir nicht ein. Und da mir Essen nie schmeckt, verlasse ich mich lieber darauf, was bei anderen gut ankommt.

Ihr verblüffter Blick macht mir klar, wie ungewöhnlich meine persönliche Frage ist. Normalerweise verliere ich kein unnötiges oder gar privates Wort ihr gegenüber.

„Äh, Wajos in der Trier Galerie."

Ich nicke dankend und unterschreibe. Den Tag nehme ich mir einfach frei. In den vielen Jahren habe ich nie Urlaub am Stück genommen. Wozu auch? Nur meine Arbeit gibt mir einen Rahmen, in dem ich mich sicher fühle. Er ersetzt mir Familie und Freizeit. Er ist mir alles, nachdem meine Eltern gestorben sind.

Ich setze mich in mein funkelnagelneues schwarzes BMW Cabrio und fahre ins City-Parkhaus. Wenigstens finanziell lohnt sich mein Engagement in der Kanzlei, die vielen Überstunden ermöglichen es mir, mir alles zu leisten, was ich will. Zumindest das, was man kaufen kann.

Vom Parkhaus gelange ich durch einen Übergang zu dem Delikatessengeschäft. Das vielfältige Angebot an Lebensmitteln und die Gerüche ekeln mich. Doch ich muss etwas Vernünftiges für heute Abend einkaufen. Was bietet man einem Mann an? Ich habe keine Ahnung.

Die Verkäuferin nutzt meine Unwissenheit schamlos aus und schaufelt wahre Berge von Shrimpssalat, Räucherlachs, Käsecrackern mit Stilton und Cheddar, Rinderfilet mit Pinienkernkruste, eine Schüssel Caesar-Salat und Tempuragemüseschnitzel auf einem weißen Tablett zu einer hübschen Komposition. Sie rät mir, das original französische Baguette neun Minuten lang bei hundertachtzig Grad aufzubacken, bevor mein Besuch kommt. Als Weinbegleitung empfiehlt sie einen Sauvignon Blanc aus Sauternes für siebzig Euro die Flasche. Ich habe keine Ahnung, ob er schmeckt. Aber bei dem Preis kann ich wohl nichts falsch machen. Ich nehme zwei.

Ein junger Aushilfsverkäufer wird dazu verpflichtet, alles zu meinem Wagen zu schleppen – kein Wunder bei der Rechnung.

Endlich zurück in meiner Wohnung, meinem Refugium und Nest, stelle ich fest, dass der letzte Wohnungsputz drei Wochen zurückliegt.

Ich habe mir die kleine Penthousewohnung im Gerberviertel vom Erbe meiner Eltern gekauft. Dies ist der einzige Ort, an dem ich mich geborgen fühle. Die Wände und Böden sind so dick, dass die Nachbarn meine nächtlichen Angstschreie und Wanderungen nicht hören können. Und vor allem ist die Wohnung lediglich über einen Fahrstuhl erreichbar, der nur dann bis zu mir hochfährt, wenn man den Schlüssel dafür hat oder von oben einen Schalter betätigt. Hier kommt niemand ungebeten rein.

Fünf Stunden später ist die Wohnung sauber, ich bin frisch geduscht, der Wein befindet sich im Kühlschrank, das Baguette im Ofen und der Tisch ist gedeckt. Ich würge die ganze Zeit, weil die Platte mit den Delikatessen einen widerlichen Geruch nach Fisch und Fleisch verströmt.

Aber das ist immer noch leichter zu ertragen, als mit diesen Gerüchen in einem Restaurant zu sitzen und nicht unbeobachtet meinen Magen auf der Toilette vom Essen befreien zu können. Ich vermute, dass es meine Angst vor dieser Öffentlichkeit ist, die mich dazu brachte, Sebastian zu mir nach Hause einzuladen. Oder hatte ich noch andere Gründe? Gründe, die ich mir nicht eingestehen will? Ich weiß es nicht, erkenne mich nicht wieder.

Die letzten zwei Stunden vor der Verabredung verbringe ich vor dem Kleiderschrank. Wie gerne würde ich das hübsche kurze Armani-Kleid anziehen, das mir eine andere Verkäuferin aufschwatzte, als sie merkte, dass ich zwar keine Ahnung von Mode, aber ein volles Bankkonto habe. Zum wiederholten Male drehe ich mich damit vor dem Spiegel. Aber meine Beine und mein Körper sind einfach zu dünn. Das Kleid hängt an mir wie an einer Vogelscheuche. Wie konnte ich mich nur dazu überreden lassen?

Nein, ich ziehe meinen schwarzen Boss-Hosenanzug aus dem Schrank und eine langärmelige Bluse. So kann

Sebastian auch nicht die viel zu dünnen Arme sehen. Und auch nicht die schlecht vernarbten Schnitte, die mir Erleichterung verschaffen, wenn nichts anderes mehr hilft.

Kaum habe ich das Rouge aufgelegt, klingelt es auch schon. Fast bleibt mir das Herz stehen. Es ist eine halbe Stunde zu früh, vielleicht ist das gar nicht Sebastian.

Doch durch die Sprechanlage erklingt seine volle, tiefe Stimme.

„Schmeckt es dir nicht?"

Sebastian schaut mir tief in die Augen.

„Doch, doch", ist alles, was ich rausbringe. Dabei würgt es mich. Ich traue mich fast nicht, den Mund für eine Antwort zu öffnen. Ich sollte schnellstens zur Toilette und mir den Finger in den Hals stecken. Doch Sebastian hält meine Hand und ich möchte nicht loslassen.

„Iss doch noch ein wenig mit mir. Die Käse-Häppchen sind echt klasse. Und der Wein erst."

Ich nehme mein Weinglas und trinke. Das erleichtert es mir, das wenige Essen, das ich zu mir genommen habe, unten zu behalten.

„Hast du eigentlich eine Stereoanlage?"

Ich schüttle den Kopf. Mit so was kann ich nichts anfangen.

„Schade, wäre doch schön, zu tanzen."

Ich starre ihn an, unfähig, mich zu bewegen. Ist das hochprozentiger Kitsch? Flirtet er mit mir? Was will er? Ich kann ihn einfach nicht einschätzen. Zudem blockiert meine Erinnerung an ihn als umschwärmtesten Jungen der Schule jeden klaren Gedanken. Doch eins ist selbst mir klar: Er will auf Tuchfühlung gehen.

Will ich das auch? Kann ich das auch? Ich weiß es nicht und bekomme Angst.

Sebastian steht auf, kommt um den Tisch herum, zieht mich hoch und an sich. Ich durchforste mein Gehirn, doch eine Erinnerung an solch eine Situation kommt nicht hoch. Noch während ich darüber nachdenke, ob wir uns schon einmal so nahe waren, versucht er, seinen Mund auf meinen zu pressen. Ich wende den Kopf im letzten Moment ab und drehe mich weg. Mein Blick fällt auf die Flasche Cognac Hardy Noces de Perle, die mir ein dankbarer Mandant vor drei Jahren zu Weihnachten schenkte. Das ist jetzt das Richtige.

Ich entwinde mich Sebastian, öffne die Flasche und schenke zwei Cognacschwenker zur Hälfte voll. Sebastian ist mir gefolgt, steht hinter mir. Bevor er mir zu nahe kommen kann, halte ich die Gläser zwischen uns. Ich stoße mit ihm an und leere mein Glas in einem Zug. Der Cognac brennt sich seinen Weg bis in meinen Magen. In meinem schon leicht benebelten Kopf wird es noch nebeliger. Ich sehe Sebastian an, sehe ihn richtig an, und fühle mich magnetisch angezogen. Meine Ängste fangen an zu schwinden.

Meine Herzfrequenz erhöht sich. Ich fühle mich beschwingt und möchte beides dem Cognac zuschreiben, muss mir aber ehrlicherweise eingestehen, dass es mehr mit dem Mann zu tun hat, der nur noch wenige Zentimeter von mir entfernt steht. Hebe ich das Gesicht an, werden sich unsere Nasenspitzen berühren.

Er leert sein Glas und kommt noch näher. Noch nie hat mich der Blick eines Menschen so irritiert. Erst als ich mit dem Hintern gegen die Anrichte stoße, merke ich, dass ich zurückgewichen bin. Dass ich von beunruhigenden Erwartungen erfüllt bin, sowohl psychisch als auch physisch, die ich erst aufhöre zu analysieren, als er sich ganz leicht an mich drückt, die Hände links und rechts von mir auf dem Sideboard. Ich kann nicht mehr weg.

„Was machst du da?", bringe ich mit zittriger Stimme hervor.

„Vermutlich alles vermasseln."

Er senkt den Kopf, beugt sich vor und küsst mich mit einer Inbrunst, die mich erschreckt. Aber die Berührung erfüllt mich auch mit Sehnsucht nach mehr und Freude. Seine festen Lippen sind warm, sein heißer Atem streift meine Wange. Ich möchte mich ihm öffnen, doch mein über die Jahre entwickelter Schutzinstinkt lässt das nicht zu. Noch nicht. Oder doch?

Ich erinnere mich nicht, mich bewegt zu haben, doch plötzlich umschlingen meine Arme seinen Hals, seine festen Schultern, die vor Anspannung zittern. Sein Kuss wird fordernder, mit seiner Zunge öffnet er meinen Mund. Ich lasse es zu, genieße das immer drängendere Spiel unserer Zungen. Sein Aftershave riecht nach Grapefruit und grünem Apfel. Ich bebe vor Begehren, spüre seine harte Männlichkeit an mich gepresst und fühle, wie ich zwischen den Beinen feucht werde. Spüre seine Hand, die sanft über meinen Busen nach unten gleitet und sich zwischen meine Beine schiebt. Sein Atem klingt, als wäre er gerade Marathon gelaufen. Zum ersten Mal seit Jahren vergesse ich alles. Und obwohl ich eine solche Situation nur in meinem

Traum von damals im Auto mit Sebastian erlebt habe, weiß ich, was als Nächstes passiert. Und will es, will es mit meinem ganzen Körper.

Er küsst mich, ganz ohne Zurückhaltung. Es ist der Kuss eines Mannes, der weiß, was er will, und keine Angst hat, es sich auch zu nehmen.

Meine Nerven flattern, doch auch ich will mehr. Dränge mich an ihn. Er öffnet den Reißverschluss meiner Hose, zieht meine Bluse aus dem Bund und schiebt seine Hände unter sie, hinauf bis zu meinem BH. Auch wenn ich dünn bin, meine Brüste sind noch immer ansehnlich.

Seine Hände wandern nach hinten auf meinen Rücken und ich spüre, wie sich der BH löst. Mir entschlüpft ein Seufzer, als er anfängt mit den entblößten Brustwarzen zu spielen. Ich kann mich nur an ihm festklammern, meine Beine geben nach.

Seine Hände wandern wieder nach unten, umfassen den Bund meiner Hose und beginnen, sie runterzuschieben. Ich schnappe nach Luft, klammere mich noch fester an ihn. Ich spüre, wie die Hose langsam nach unten rutscht, ganz von allein. Ich habe keine Kurven, die sie aufhalten könnten.

Und dann passiert es.

Kapitel 10

„Welche Blutspuren befinden sich denn jetzt an welchen Stellen des Zeltes?"

Das Zelt, in dem die drei Teenager damals gefunden wurden, ist von den Ermittlern aufgebaut worden und steht nun als kläglicher Fetzen mit einer komplett ausgeschnittenen Bahn aufgespannt zwischen zwei Wänden im Besprechungsraum. Die Blutflecken sind mit farbigen Stecknadeln markiert: blau für Britta, rot für Anette, grün für Marc, gelb für Sebastian und schwarz für Katharina. Stellen mit unbekanntem Blut sind orange eingekreist, damit sie keinesfalls übersehen werden. Schwarze Punkte sind wie zu erwarten keine zu sehen, dafür ist das Zelt mit blauen, grünen, roten und gelben übersät. Doch keine Stelle ist eingekreist. Das kann bedeuten, dass keiner außer den Teenagern im oder am Zelt war. Es kann aber auch bedeuten, dass der Täter sich nicht verletzt hat. Janna tendiert zu dieser Meinung, denn die Jugendlichen hatten ihrer Einschätzung nach keine Chance, sich zu wehren.

Auf dem Tisch rechts neben dem Zelt liegen die alten Asservate: die Kleidung der Jugendlichen, soweit noch vorhanden, die Afri-Cola-Flasche, drei Paar Schuhe, ein Fetzen Stoff, Pflöcke und Kordeln. Abseits davon liegt ein lilafarbener Damenpullover. Auf ihm allein prangen zwischen den vielen blauen Stecknadeln orangefarbene Kreise. Sie sind dort nicht wegen unbekannter Blutflecken, sondern weil sich Haare darauf befunden haben, die optisch keinem der Opfer zugeordnet werden können. Kurze blonde Männerhaare, wie die Untersuchung zeigte. Ein aufgeklebtes Etikett weist ihn als Pulli von Britta aus.

Vor zehn Stunden haben sie die Haare zur DNA-Analyse geschickt und vor einer Stunde kam das Ergebnis. Keinem der Opfer können sie zugeordnet werden. Das ist ein großer Erfolg, der sich jedoch leicht als Flop erweisen kann. Eben hat Janna persönlich die Daten in die DAD, die Daten-Analyse-Datei, eingespeist. Das Ergebnis könnte einen Namen liefern. Doch eine leise Stimme in Jannas Hirn flüsterte ihr zu, dass es so einfach nicht werden wird.

Denn damit das System einen Namen ausspuckt, muss der Täter irgendwann in seinem Leben verhaftet und die Daten müssen eingegeben worden sein, was aus den verschiedensten Gründen unterlassen worden sein kann. Oder vergessen wurde. Oder der „Haarmann" hat eine reine Weste – bisher. Trotzdem sind DNA und Fasern natürlich wichtig, um einen Fall hieb- und stichfest zu machen, vor allem wenn er irgendwann tatsächlich vor Gericht gelangt. Dann kann die Verurteilung davon abhängen – oder der Freispruch. Janna hat das alles in ihrer Zeit bei der Kripo schon erlebt.

Aber eins weiß sie ganz genau. Es wird einem nichts geschenkt. Sie sind weit davon entfernt, den Täter auch nur einzukreisen, geschweige denn zu verhaften und vor Gericht zu stellen. Sie hat ja noch nicht einmal einen Verdächtigen. Die Verantwortung lastet schwer auf ihr.

In drei Wochen ist Ostern. Dieses Jahr liegt es fast so spät wie damals, im Massaker-Jahr. Und dann müssen sie Ergebnisse vorweisen. All den Aufwand, die Exhumierungen, die Kosten für die aufwendigen Analysen der vielen Blutflecken, all das muss sie verantworten. Auch wenn ihr Chef das angeleiert hat wegen der Kampagne, die Brittas Mutter initiierte und auf die sich die Presse stürzte. Janna wird die Versagerin sein, wenn bei dem Riesenaufwand nichts herauskommt.

Janna ist genervt. Zum hundertsten Mal steht sie vor dem Zelt und starrt auf die farbigen Markierungen. Sie sagen ihr nichts. Sie berichten allein von einem Kampf auf Leben und Tod, der zugunsten des Todes ausgegangen ist. Diese dünne Wand aus Zeltstoff konnte den Teenagern keinen Schutz gegen solch einen massiven Angriff bieten. Zum wievielten Male denkt sie das seit damals?

Doch wer war der Angreifer?

Janna kann ihn sich einfach nicht vorstellen. Was muss das für ein Mensch sein, der solch ein Blutbad veranstaltet? Was war sein Ziel? Waren es die Mädchen? Doch das Risiko, es gleich mit dreien aufzunehmen, war sehr groß. Das hätte er sicherlich nur auf sich genommen, wenn wenigstens eine Person, ein Mädchen, dabei war, das er unbedingt haben wollte. Welche wäre das wohl gewesen? Und warum dachte sie dann sofort an Britta? Weil sie die Hübscheste von den dreien war? Und käme man dann nicht automatisch wieder auf Meiser?

Sie dreht sich im Kreis. Seit damals schon. Haben sie sich von den Zeugen täuschen lassen? Hat Meiser sein Betrunkensein nur vorgetäuscht? Sicher, es war schon eine gewagte Theorie, wenn man sich vorstellte, dass er irgendwie herausgefunden haben sollte, dass die drei

Mädels allein zelten wollten. Aber hatte Britta ihn nicht auch seinerzeit im Ministerium abgefangen? Hatte sie doch etwas mit ihm anfangen wollen und ihn deshalb eingeladen zu kommen?

Nein, das passte einfach nicht zu dem, was Sebastian erzählt hatte. Danach waren sie mit den Mädchen verabredet gewesen. Britta hätte doch sicherlich nicht auch noch Meiser eingeladen, oder? War sie eine kleine Intrigantin, die andere gerne gegeneinander ausspielte?

Janna seufzte tief. Vielleicht sollte sie sich von Meiser auch noch DNA besorgen, nur so zum Vergleich. Man wusste ja nie, was rauskam, und zum jetzigen Zeitpunkt hatten sie einfach keinen anderen Verdächtigen.

Am nächsten Tag tritt ein, was Janna befürchtet hat: Die DNA der Haare ist dem System unbekannt. Hat sie nun wenigstens den Beweis, dass ein sechster Mensch am Tatort war? Die Haare können schon lange vorher auf den Pulli gekommen sein. Nein, sie sind kein Stück weiter.

Noch spät abends sitzt ihre Ermittlungsgruppe frustriert im Besprechungsraum, da klingelt das Telefon.

Ihr Kollege Ralf Bender winkt Janna zu sich, nachdem er ein paar Worte mit dem Anrufer gewechselt hat, hält ihr den Hörer hin und zieht kritisch die Augenbrauen hoch.

„Ja bitte“, meldet sie sich. Zunächst hört sie nur ein japsendes Atmen, dann erklingt Katharinas Stimme.

„Ich hab mich erinnert. Ich weiß es wieder.“

„Was? Woran? An alles?“

„Nein, nicht an alles, aber daran, was mir passiert ist. Können Sie ganz schnell kommen?“

„Bin schon unterwegs."

Bender fährt mit, Janna will einen Zeugen dabeihaben. Die Adresse, die Katharina ihr nannte, liegt im noblen Gerberviertel. Weit hat sie es gebracht seit damals.

Die Aufzugknöpfe reichen nur bis zur fünften Etage, für die sechste gibt es ein Schlüsselloch. Doch ohne dass sie einen Knopf berührt hätten, setzt sich der Fahrstuhl wie von magischer Hand gezogen in Bewegung und schwebt nach oben. Er ist außen am Haus angebracht und besteht fast nur aus Glas. Ein beeindruckendes Bild der alten Villen rundum erscheint vor den Scheiben, die blitzblank geputzt sind. Auch der Boden ist aus Glas. Janna ist froh, dass sie nur sechs Etagen damit hochfahren muss, auch wenn sie schwindel- und höhenangstfrei ist.

Automatisch öffnet sich die Fahrstuhltür in ein Appartement, dem jede Farbe entzogen zu sein scheint. Weiße Wände, weiße Decken, weiße Möbel, es wirkt klinisch steril. Die natürlich ebenfalls weißen Wandleuchten heben sich nur durch einen leichten Schattenwurf von der Tapete ab. Ihr Lichtschein strahlt wie ein Fächer nach oben in Richtung Decke.

Durch eine weiße Tür kommt ihr schwankend eine komplett schwarz gekleidete Katharina entgegen, ein krasser Kontrast zu all dem Weiß. Ihr folgt dicht auf den Fersen Sebastian.

Na so was, darauf wäre sie nie gekommen.

Bei Janna angelangt, hechelt Katharina wie nach einem Hundert-Meter-Spurt. Sebastian stützt sie am Arm, als habe er Angst, dass sie umfallen könnte.

Janna spürt Benders Blick in ihrem Rücken und fragt sich, wie die Szene wohl auf ihn wirkt.

Nun klammert sich Katharina an Jannas Revers fest und starrt ihr mit panischem, gehetztem Blick in die Augen.

„Ich hab es gesehen, ich weiß, was passiert ist."

„Ganz ruhig, holen Sie erst mal ganz tief Luft und dann erzählen Sie. Aber wollen wir uns nicht hinsetzen? Mir scheint, Sie stehen nicht ganz sicher."

Katharina nickt, dreht sich um und hastet vom offenen Flur in einen offenen Wohnküchenbereich. Der Ausblick aus den bodentiefen Fenstern ist atemberaubend. Die ganze Stadt Trier liegt ihnen erleuchtet vor einem mitternachtsblauen Abendhimmel zu Füßen.

Auch hier sind Möbel, Wände und Boden weiß, werden jedoch leicht akzentuiert durch wenige Stahltische mit Glasplatten. Keine Pflanze stört das designte Bild eines klinisch reinen Raumes, der sicherlich nicht als gemütlich bezeichnet werden könnte. Den jedoch jede edle Wohnzeitschrift als gelungenes Beispiel zeitgenössischer Inneneinrichtung präsentieren würde.

Auf dem Esstisch, einem überdimensionierten Monster aus Stahl und Glas, stehen noch ovale, natürlich weiße Teller und eine ebenfalls überdimensionierte Platte mit Häppchen. Ein etwas genauerer Blick zeigt Janna, dass auch hier auf feinste Qualität geachtet wurde. Ihr läuft das Wasser im Munde zusammen beim Anblick der delikat wirkenden überbackenen Rinderfilets und Lachshäppchen.

Ihr Magen knurrt, wieder hat sie das Abendessen vor lauter Stress ausfallen lassen.

Eine offene Weinflasche ist im Glaskübel noch von den Resten der Eiswürfel umgeben, die das Glas weiß angehaucht haben.

Die Sofas sind erstaunlich bequem, auch wenn Janna nicht weiß, wie sie sich nachher wieder mit Anstand aus ihrem erheben soll. Ihre Jeans mit dem aus der Mode gekommenen Parka erscheint selbst ihr hier schrecklich unpassend.

Ganz anders Katharinas Outfit, das anscheinend im Hinblick auf größtmögliche Wirkung zusammengestellt wurde. Jetzt ist der Anblick jedoch ruiniert. Ihre weiße Bluse hängt zur Hälfte aus dem Hosenbund und ist falsch zugeknöpft. Zudem hat sich vorn auf der Brust ein Fleck gebildet, der verdächtig nach Spucke und Rotze aussieht. Das blonde Haar, das noch stellenweise geglättet an eine Barbiepuppenfrisur erinnert, beginnt sich wieder aufzurollen zu den Rauschgoldengellocken, die Janna damals als Erstes an Katharina aufgefallen sind.

„Also ganz langsam, was ist passiert?"

„Ich habe ihn gesehen und erkannt."

„Wen denn? Und was ist Ihnen wieder eingefallen?"

„Mir ist wieder was eingefallen, also nicht alles. Aber ich weiß wieder, dass ich den Weg zur Kapelle raufrannte. Dort bin ich ein paar Mal über diese blöden hohen Holzsetzstufen gestolpert und hab mir die Hände verletzt. Irgendwie habe ich es über den Friedhof und weiter bis zum Parkplatz geschafft. Und da kam er mir entgegen."

„Wieso sind Sie denn weggerannt? Wegen dem, was mit Ihren Freunden bei den Zelten geschah? Und wen haben Sie denn nun gesehen?"

Katharina schweigt kurz. Sie sieht auf den Boden und scheint nachzudenken. Als sie wieder aufblickt, hat sie ein leichtes Flackern in den Augen.

„Ich weiß es nicht. Ich kann mich einfach nicht erinnern, warum ich weggerannt bin. Aber ich weiß genau, dass mir ein Mann entgegenkam, auf mich zurannte mit erhobenen Händen. Ich hab Panik bekommen, mich umgedreht und bin zurückgerannt. Aber weit bin ich nicht gekommen, nur wieder über den Friedhof bis zu dem Weg nach unten. Und dann wird alles schwarz. Aber das muss er gewesen sein, der Mörder. Wer sonst sollte so auf mich zurennen und mich verfolgen?"

„Und wer war das nun? Kennen Sie ihn?"

„Ja."

Katharina zögert einen Moment.

„Meinen Sie nicht auch, dass das der Mörder war?"

Janna zuckt die Schultern.

„Das werden wir schon herausfinden. Jetzt sagen Sie uns erst mal, wer es war."

Katharina schaut zu Sebastian, der sie ermunternd anlächelt und nickt.

„Ich glaube, es war Michael."

Janna starrt verblüfft zu Bender.

„Welcher Michael?"

Der Name ist ihr in den damaligen Ermittlungen nicht untergekommen.

„Na, Michael, Brittas Freund."

„Welcher Freund?", bringt Janna fassungslos hervor.

„Na, der Freund von Britta, Britta Niemeyer, Sie wissen schon."

„Britta hatte einen Freund?"

„Natürlich. Wissen Sie das denn nicht?"

„Nein, woher denn auch? Alle haben gesagt, dass Britta damals wegen der Geschichte in Trier das Haus nicht verlassen durfte. Lediglich zur Schule und zu Anette durfte sie. Wie also hätte sie denn um Gottes willen einen Freund haben sollen?“

„Na, ganz einfach, er war doch unser Nachbarssohn und wohnte also auch ganz in der Nähe von Anette. Keine Ahnung, wie sie sich kennengelernt haben. Aber wir kannten uns ja alle irgendwie, also wir Teenager. Ich hab sie ein paar Mal Händchen haltend spazieren gehen sehen.“

„Warum in Gottes Namen haben Sie uns das damals nicht erzählt?“

„Ich dachte, das wüssten alle.“

Janna schüttelt den Kopf. „Das ergibt doch keinen Sinn. Wieso sollte der Freund von Britta, also dieser Michael, alle umbringen wollen? Ich versteh das alles nicht.“

Sie bemerkt den schnellen Blick Katharinas zu Sebastian.

„Ich glaube, Michael war eifersüchtig. Auf Sebastian.“

Wieder schüttelt Janna irritiert den Kopf.

„Aber wieso denn?“

Katharina holt tief Luft.

„Ich glaube, daran bin ich schuld. Als ich an jenem Karfreitag am frühen Abend noch mal zurück nach Hause gefahren, äh, gegangen bin, traf ich ihn vor unserer Haustür. Er sah so bedrückt aus, dass er mir leidtat. Als ich ihn fragte, was los sei, erzählte er mir, dass er sauer auf Britta sei, weil sie ihn nicht am Bahnhof abgeholt habe. Dabei hatte sie ihm das wohl versprochen. Na ja, und da hab ich ihm eben erzählt, dass sie das auch nicht konnte, weil sie mit uns zeltet. Und dabei ist mir wohl rausgerutscht, dass auch Marc und Sebastian dabei waren. Das hat ihn offenkundig schockiert. Aber ich habe ihm nicht verraten, wo wir zelten, das wusste er ganz sicher nicht. Das hatten wir ja noch nicht einmal unseren Eltern erzählt, weil wir Angst hatten, dass wir die Nacht nicht am Totenmaar verbringen dürfen. Dabei war das für uns damals der besondere Kick."

„Sie haben ihm erzählt, dass Sie mit Britta und den anderen am Totenmaar übernachten?"

„Nein, falsch, ich hab ihm eben nicht erzählt, wo wir übernachten."

„Und wieso waren Sie überhaupt noch mal zu Hause? Davon haben Sie bisher kein Sterbenswort gesagt."

Janna bemerkt einen weiteren kurzen Seitenblick von Katharina zu Sebastian, bevor sie zu Boden blickend erwidert: „Daran hab ich mich auch eben erst erinnert."

Janna ist der festen Überzeugung, dass das eine Lüge ist. Ihre ganze Erfahrung als Vernehmungsbeamtin der Mordkommission sagt ihr das. Doch ebenso sicher ist sie, dass diese Lüge nicht unbedingt mit dem Mord zu tun hat. Jetzt will sie erst mal wissen, ob es tatsächlich nach all den Jahren doch noch einen Tatverdächtigen gibt.

„Sind Sie sicher? Haben Sie ihn wirklich erkannt? War es noch dunkel? Und wieso ist er auf Sie zugerannt?"

„Das weiß ich doch alles nicht. Woher denn auch?" Tränen laufen über Katharinas Gesicht und hinterlassen eine Mascaraspur auf den noch erstaunlich glatten Wangen.

„Ganz ruhig. Wieso können Sie sich denn überhaupt plötzlich erinnern?"

Katharina wird rot, blickt verlegen zu Sebastian, der nun vortritt.

„Wir sind uns ein wenig näher gekommen, dann ist sie plötzlich weggesackt. Hat am ganzen Körper ge-zittert und um sich geschlagen. Ich hatte schon Angst, dass sie kollabiert. Sie konnte nur noch hecheln und hat die Augen verdreht. Ich hatte ganz schön Panik."

Janna bemerkt Katharinas verzweifelten Blick.

„Ist Ihnen schon mal so was passiert?"

Langsam nickt sie.

„Wenn ich Blut sehe, geht es auch los, aber nicht so schlimm wie heute Abend. Und erinnert hab ich mich bisher noch nie an was. Hab immer nur furchtbare Bilder gesehen und Panik bekommen. Nie konnte ich was damit anfangen. Aber jetzt ich bin mir sicher, dass ich Michael dort oben getroffen habe und dass er auf mich losgegangen ist. Ob er mich vergewaltigt hat? Bin ich deswegen bei der Erinnerung daran so panisch geworden?"

Janna zuckt die Schultern. Das würde sie auch gerne wissen.

„Aber noch mal: Sind Sie sicher, dass es dieser Michael war und dass er vor Ort war?"

Janna nickt nur.

Es dauert nicht lange, bis Janna alles über Michael Hornung herausgefunden hat, was es zu wissen gibt.

Er wohnt schon ewig nicht mehr in Daun. Jetzt ist er Anfang fünfzig und Frührentner. Ist sechs Orte weiter nach Jünkerath in eine Einzimmersozialwohnung gezogen, eine Dreiviertelstunde von Daun entfernt. Den Männern, die sich zu Britta hingezogen fühlten, scheint das Schicksal nicht wohlgesinnt.

Janna und Bender haben am Vorabend die Fahrt geplant, nun stehen sie vor einem menschlichen Wrack.

Hornung schiebt seinen Rollator neben den Tisch in seinem Appartement und setzt sich müde. Janna nimmt gegenüber Platz, Bender hält sich diskret im Hintergrund.

So haben sie sich den Mörder vom Totenmaar nicht vorgestellt. Das Leben hat tiefe Narben in seinen Körper gegraben. Das eine Bein ist kürzer als das andere und krumm, sein Gesicht aufgedunsen. Seit damals ist er Alkoholiker, wie er Janna gesteht. Einer von denen, die sich bewusstlos saufen. Seit Britta tot ist. Das hat er nie verkraftet. Sie war die Liebe seines Lebens, wie er sagt.

Aber Britta hatte ihn, was ihre Beziehung betraf, zum Schweigen verpflichtet. Sie hatte höllische Angst, dass sie wieder nur zu Hause rumhängen müsste wie nach der Geschichte in Trier. Deswegen hatten sie sich auch nur heimlich getroffen.

Das mit ihnen ging schon länger, fast ein Vierteljahr, als er zum Grundwehrdienst in die Gerolsteiner Eifelkaserne eingezogen wurde. Zwar war er fast jedes Wochenende nach Hause gefahren, um Britta zu treffen, aber nicht immer konnten sie sich sehen. Die Eltern seien wie die Wachhunde hinter ihr her gewesen. Immer in der Angst, Britta könnte wieder von einem Mann wie Meiser überfallen werden, wie sie ihm erzählte.

Michael hatte es geschafft, am Osterwochenende Urlaub vom Militärdienst zu bekommen. Britta hatte ihm versprochen, ihn am Bahnhof abzuholen. Auch sie schien sehnsüchtig auf das Wiedersehen mit ihm gewartet zu haben.

Michael zieht einen zerknitterten und fleckigen Brief aus einem Stapel Unterlagen auf dem Tisch zwischen ihnen hervor, ein Foto flattert zu Boden.

„Wann kriegst du frei? Ich vermisse dich so. Hier ist schon der Frühling am Kommen und die Sonne scheint. Wenn du nur hier wärst, das wäre herrlich. Schreib bald, denn das ist auch ein wenig Trost", liest Michael vor, wendet das Blatt und zeigt Janna einen roten Kussmund auf dem Briefpapier.

Auf der Fahrt nach Daun, erzählt Michael weiter, machte er extra einen Abstecher zu einem Juwelier in Gerolstein, um Britta einen Ring zu ihrem Geburtstag am 21. April zu kaufen.

Doch am Bahnhof war keine Spur von ihr. Er habe sich nicht getraut, bei ihr zu Hause zu klingeln und nach ihr zu fragen. Stundenlang habe er vor ihrer Haustür gewartet, immer in der Hoffnung, dass sie irgendwann rauskommen würde. Irgendwann wäre er frustriert nach Hause abgezogen.

„Klar war das ein blödes Gefühl, dass sie mich nicht abgeholt hat wie versprochen. Und ich war richtig am Boden zerstört, als mir Katharina, unsere Nachbarstochter, erzählte, dass Britta mit ihr, Anette und zwei Jungs zelten gegangen war, statt mich abzuholen. Aber ich war nicht wütend."

Den Ring für Britta habe er trotzdem weggeworfen. Er sei mit seinem Freund Hannes in die Kneipe gegangen, um sich zu besaufen. Irgendwann im Laufe der Nacht hätten sie sich zu dem Elternhaus von Hannes geschleppt und in einem alten Wohnwagen im Garten dort geschlafen. Er sei noch vor dem Morgengrauen aufgewacht und nach Hause gewankt. Hannes habe da noch tief und fest geschlafen.

Janna nickt bedächtig.

„Haben Sie Zeugen dafür, dass Sie den ganzen Abend in der Kneipe waren, und in welcher überhaupt?"

„Na klar, alle meine Kumpels waren da, da können Sie jeden fragen. Wir waren in der Bahnhofskneipe. Damals war das der Treffpunkt in Daun. Die Kneipe gibt es heute nicht mehr, ist jetzt ein Jugendzentrum, hab ich gehört. Aber der Wirt, Joachim, lebt noch in Daun. Hab schon lange nichts mehr von dem oder den Kumpels von damals gehört. Als das mit meinem Bein passiert ist – blöder Unfall mit dem Moped, hatte zu viel getrunken, deswegen bekomme ich auch nur Hartz IV –, kannte mich plötzlich keiner mehr. Sie haben immer weggeguckt, wenn ich mit meinen Krücken unterwegs war. Da bin ich lieber weggezogen, in dieses Loch. Jetzt hab ich niemanden mehr. Mein Vater ist letztes Jahr auch gestorben, aber erst, nachdem er sein ganzes Geld und unser Häuschen versoffen hatte."

„Und warum in drei Teufels Namen haben Sie das damals nicht der Polizei erzählt?"

„Aber ich hatte doch Britta versprochen, niemandem davon zu erzählen. Und als wir dann von dem Massaker erfuhren, war es sowieso zu spät. Sie war doch tot. Wieso hätte ich da noch irgendwem was von uns erzählen sollen?"

Janna interpretiert das anders. Um zu verhindern, dass er den Triumph in ihrem Blick sieht, beugt sie sich runter und hebt das zerknitterte Foto auf, das die ganze Zeit unbeachtet zwischen ihnen auf dem Boden lag. Darauf hockt ein hübsches Mädchen mit modischem Pagenkopf vor einem Plattenspieler und lacht verschmitzt in die Kamera. Auf der Rückseite des Fotos steht „Kissing Time", daneben in einem Herz „Anette und Michael". Janna stutzt. Das Gesicht kennt sie doch. Ist das etwa die Anette ...?

„Wer ist das auf dem Foto?", hakt sie vorsichtig nach. „Kannten Sie Anette etwa auch näher?"

Der vorzeitig gealterte Mann vor ihr lächelt verträumt.

„Lief da was zwischen Ihnen?", hakt Janna nach.

„Wer weiß?"

„Was ist denn das für eine Antwort? Ich hab Sie was Konkretes gefragt."

Doch Michael Hornung ist in Gedanken versunken, wie es scheint, in schönen, denn sein Gesicht ziert noch immer ein wehmütiges Lächeln.

Janna reicht es.

„Haben Sie was mit dem Massaker zu tun?", fragt sie in die Stille.

„Was? Deswegen sind Sie hier? Wie kommen Sie denn darauf? Natürlich nicht! Ich habe Britta geliebt, sie war die Liebe meines Lebens!"

„Die Sie gerade sitzen gelassen hat, um mit zwei anderen Jungs zu zelten. Wenn ich nicht irre, war Sebastian damals als Mädchenschwarm bekannt. Sie haben doch getobt vor Wut, haben sogar den Ring wegge-worfen, den Sie extra für Britta gekauft hatten. Oder wollen Sie das bestreiten?"

„Natürlich war ich enttäuscht, aber ich hab ihr doch vertraut! Geliebt hab ich sie, was wollen Sie mir da unterstellen? Ich war das nicht. Drei Bekannte einfach so abzuschlachten. Ich glaub, Sie sind verrückt geworden!"

Er greift nach einer Flasche Wodka, die auf dem niedrigen Tisch vor ihnen steht. Bevor er das nun damit gefüllte Wasserglas leeren kann, hält Janna seinen Arm mit eisernem Griff fest.

„Sie saufen jetzt nicht. Ich muss Sie mitnehmen auf die Dienststelle. Wir müssen die Geschichten von damals nochmals genau durchgehen und protokollieren. Außerdem brauche ich eine DNA-Probe von Ihnen. Damit haben Sie doch sicherlich kein Problem, oder?"

Aus verklärten Augen, die Janna sagen, dass dies nicht das erste Glas Wodka an diesem Tag gewesen wäre, starrt er sie dümmlich an.

„Was is' los?"

„Sie haben schon verstanden, Herr Hornung. Ich werde Sie jetzt mit aufs Revier nehmen und dort werden wir Ihnen eine DNA-Probe entnehmen, ob freiwillig oder mit Hilfe eines richterlichen Beschlusses, den ich garantiert bekomme, ist mir völlig schnurz. Die Entscheidung liegt ganz bei Ihnen."

„Aber wieso denn?"

„Ist Ihnen schon mal der Gedanke gekommen, dass man Ihnen ein Motiv für die Morde unterstellen könnte? Hätten wir damals gewusst, dass Sie der Freund von Britta und vorher mit Anette zusammen waren, wären wir viel früher zu Ihnen gekommen. Beide haben sich von Ihnen abgewandt, stimmt's? Anette wegen Marc und Britta wegen Sebastian. Das hat das Fass zum Überlaufen gebracht. Da sind Sie ausgerastet."

„Das ist nicht wahr. Britta hat mich auch geliebt. Ich wollte sie heiraten. Damit wollten wir nur warten, bis sie alt genug gewesen wäre. Nie, niemals hätte ich ihr was antun können."

„Natürlich konnten Sie. Ist ja auch auffällig, dass Sie sich nicht freiwillig gemeldet haben, als Sie von dem Massaker hörten. Da wäre es doch selbstverständlich gewesen, nach Ihrer Freundin zu fragen, aus Sorge, aus Angst."

„Aber ich hatte es ihr doch versprochen, dass ich niemandem von uns erzähle."

„Das kann man jetzt glauben oder nicht, Herr Hornung. Schaden konnten Sie ihr ganz sicher nicht mehr, als sie tot war. Mir reicht das, was Sie mir gerade erzählt haben, um Sie mitzunehmen. Also ziehen Sie sich bitte an."

Den Tisch mitsamt den gebrauchten Gläsern und der halb leeren Wodkaflasche polternd umwerfend, kommt Michael Hornung hoch. Janna hat mit so was gerechnet und ist rechtzeitig von ihrem Stuhl auf- und zurückgesprungen. Doch bevor er solch einen Unsinn wie Meiser seinerzeit veranstalten kann, fällt er wie ein leerer Sack zu Boden.

Janna schafft es nicht, Mitleid mit ihm zu empfinden. Auch wenn man es ihm jetzt nicht mehr ansieht, auch wenn er ein alter Mann geworden ist, der sich kaum auf den Beinen halten kann. Er ist doch noch immer die

Bestie, die damals die Teenager abgeschlachtet hat. Mord verjährt nicht und Mord wird auch nie verziehen. Er wird für seine Schuld, von der Janna inzwischen felsenfest überzeugt ist, büßen müssen. Dafür wird sie sorgen.

„Herr Hornung, machen Sie keine Schwierigkeiten, sonst rufe ich meine Kollegen zu Hilfe und die schleppen Sie notfalls hier raus. Und nur mal zu Ihrer Info: Ihr Verhalten spricht nicht gerade für Sie. Unschuldige benehmen sich anders. Also hören Sie auf mit dem Theater und ziehen Sie sich an."

Gebeugt, mit aus dem Mund triefendem Speichel, der auf das Rippenstrickunterhemd tropft, und blutunterlaufenen Augen starrt Michael sie an. Es ist ein Bild des Elends, wie er da vor ihr steht. Fast hätte sie doch noch Mitleid mit ihm haben können. Doch unter dieser Maske erkennt Janna etwas anderes, nämlich das Monster vom Totenmaar. Sie ist sich ganz sicher.

Endlich, nach dreißig Jahren, hat sie ihn und wird ihn nicht wieder gehen lassen.

Kapitel 11

„Ja, ich bin überglücklich, dass nun nach fast dreißig Jahren endlich der Mörder meiner Tochter gefunden ist. Nie, niemals hätte ich gedacht, dass es sich bei dem Mörder um einen Jungen aus der Nachbarschaft in Daun handeln könnte. Aber da sieht man mal wieder, nirgendwo sind Kinder sicher, schon gar nicht da, wo man es am ehesten glaubt."

Die alte Frau im Fernsehen bricht in laute Schluchzer aus. Nur mit Mühe erkenne ich in ihr Brittas Mutter. Sie muss jetzt um die fünfundsiebzig sein. Das Leid hat tiefe Furchen in ihr Gesicht gezogen, ganz verhärmt ist sie. Erinnert in keinster Weise mehr an die attraktive Frau mittleren Alters, die wir damals bearbeiteten, um die Genehmigung zum Zelten zu bekommen.

Hätte sie es uns doch nur verboten ...

Die Kamera schwenkt auf ein einfaches Einfamilienhaus aus grauem Basalt. Ich erkenne es sofort, stand es doch direkt neben meinem Elternhaus in Daun.

Die ernst in die Kamera blickende Reporterin hält sich das Pudelfellmikrofon dicht vor den Mund. Fast sieht sie aus, als hätte sie einen Weihnachtsmannvollbart.

„Vor drei Wochen jährte sich das Massaker vom Totenmaar zum dreißigsten Mal. Niemand hätte mehr daran geglaubt, dass nach so langer Zeit doch noch ein Tatverdächtiger gefunden wird. Das ist allein der bereits damals ermittelnden, heutigen Leiterin des Morddezernates K 11 in Trier zu verdanken, die niemals nachgelassen hat in ihren Bemühungen, die Morde doch noch aufzuklären. Ohne die Medien darüber zu informieren, wurden vor zwei Wochen die damaligen Opfer Britta Niemeyer, Anette Dobrindt und Marc Exner exhumiert, um DNA zum Vergleich mit den Blutproben an den Zeltüberresten zu gewinnen. Ob der heutige Tatverdächtige auf diese Weise gefunden wurde oder ob Kommissar Zufall seine Hände im Spiel hatte, hat uns Janna Habena noch nicht verraten."

Sie dreht sich seitlich, im Objektiv erscheint Janna.

„Frau Habena, verraten Sie unseren Zuschauern, wie Sie das fast Unmögliche geschafft haben, nämlich nach dreißig Jahren doch noch den Mehrfachmörder vom Totenmaar zu finden."

„Wie das Leben so spielt, ist jetzt plötzlich eine Information durchgesickert, die wir damals nicht hatten, nicht einmal ahnten. Sie haben sicherlich Verständnis dafür, dass wir zum derzeitigen Ermittlungsstand nichts sagen können. Schließlich wollen wir die Ermittlungen nicht gefährden."

„Stimmt es, dass das einzige überlebende weibliche Opfer von damals, die Staranwältin Katharina Zamanka, ihre Amnesie überwunden hat und sich plötzlich wieder an alles erinnern kann?"

Janna windet sich. Ich hatte ihr das Versprechen abgenommen, mich nicht zu verraten. Doch sie hatte gleich gesagt, dass es irgendwann durchsickern würde, wenn auch nicht von ihrer Seite.

„Dazu kann und werde ich mich nicht äußern. Aber seien Sie versichert, dass wir die Öffentlichkeit vollumfänglich informieren werden, sowie Beweise unseren Verdacht bestätigen. Und jetzt entschuldigen Sie mich bitte, ich habe zu tun."

Janna verschwindet nach rechts aus dem Bild. Wieder schwenkt die Kamera auf die Reporterin.

„So viel zur aktuellen Entwicklung bezüglich des Totenmaar-Massakers. Wir werden dranbleiben und Sie ständig über die neuesten Erkenntnisse auf dem Laufenden halten. Ich gebe zurück ins Studio."

Die folgende Wettervorhersage schalte ich aus. Ich habe genug gesehen.

Seit einer Woche habe ich nicht mehr gearbeitet. Dr. Reuter, Sozius der Kanzlei, hat mir nahegelegt, den Rummel um meine zurückgekehrte Erinnerung zu Hause auszusitzen. Schlagzeilen sind zwar gut für die Kanzlei, zu viele sind aber auch nicht erwünscht.

Mir ist das recht. Zum ersten Mal seit Jahrzehnten fühle ich mich befreit, rausgelassen aus meiner Isolierung. Ich habe mich erinnert. Das ist das Einzige, woran ich denken kann. Und zum ersten Mal seit dreißig Jahren glaube ich, dass alles gut werden kann. Wenn ich erst wieder alles weiß, was damals geschah, und auch weiß, wer dafür verantwortlich ist, wird es mir besser gehen, ganz sicher.

Täglich berichten sie in den Nachrichten über neue Details aus dem Leben von Michael Hornung. Was er in all den Jahren gemacht hat, wie es ihm geht, ich sehe Bilder von ihm und entdecke darin kaum den Nachbarsjungen wieder, den ich doch gut zu kennen geglaubt hatte. Er hat sich unglaublich verändert. Damals war er ein hübscher Junge gewesen, zwar nichts im Vergleich zu Sebastian – dazu fehlte ihm der Charme und die Leichtigkeit –, aber er war mehr als ansehnlich gewesen.

Und nun ist er ein Wrack. Wir alle sind von den Geschehnissen damals gezeichnet. Ich frage mich, was wohl aus mir geworden wäre ohne das Massaker. Doch ich kann es mir nicht vorstellen, es ist zu sehr Teil von mir, wenn auch ein Teil, den ich noch immer nicht komplett kenne.

Die ganze Zeit frage ich mich, was damals geschehen ist, zermartere mir mein Hirn nach weiteren Erinnerungsfragmenten, die mir sagen, ob es Michael war, der mich vergewaltigte. Ich kann es mir einfach nicht vorstellen. Michael, den ich seit frühester Kindheit kenne, mit dem ich Verstecken gespielt und der mir das Fahrradfahren beigebracht hat, bevor wir uns im Teenageralter verloren, entfremdeten, verschiedene Wege gingen.

Meine Erinnerung ist wie ein Puzzle aus Tausenden kleinen Teilchen, von denen einige fehlen, andere kaputt sind oder gar nicht dazugehören. Am Anfang schien keines der Teile einen Platz im Gesamtbild zu haben, die Farbe war falsch, die Form und Größe. Und mir fehlte die Kraft, es zusammenzusetzen. Es ist ein quälend langsamer Prozess, bis sich endlich ein Bild aus den einzelnen Teilen ergibt. Doch noch schlimmer ist das, was ich gerade daraus zu erkennen beginne.

Bildhaft vor Augen steht mir noch der fatale Nachmittag, als ich den größten Fehler meines Lebens beging und nur, um Michael zu zeigen, dass ich dazugehöre, alles erzählte. Nur so fand er uns. Ich bin schuld an allem.

Da hilft es auch nicht, dass Sebastian mir einzureden versucht, dass mein Beitrag nicht entscheidend für das Unglück war. Dass Michael auch ohne mich Britta und die anderen gefunden hätte. Doch ich weiß es besser. Ich habe Michael erst darauf gebracht, dass Britta mit uns und den Jungs zusammen war. All das wäre nicht passiert, wenn ich nicht so geltungsbedürftig gewesen wäre. Ich hasse mich dafür.

Doch ich habe meine Strafe bezahlt. Nicht nur, dass er mich vergewaltigte, da bin ich mir inzwischen sicher. Er hat mir auch mein Leben gestohlen, dreißig wichtige Jahre davon.

Sebastian nimmt mich in den Arm, wenn ich den Gedanken daran, dass Michael mich berührte und mir die Unschuld raubte, nicht mehr ertragen kann. Er tröstet mich, wenn ich nachts schweißnass aufwache. Mich an den Duft von Narzissen oder den Geschmack von Afri-Cola erinnere. Ich weiß schon nicht mehr, wann ich die das letzte Mal getrunken habe.

„Stell dir vor, ich habe mir jahrelang eingebildet, dass wir an jenem Tag miteinander geschlafen haben", kichere ich in sein Ohr.

„Wie bist du denn darauf gekommen? Aber ehrlich, heute wundere ich mich, dass ich es nicht bei dir versucht habe. Aber besser spät als nie."

Ja, wie bin ich darauf gekommen? Es schien mir so realistisch. Ich spürte ihn in meinen Träumen in mir, verzehrte mich vor Sehnsucht nach mehr.

Jetzt habe ich mehr. Jetzt habe ich ihn. Ich kann mein Glück nicht fassen.

Wieder kichere ich in sein Ohr.

„Ich hab mir eingebildet, dass wir es in deinem Käfer getrieben haben. Nachdem du mich nach meinem unfreiwilligen Bad im See nach Hause gefahren hattest.

Warum sollte ich eigentlich Janna nichts davon erzählen?“

„Ach, das hätte sie doch nur irritiert. Wozu sie auf die falsche Fährte bringen? Ne, wir behalten den Teil einfach für uns ... Wenn ich dran denke, wie du aus dem Haus kamst, zum ersten Mal, seit ich dich kannte, mit offenem Haar. Da hab ich ganz schön gestaunt. Völlig verändert sahst du aus. Vielleicht wäre damals schon was aus uns geworden, wenn das am See nicht passiert wäre.“

Zu gerne gebe ich mich der Illusion hin, dass er mich schon damals sexy fand.

Trotzdem verstehe ich nicht, wie die Erwähnung der gemeinsamen Heimfahrt Janna irritieren könnte. Doch die Sache ist zu unwichtig, um sie zu thematisieren. Nichts soll unsere Beziehung, die – belastet von der Vergangenheit – kompliziert genug ist, stören.

Es gibt Wichtigeres: die Zukunft.

„Hast du das ernst gemeint, dass du gerne ein paar Sachen zum Wechseln mitbringen würdest, damit du morgens vor der Arbeit nicht immer zu dir nach Hause fahren musst?“

„Klar, wenn du eine Ecke in deinem Schrank frei hast ... Aber das Kochen übernehme ich in Zukunft. Diese ewigen Kanapees hängen mir zum Hals raus. Nachher gehen wir zusammen einkaufen und füllen deinen tollen Kühlschrank erst mal ordentlich. Ich frage mich schon die ganze Zeit, wozu du den überhaupt hast.“

Zum zweiten Mal in meinem Leben ahne und hoffe ich, von nun an dazuzugehören, Teil eines Paares zu sein. Mit dem Mann zusammen zu sein, den ich liebe. Wieder steht das große Wort im Raum. Zusammensein.

Zusammen mit anderen, einem anderen. Nicht mehr allein.

Beim letzten Mal endete die Hoffnung darauf in einer Katastrophe. Kostete drei Teenager das Leben. War ich schuld? Auch wenn ich mir selbst andauernd versichere, dass Michael allein die Verantwortung trägt. Auch wenn ich nicht den Stein und das Messer schwang. Auch wenn Sebastian andauernd das Gegenteil beteuert.

So war ich doch der Auslöser, weil ich genau das auch endlich haben wollte, was alle anderen zu haben schienen: das Gefühl, dazuzugehören.

Ich verdränge den Gedanken daran. Will endlich auch mein Stück vom Glück. Zusammen mit meiner großen Liebe Sebastian.

Doch ich kann mich nicht von der Angst befreien, dass es auch diesmal nicht gut gehen wird.

Kapitel 12

„Das soll das Monster vom Totenmaar sein? Ich glaub's ja nicht."

Die Reaktion ihrer Kollegen verwundert Janna nicht, wenn sie an das menschliche Wrack denkt, das letztendlich doch noch freiwillig mit zum Polizeipräsidium gegangen ist.

„So hat er nicht immer ausgesehen."

Sie hält eine andere zerknitterte Fotografie hoch, die ebenfalls auf dem vollgekleckerten Tisch in Michael Hornungs Wohnung rumlag. Sie zeigt einen gut aussehenden, blonden jungen Mann in Uniform. Die Haarfarbe passt jedenfalls perfekt zu den drei auf Brittas Pullover gefundenen Haaren.

„Dann lasst uns mal loslegen. Rainer, geh rüber zu Dr. Vetter und veranlass die Abnahme der Blutprobe. Hornung war schlau genug, uns seine Zustimmung freiwillig zu geben. Auf geht's, jetzt will ich's wissen. Wer kommt mit zum anschließenden Verhör?"

Die Hände aller Anwesenden schnellen hoch. Das Spektakel will sich keiner entgehen lassen. Alle kennen die Horrorgeschichte vom Totenmaar und wollen bei der Aufklärung dabei sein.

„Also gut, Hans und Dieter, ihr kommt mit. Schauen wir doch mal, was wir aus ihm rausholen können."

Janna hat als Vernehmungsbeamtin schon einige Mörder vernommen. Die besondere Schwierigkeit dabei ist, dass man ihnen im Gegenzug für ein Geständnis kein milderes Urteil als lebenslänglich in Aussicht stellen kann. Bei allen anderen Straftaten kann solch ein Angebot Wunder wirken. Doch das deutsche Strafrecht bietet Mördern diese Chance nicht.

Außerdem befinden sich Mörder während ihrer Vernehmung psychisch in einer besonderen Situation. Einen fast völlig Fremden dazu zu bringen, die abscheulichsten Details zu beichten, die sich ein Mensch nur ausdenken kann, ist eine besondere Kunst, die Janna an der Polizeihochschule erlernte.

Diesem Dilemma zum Trotz hat Janna bisher alle dazu gebracht, über ihre Taten zu sprechen. Vielleicht fiel es ihr so leicht, weil sie inzwischen wie eine liebe Mutti aussieht, der Kinder gerne das Herz ausschütten. Nur ihre eigene pubertierende Tochter nicht, die sich vor ihr wie eine Miesmuschel beim Draufklopfen verschließt. Manchmal glaubt sie, Suaheli zu sprechen, wenn sie mit ihrer Tochter über die Risiken des Internets, Komasaufen und Extasy reden will. Dann macht Maria, die noch vor einem Jahr so niedlich und folgsam war, einfach dicht. An ihr könnten sich Schwerverbrecher ein Beispiel nehmen.

Ihre Kollegen beneiden Janna jedenfalls um ihre Erfolge bei Verhören. Das schafft sie nur, weil sie sich an den alten Grundsatz hält, dass sich die Lüge an der Wahrheit orientiert. Das ist ihr Trick, mit dem sie alle aufs Glatteis der Wahrheit lockt.

Und sie ist eine brillante Beobachterin. Jeder Mensch zeigt in stressbelasteten Situationen ungewollt und unbewusst körperliche Reaktionen, die für Janna ein klares Zeichen sind. Nervöses Augenzwinkern, trockene Lippen, Erröten, das ständige Verändern der Sitzposition, das Herumspielen mit Gegenständen, Kneten der Finger oder Anfassen der Ohrläppchen, das alles können Anzeichen für Lügen sein. Das Verschränken der Arme vor der Brust oder das Aneinanderpressen der Beine bei gleichzeitigem seitlichem Abwenden von ihr signalisieren Janna, dass sie mit einer Frage den Kern einer Sache berührt hat und der Beschuldigte Angst hat, in dieser Richtung weiter befragt zu werden. Geradezu ein Klassiker unter den verräterischen Verhaltensmustern ist das Reiben der Nasenspitze mit Daumen und Zeigefinger während einer Antwort. Janna hat gelernt, dass der Befragte dann lügt – fast immer.

Sie weiß aber auch, dass Menschen unterschiedlich belastbar und geübt im Lügen sind. Also verschafft sie sich zu Beginn einer Vernehmung immer erst einen Eindruck von dem zu Vernehmenden. Bei unverfänglichen Fragen über die Familie oder die Arbeit studiert sie das Verhaltensmuster bei wahrheitsgemäßen Antworten. Dann bringt sie das Gespräch auf die Tat und die dem Gegenüber daraus drohende Strafe. Das stresst jeden. Und sie lernt auf diese Weise die Reaktion des Beschuldigten auf Stress und Angst kennen.

Wenn sie diese beiden Pole abgesteckt hat, ist es so weit: Die eigentliche Vernehmung kann beginnen.

Michael Hornung bleibt bei seiner Aussage, nichts mit den Morden am Totenmaar zu tun zu haben. Janna wundert sich ob seiner Standhaftigkeit. Die hätte sie ihm niemals zugetraut. In aller Ruhe hat er sich die Belehrung angehört und darauf beharrt, dass er die Wahrheit sagt. Auf einen Anwalt hat er verzichtet. Juristenpack, wie er sie nennt, will er nicht an seiner Seite haben. Das braucht er auch nicht, weil er die Wahrheit sagt, wie er stur behauptet.

Mit allen legalen Tricks hat Janna es versucht. Doch sie hat sich an Michael Hornung die Zähne ausgebissen. Vierundzwanzig Stunden sind seit seiner vorläufigen Festnahme verstrichen, die richterliche Vorführung steht an und sie haben noch nichts gegen ihn in der Hand.

Der zuständige Staatsanwalt Rudkowski, den sie inzwischen telefonisch informiert hat, will sich mit ihr vor dem Richterzimmer treffen. Er weiß ob der Öffentlichkeitswirkung des alten Falles und hat seine weiße Krawatte, die er nur in besonderen Fällen zu seinem stets tadellos sitzenden schwarzen Anzug trägt, angelegt. Nun ist er für das Blitzlichtgewitter gewappnet.

„Was sagt denn der Beschuldigte?“

Janna hatte vor lauter Stress keine Zeit, ihn vorab darüber zu unterrichten.

„Hornung behauptet, unschuldig zu sein. Mehr sagt er nicht. Kein Wort haben wir aus ihm herausbekommen. Er hat sich einfach in sich zurückgezogen und auf keine weiteren Fragen geantwortet. Jeder Pflichtverteidiger wäre stolz auf solch einen Mandanten“, berichtet sie.

„Und was haben wir dann zu bieten? Ich hoffe doch, dass Sie mich nicht umsonst hierhergerufen haben. Ich hab schließlich unheimlich viel zu tun.“

Janna kennt das schon. Rudkowski mag ein brillanter Jurist sein und er hat schon Strafprozesse gewonnen, bei denen alle anderen abgewinkt und gegen ihn gewettet haben. Aber er muss sich einfach immer ein wenig aufspielen. Und er ist eitel. Ein verlorenes Verfahren wird er ihr verübeln, das ist klar.

„Wir haben da drei Haare. Die haben wir auf Brittas Pulli gefunden. Diese Haare konnten nach den Blutproben keinem der Anwesenden zugeordnet werden. Wir gehen davon aus, dass sie vom Täter stammen. Die Haarfarbe passt jedenfalls zu Hornung. Gerade wird seine DNA-Probe, die er gestern freiwillig abgegeben hat, mit deren DNA verglichen. Und wenn die übereinstimmen ...“

„Wenn! Na, dann will ich mal für uns beide hoffen, dass das Ergebnis da und positiv ist, bis wir hier fertig sind. Ist er das?“

Rudkowski weist mit dem Kopf auf Hornung, der wie ein Häuflein Elend neben seinem Rollator auf einer Bank sitzt, umgeben von zwei Streifenbeamten, die ihn völlig unnötig bewachen. Doch Janna ist vorsichtig geworden. Man weiß nie, wie die Menschen reagieren, wenn sie plötzlich vor einen Richter geführt werden. Auch das hat sie in den vielen Jahren bei der Kripo gelernt.

Die Tür zum Richterzimmer öffnet sich, das Verfahren vor dem ihren ist beendet. Nun muss sie rein und Rede und Antwort stehen, warum sie einen knapp fünfzigjährigen Frührentner, der sich kaum auf den Beinen halten kann, für den Totenmaar-Mörder hält. Wenn doch nur das Ergebnis der DNA-Analyse schon da wäre.

Es hilft nichts, sie muss rein, Staatsanwalt Rudkowski und Michael Hornung sind schon drin. Janna seufzt. Das wird hart ohne das Analyse-Ergebnis.

Richter Wendlein gilt als harter Knochen und großer Verteidiger der Freiheit des Menschen.

„Haben Sie allen Ernstes nicht mehr zu bieten als den Flashback einer traumatisierten Frau, einen alten Brief und ein Foto?“

Janna spürt den bösen Blick Rudkowskis auf sich.

„Na ja, der beschuldigte Hornung war der heimliche Freund des Mordopfers Britta Niemeyer und zuvor wohl auch mit dem Mordopfer Anette Dobrindt verbandelt. Am Tatabend war er, wie er uns in seiner Vernehmung gestanden hat, mit Britta verabredet, die aber nicht auftauchte. Wie er ebenfalls zugegeben hat, erzählte ihm die Nachbarstochter Katharina Zamanka, dass Britta mit zwei jungen Männern am Totenmaar zeltete. Daraufhin war er so wütend, dass er einen Ring, den er extra für ihren Geburtstag am nächsten Tag gekauft hatte, weggeworfen und sich angeblich mit seinen Kumpeln in einer Kneipe betrunken hat. Das ist doch richtig, Herr Hornung?“, versucht Janna wenigstens diese wenigen Tatsachen vor dem Richter bestätigt zu bekommen.

Doch Hornung schweigt eisern. Das Beste, was er für sich tun konnte, wie ihm jeder Strafverteidiger, auf den er noch immer verzichtet, raten würde.

Janna seufzt wieder. Es hilft nichts. Sie muss alles dransetzen, dass er in Haft bleibt, damit sie in Ruhe und ohne dass Hornung ihnen dazwischenfunken kann, Beweise sammeln können.

„Er behauptet, er habe dann den Rest der Nacht in einem Wohnwagen im Garten eines Saufkumpans verbracht und sei gegangen, bevor dieser aufwachte. Nach seinen eigenen Angaben hat er also für die Tatzeit, die zwischen Mitternacht und drei Uhr morgens in der Nacht von Karfreitag auf Ostersamstag lag, kein Alibi.“

„Hm, geht das nicht ein wenig genauer? Im Übrigen mag dies zwar ein Anhaltspunkt sein, es ist mir aber zu dünne", kommt prompt die Antwort von Richter Wendlein.

Etwas anderes hätte Janna auch nicht von ihm erwartet.

„Und was wollen Sie mir dreißig Jahre nach der Tat als Haftgrund verkaufen? Ich hoffe, da haben Sie was Gescheites auf Lager."

„Verdunklungsgefahr, Herr Richter."

Wendlein grinst hämisch.

„Verdunklungsgefahr, soso. Nach dreißig Jahren soll also Ihr Täter noch nicht alle Beweise längstens beseitigt haben? Noch nicht mit allen Zeugen von damals geredet und sie davon überzeugt haben, dass sie ihm ein Alibi geben oder sonst was lügen sollen? Sie wollen mir also allen Ernstes weismachen, dass es da noch was zum Verdunkeln gibt?"

Janna nickt.

„Als wir bei ihm zu Hause waren, bin ich plötzlich über das Foto von Anette gestolpert. Und ein Brief von Britta war auch noch da. Den hat er mir selbst gezeigt, nachdem er dreißig Jahre verschwiegen hat, dass er die beiden Opfer überhaupt näher kannte. Das sind für mich sehr belastende Beweisstücke. Und wer weiß, was noch alles bei ihm rumfliegt, wenn wir erst anfangen, genauer zu suchen. Und übrigens kannte er auch das dritte weibliche Opfer, Katharina Zamanka. Sie war seine Nachbarstochter. Ist das nicht ein bisschen viel des Zufalls?"

Wendlein grinst nun sein wölfisches Grinsen.

„Frau Habena, ich bitte Sie. Daun ist ein kleines Örtchen, da kennt jeder jeden und vor allem die Teenager im paarungswilligen Alter kennen sich ganz genau, das sollten Sie doch selbst wissen."

„Mir ist schon klar, dass das alles noch keine Beweise sind. Aber wir stehen ja auch ganz am Anfang. Tatsache ist doch, dass man die Erinnerungen des dritten Opfers und gleichzeitig der Tatzeugin Katharina Zamanka nicht einfach so vom Tisch fegen kann. Wir haben jahrelang darauf gehofft, dass sie sich erinnert, und nun hatte sie tatsächlich endlich einen Flashback."

„Aber Sie haben doch eben selbst gesagt, dass sie sich nur daran erinnern kann, dass der Festgenommene Herr Hornung angeblich auf sie zustürmte. Wie sicher ist denn überhaupt solch ein ‚Flashback'? Haben Sie dazu mal einen Spezialisten befragt?"

„Noch nicht, die Zeit war zu knapp, um alle Fragen zu klären. Wir brauchen einfach ein paar Tage, um all dem nachzugehen. Deswegen sind wir ja hier."

Wendlein schüttelt den Kopf.

„Das ist mir alles zu vage. Wenn Sie also nicht mehr zu bieten haben ..."

Frustriert schaut Janna zu Rudkowski. Der hat sich bisher vornehm zurückgehalten. Eigentlich hatte sie sich mehr Unterstützung von ihm erhofft. Doch er schüttelt nur wütend den Kopf. Ist einzig und allein auf sein Renommee bedacht.

„Ja dann ..."

Nach einem kurzen Klopfen wird die Tür aufgerissen und Kollege Dieter Schürbeck kommt in den Raum gestürzt, siegesgewiss mit einem Blatt Papier wedelnd.

Janna entspannt sich, der Rest ist Routine. Auch Richter Wendlein wird sich nun fügen. Hinter dem Kollegen Schürbeck taucht Dr. Thomas Haberlein, der Polizeipräsident höchstpersönlich, breit grinsend auf.

„Sie Teufelsweib, wie haben Sie das denn so passend hinbekommen? Ich bin stolz auf Sie. Jetzt können wir noch vor den Ostertagen den Täter des Massakers vom Totenmaar der Presse präsentieren. Bestens, bestens."

Janna ist zwar erleichtert, aber gewonnen ist die Schlacht noch lange nicht, das weiß sie. Noch sind es nur drei Haare, die sich auf Brittas Pullover befanden und eindeutig von Michael Hornung stammen. Die können aber auch früher dorthin gelangt sein, wer weiß, wann. Schließlich waren die beiden, Britta und Michael, ein Paar. Man braucht keine Intelligenzbestie zu sein, um die drei Teufelshaare als Beweis für Hornungs Schuld in der Luft zu zerreißen. Und das wird der Pflichtverteidiger, der Hornung jetzt von Richter Wendlein gegen dessen Willen zugeordnet wird, auch wissen.

Und um die Stelle des Pflichtverteidigers werden sich alle anerkannten Kanzleien in der Umgebung, aber auch von außerhalb, bemühen. Der Fall ist prestigeträchtig. Mit dem kann man bekannt werden.

Es wird nicht einfach werden.

Aber Janna hat sich Zeit verschafft, Zeit, in der sie weitersuchen kann. Selbst der kleinste Hinweis wird den Verdacht erhärten und irgendwann wird dieser Verdacht zur Gewissheit werden. Das spürt sie, sie muss die Beweise nur noch finden.

Und das wird sie, da ist sie sicher.

Kapitel 13

Das Glück hat nicht lange gehalten.

Jede Nacht renne ich in meinen Träumen: vom Zeltplatz zur Holzhütte, weiter den Hügel hinauf über die Erdstufen mit ihren Stolperkanten zur Kapelle, dann über den Friedhof zum Parkplatz. Immer rauf, ohne Pause, in jedem Traum mehrfach. Ich fühle mich wie Sisyphos. Ich weiß genau, dass dort oben die Rettung ist, doch immer wenn ich ankomme, erwartet mich ein Mann, der auf mich zustürmt. Das wäre nicht so schlimm. Ich musste schon schrecklichere Träume aushalten. Doch diese Träume sind schlimmer, denn es ist nicht Michael, der mich da oben erwartet, so gerne ich mir das auch einreden will. Er ist es nicht.

Irgendein Teufel in meinem Gehirn muss mir einen Streich spielen, mich bewusst in den Wahnsinn treiben. Das kann nicht die Wahrheit sein. Denn in dem ersten Flashback sah ich ihn doch ganz genau, hab ich ihn eindeutig erkannt. Es kann nicht anders sein. Er muss es gewesen sein.

Nach dem ersten dieser Serie von Albträumen zog mich Sebastian an sich und fest in seine Arme. Doch es nützte nichts. Jedes Mal wenn ich einschlafe, renne ich wieder den Hügel hinauf. Und wenn ich stehen bleibe, packt mich die Panik, dass es mich einholt, das namenlose Grauen, das hinter mir her ist und mich den Hügel hinauftreibt. Ich habe es noch nicht geschafft, abzuwarten und mich ihm zu stellen. Und ich wage zu bezweifeln, dass ich es jemals schaffen werde.

Als ich das nächste Mal aufwache, schlage ich noch immer um mich. Sebastian beugt sich über mich. Selbst in dem einfallenden düsteren Morgenlicht sehe ich Sorgenfalten in seinem Gesicht und weiß, dass ich wieder geschrien habe. Aus Augen, die ich kaum aufbekomme, blicke ich ihn an, aufgewühlt und verlegen. Kalter Schweiß bedeckt meinen Körper, meine Beine zittern und ich schnappe nach Luft. Der Albtraum hat mich noch fest in seinem Würgegriff. Ein paar Sekunden lang glaube ich sogar, Blut an Sebastians Händen zu erkennen. Doch es sind nur die Schatten des Zwielichts.

Es ist noch ungewohnt, in meinem Bett neben einem Mann aufzuwachen. In meinem Schrank hängen seit wenigen Tagen seine Jeans und zwei Hemden. Im Bad steht seine neue Zahnbürste neben seinem Aftershave.

Das sollte sich gut anfühlen, doch es quält mich. Jeden Morgen, wenn es heller wird, bekomme ich Panik, denn dann kann er meine spitzen Hüftknochen und mageren Arme und Beine sehen. Nichts schützt mich noch vor seinen Blicken, die zu meinem Erstaunen nicht angeekelt wirken, sondern gierig. Das verstehe ich nicht. Die Lust in seinem Blick steckt mich nicht an. Zu fest hat mich der Albtraum noch im Griff.

„Alles in Ordnung?", höre ich Sebastians raue Stimme an meinem Ohr.

Ich atme tief durch, versuche, mich und meine Stimme unter Kontrolle zu bringen.

„Weiß ich noch nicht."

„Muss ja ein wirklich schlimmer Traum gewesen sein."

Seine eine Hand wandert über meinen Bauch zu meinen Brüsten, mit der anderen dreht er vorsichtig mein Gesicht zu seinem und versucht, mich auf den Mund zu küssen. Mir wird schlecht. Ich richte mich abrupt auf.

Erschrocken zieht er sich zurück.

„Wenn ich dich frage, wie oft das passiert, sagst du mir dann die Wahrheit?", fragt er mich.

„Eher nicht."

Auf keinen Fall.

„Katharina, Kathy ..."

Ich mag nicht, wie er mich ansieht. Eine perverse Mischung aus Wollust und Unsicherheit. Er soll mich lieben, endlich lieben und nur lieben. So soll er mich auch ansehen.

Ich steige aus dem Bett, ziehe die dünne Tagesdecke um mich und gehe mit unsicherem Gang ins Bad. Dort sacke ich heulend auf dem Duschvorleger zusammen.

Blöderweise habe ich vergessen, die Tür hinter mir abzuschließen. Ich lebe eben schon zu lange allein. Erst als er sich neben mich sinken lässt, merke ich, dass er da ist.

„Willst du darüber reden?"

Mein ohnehin verzerrtes Lächeln verrutscht.

„Kannst du einfach meine Hand halten?"

Sein Lächeln ist echt, das spüre ich, kann aber kaum glauben, dass er nach meinem Auftritt eben noch Gefühle für mich hegt. Und wenn überhaupt, dann Mitleid. Ich ertrage den Gedanken nicht.

Sebastian beugt sich zu mir herüber und gibt mir einen sanften Kuss auf die Stirn. Ich staune, dass eine so kleine Geste eine so große Wirkung haben kann. Ich kuschle mich an ihn, er legt den Arm um mich, und ich fühle mich augenblicklich geborgen vor dieser Welt. Dabei weiß ich doch, dass es nur ein Trugbild ist.

Als ich seine Hand auf meinem Kopf spüre, zerbricht etwas in mir. Meine Schutzmauer ist gefährlich nahe dran, in sich zusammenzufallen.

Doch dann entdecke ich ihn. Mitten auf den weißen Fliesen. Mit wackligen Beinen stemme ich mich hoch und gehe um den Blutfleck herum, während sich meine Schultern wie im Krampf anspannen. Meinem Mund entfährt ein halb keuchender, halb seufzender Laut. Ich muss mich vornüberbeugen, die Hände auf die Knie gestützt, und versuche Luft zu holen. Doch es fällt mir so schwer wie einem Marathonläufer auf der Zielgeraden. Wo kommt der Fleck bloß her?

Hinter mir höre ich durch einen Nebel, dick wie Pappe: „Alles in Ordnung mit dir?"

Ich will nicht, dass Sebastian mich so erlebt, und nicke hilflos und wenig überzeugend mit dem Kopf. Kein Wort bekomme ich heraus.

Ich fange an, unkontrolliert zu zittern, kann nur noch keuchend atmen.

„Hey, was ist los? Bist du krank?"

Die Stimme wird lauter. Ein Schemen nähert sich durch den Pappnebel.

Ich strecke den Arm aus, will ihn von mir weghalten.

„Gib mir ein paar Minuten", würge ich heraus.

Mir wird heiß und kalt, Schweiß bildet sich in meinem Nacken, zieht den Rücken runter bis zum Po, bis ich mich fühle wie aus dem Wasser gezogen. Meine Hände ballen sich zu Fäusten, wollen sich nicht mehr öffnen.

„Brauchst du einen Arzt?", höre ich hinter mir. Ich schüttle erneut den Kopf. Das ist das Letzte, was ich jetzt will.

„Eine Minute, nur eine Minute brauch ich, dann ist alles wieder okay", bringe ich mit rauer Stimme hervor in der Hoffnung, dieser eine Moment könnte mich befreien.

Ich atme kräftig ein und dann ohne Pause ganz langsam wieder aus. Nach der zehnten Atemübung fange ich an, mich zu entspannen. Der Schwindel lässt nach und die Herzschmerzen auch. Langsam trocknet der Schweiß auf meiner Haut, die Krämpfe lösen sich, die Hände entspannen sich, ich habe es geschafft.

Nun wird mir eiskalt, der Schweiß hat die Decke durchtränkt, die ich wieder um mich gerafft habe.

Ich wanke ins Schlafzimmer, das wie immer nach der Nacht wegen der weit geöffneten Fenster eiskalt ist. Jetzt beginne ich vor Kälte zu zittern. Doch das ist nichts im Vergleich zu der Hitzewallung während der Panikattacke.

Ich greife nach dem schwarzen Handtuch, das neben meinem Bett auf dem Boden liegt, und trockne mein Gesicht. Spüre Hände auf meinen Schultern, wage noch nicht, ihn anzusehen.

„Jetzt hab ich dich wohl vertrieben", entfährt es mir gänzlich gegen meinen Willen.

„Was war das eben?"

„Nichts", versuche ich zu beschwichtigen.

„Nichts? Das ist doch nicht dein Ernst. Du hast mir einen Riesenschrecken eingejagt."

„Tut mir leid, das war keine Absicht. Manchmal macht es mir selbst Angst."

Mir entfährt ein Seufzer, ich spüre das Gewicht der ganzen Welt, aller Lebenden und aller Toten auf meinen Schultern.

„Ich hatte tatsächlich gehofft, ich könnte mit allem klarkommen. Dass ich es schaffe, die Nacht am Maar hinter mir zu lassen, endlich. Nachdem ich nun weiß, was passiert ist und wer es war, der mich vergewaltigt hat. Aber ich hab's offensichtlich nicht geschafft."

„Aber das ist doch so lange her. Du siehst so cool aus, bist die coolste Braut der ganzen Eifelregion. Du bist so weit gekommen, Wahnsinn. Irre, was du geschafft hast."

„Nicht ich, die Ärzte haben das geschafft. Sie haben mir eine Menge Pillen gegeben, die ich alle brav geschluckt habe. Das hat mich am Leben gehalten."

„Unsinn, das kann nicht sein. Du hast dich doch so toll entwickelt, bist ein Riesenstück weitergekommen."

„Aber offensichtlich nicht weit genug."

Ich wische den restlichen Schweiß aus meinem Nacken.

„Ich habe Panikattacken. Ich war deswegen regel-mäßig in der Notaufnahme."

„Wie lange geht das jetzt so?"

Ich hole schwer Luft, will es nicht aussprechen, nicht in Worte fassen.

„Kathy, wie lange schon?", hakt Sebastian mit einer samtweichen Stimme nach, die ich noch nie bei ihm gehört habe. Mir schießen die Tränen in die Augen. Wenn ich es sage, ist es in der Welt, kann nicht mehr zurückgenommen werden. Wird womöglich für immer zwischen uns stehen.

Ich versuche ein letztes Ausweichmanöver.

„Seit ein paar Tagen."

„Warum hast du mir nichts davon gesagt?"

Ich wende den Kopf ab, doch mit einem Finger dreht er mein Gesicht wieder zu sich.

„Warum?"

„Ich kann nicht", stammle ich hilflos, bin gefangen in meiner noch größeren Angst, ihn zu verlieren.

„Doch, du kannst. Sag mir doch, was los ist."

Nun ist er weg. Ich habe es nicht geschafft, mich anzuziehen. Das Fenster im Schlafzimmer ist wieder geschlossen und der Heizkörper hochgedreht. Ich lege mich auf das Bett, ziehe die Bettdecke über mich und zittere unkontrolliert.

Hatte ich heute Morgen noch Angst, Sebastian beim Aufwachen neben mir vorzufinden, so erscheint mir jetzt mein Bett, mein Leben nur noch leer ohne ihn. Ich rieche seinen Geruch nach Männlichkeit unter der Decke, will ihn festhalten, doch er ist so flüchtig, nur Sekunden später kann ich ihn nicht mehr wahrnehmen.

Wie soll das mit mir weitergehen? Der Sex heute Morgen war wild, doch ich werde nicht feucht. Wir haben es mit Vaseline versucht, doch auch die nutzt nicht viel, meine Vagina brennt wie Feuer. Ich würde so gerne auf ihn eingehen, die Geilheit empfinden, die ich in meinem Traum von damals noch spüren kann. Die mich mehr erregt als der tatsächliche Sex mit ihm. Kann das sein? Bin ich pervers?

Ich starre auf die Tavor-Pillenpackungen auf dem Nachttisch neben meinem Bett. Ich habe sie gehortet. Nicht, dass ich süchtig wäre. Aber man weiß ja nie.

Vielleicht brauche ich sie irgendwann für einen anderen Zweck.

Kapitel 14

Sie haben die ganze Unterkunft von Michael Hornung auf den Kopf gestellt. Die Wohnung, die kaum diesen Namen verdient, ist ein einziger Saustall. Seit Jahren hat hier niemand mehr geputzt. Das Bad ist verschimmelt und die Badewanne starrt vor Dreck, der sich nicht einmal mehr mit Ata lösen lassen würde. In der Küche quillt der Mülleimer über und es bewegt sich in ihm. Janna ist froh, dass nicht sie ihn durchwühlen muss. Ganze Heerscharen von Essigfliegen bevölkern das einzige in der Wohnung vorhandene Obst: zwei dunkelbraune Äpfel auf dem Weg zur Verflüssigung.

Aber weitere Hinweise auf das Massaker finden sie nicht. Hat Janna etwas anderes erwartet?

Nun suchen sie nach den Zeugen von damals. Der Kneipenwirt Joachim Wiedenbrück kann sich an die Nacht der Totenmaar-Morde erinnern. Kein Wunder, wie er meint, schließlich sei am nächsten Tag die Hölle los gewesen. Den Tag wird er nie mehr vergessen, versichert er Janna.

Wann genau Michael Hornung gegangen ist, weiß er natürlich nicht mehr.

„Aber er ist zusammen mit dem Hannes Matula abgezogen, da bin ich mir sicher. Keiner von beiden konnte sich noch richtig auf den Beinen halten, es war ein lustiger Anblick. Muss so gegen zehn, elf Uhr nachts gewesen sein, war jedenfalls lange bevor ich dichtgemacht hab. Und getankt hatten die beiden ’ne Menge. Haben ja auch schon nachmittags angefangen. Waren meine ersten Gäste an dem Tag. Die Bierdeckel waren einmal rund geschrieben. Hatten beide nicht genug Geld dabei, also hab ich mal wieder angeschrieben."

Er breitet die Arme aus, um zu zeigen, dass ihm nicht mehr einfällt.

„Ach doch, da war noch was. Michael hat andauernd mit so einem blöden Ring vor meiner Nase rumge-wedelt. War so ein billiges Silberding mit einem roten Stein. Da stecke sein ganzes Geld vom Sold jetzt drin, hat er andauernd gejammert. Aber er hat nicht verraten, für wen der war. Und als er ging, hat er ihn in den Aschenbecher am Ausgang geworfen. Ich hab ihn dort rausgefischt, weil ich mir dachte, dass er ihn später wiederhaben will. Er ist aber nach der Nacht nie mehr in meine Kneipe gekommen, komisch. Sogar mein Geld musste ich bei ihm zu Hause abholen. Seine Mutter hat für ihn bezahlt. Und ich hab ihr den Ring gegeben. Keine Ahnung, warum Michael nicht mehr aufgetaucht ist. Und ein Jahr später hatte er dann den Unfall, wie ich gehört hab. Bei dem er sich das Bein versaut hat. Danach hat man gar nichts mehr von ihm gesehen."

Nein, er wisse nicht, wo Hannes abgeblieben sei. Als er die Kneipe 1990 geschlossen habe, da habe er all seine alten Stammgäste aus den Augen verloren. Na ja, waren halt nur zahlende Gäste, keine Freunde, wie er noch meint.

Ein paar Namen von anderen Stammgästen kann er auch noch nennen. Die meisten sind inzwischen verstorben oder weggezogen. Zwei kann Janna ermitteln. Doch auch sie haben nichts Neues zu berichten und bestätigen nur das, was der Kneipenwirt ihr schon erzählt hatte.

Hannes hat sich totgefahren. Vor vielen Jahren schon, mit seinem vom hart verdienten Lohn mühsam zusammengesparten BMW. War immer sein Traum, wie seine Mutter mit Tränen in den Augen berichtet. Gerade einmal zwei Tage hatte er den Wagen, als das Unglück geschah. Auf gerader Strecke war er nach links von der Straße abgekommen und gegen einen Baum geprallt. Natürlich hatte er sich nicht angeschnallt. Ja, und das Verdeck hatte er schon offen, dabei war es gerade einmal März und nachts noch frostig. Rausgeflogen ist er aus dem Wagen und hat sich das Genick gebrochen.

Ein lauter Schluchzer unterbricht den Bericht der Mutter.

Mühsam bringt Janna das Gespräch wieder auf die Nacht vor dreißig Jahren.

„Ich weiß nicht, ob Michael auch im Wohnwagen geschlafen hat. Hannes hat dort öfter übernachtet, immer wenn es in der Kneipe spät geworden war. Er war ja so rücksichtsvoll. Wollte mich nicht wecken. Da war sein Vater ganz anders, wenn er besoffen heimkam. Ach, was vermisse ich meinen Jungen."

„Frau Matula, haben Sie denn gar nichts mitbekommen? Es ist sehr wichtig für uns. Wir müssen unbedingt herausfinden, ob Michael Hornung in jener Nacht ebenfalls im Wohnwagen übernachtet hat, und wenn ja, wann er ihn verlassen hat. Denken Sie doch noch mal scharf nach."

„Was soll ich sagen? Ich hab damals schlecht geschlafen, war immer nachts im Haus unterwegs, weil ich keine Ruhe fand. Und oft hab ich mir auch Sorgen um Hannes gemacht, bin manchmal sogar nachts rausgegangen und hab im Wohnwagen nachgeschaut, ob er schon da ist, wenn sein Zimmer leer war. Aber was in dieser einen Nacht los war, weiß ich beim besten Willen nicht mehr."

„Aber das war doch eine besondere Nacht und schon am nächsten Tag waren alle sehr aufgeregt wegen des Massakers am Weinfelder Maar."

„Sicher kann ich mich daran erinnern. Aber ich weiß einfach nicht, ob Michael in der Nacht im Wohnwagen war. Was soll ich denn machen?"

„Könnte sonst jemand aus Ihrer Familie etwas darüber wissen?"

„Mein Mann hat damals besoffen im Bett gelegen. Das weiß ich noch, weil er am nächsten Morgen nicht aus den Federn kam. Eigentlich wollten wir am Samstag vor dem Osterwochenende ganz früh zusammen einkaufen fahren. Sie wissen ja, wie das ist. Vor solchen Feiertagen glauben alle, dass sie verhungern müssen, wenn der Kühlschrank nicht überquillt. Ich dachte das damals auch noch. Konnte ja nicht alles allein heimschleppen. Das hat mein Rücken nicht mehr mitgemacht. Und Essen für fünf Leute, da kommt einiges zusammen. Und deswegen sollte mich mein Mann fahren. Gleich frühmorgens. Aber ich hab ihn einfach nicht aus dem Bett bekommen."

„Wer könnte noch was gesehen haben? Haben Sie noch mehr Kinder? Sie sagten was von fünf Leuten."

„Ja, die Zwillinge. Die waren damals gerade in der Pubertät. Haben mich fast in den Wahnsinn getrieben. Hatten nur Unsinn im Kopf. Keine Ahnung, ob die was gehört oder gesehen haben. Ich hab sie natürlich nie danach gefragt. Wieso auch?"

Wie sich herausstellt, handelt es sich bei den Zwillingen um zwei Mädchen, die heute noch ebenso unzertrennlich sind und zusammen nach New York zogen, um dort als Computerspezialistinnen für ein internationales Reiseunternehmen zu arbeiten. Die Mutter hat nur sehr sporadisch Kontakt zu ihnen, aber sie kann Janna deren Handynummern geben.

„Was haben Sie mir denn nach zwei Wochen Ermittlungen zu bieten?"

Staatsanwalt Rudkowski rekelt sich auf dem Besucherstuhl vor Jannas Schreibtisch. Den angebotenen Kaffee verschmäht er. Das ist auch besser so, denn der hat mehr Ähnlichkeit mit zähflüssigem Teer als mit einem Getränk.

„Morgen ist, wie Sie wissen, Haftprüfungstermin. Der neue Pflichtverteidiger, Dr. Lorenz – Sie kennen ihn sicherlich aus anderen Verfahren –, wetzt schon seine Beißerchen und freut sich auf das Gemetzel. Er hat garantiert alle seine guten Freunde von der Presse eingeladen, damit er ja in allen Zeitungen erscheint. Am besten lebensgroß und natürlich mit seinem Mandanten an der Seite beim Verlassen des Gerichtes. Ich will also sehr hoffen, dass Sie weitergekommen sind."

Janna stöhnt innerlich.

„Nein, aber ich denke doch, dass die bisherigen Ermittlungsergebnisse ausreichen, um den Haftbefehl aufrechtzuerhalten."

„Na ja, wenn nichts Neues gegen Ihre Argumentation auftaucht und Richter Wendlein einen guten Tag hat, weil ihn seine Frau Gemahlin endlich mal wieder rangelassen hat, hahaha, dann sollte ich das schon hinbekommen. Schließlich lassen sich die drei goldenen

Teufelshaare selbst von Dr. Lorenz nicht wegdis-kutieren. Zumal ja nach Hornungs Angaben das letzte Treffen mit Britta zwei Wochen vor dem Massaker stattfand. Da sollte man doch meinen, dass die Haare nach so langer Zeit längstens weggewaschen worden wären oder weggeflogen seien. Ich denke, wir sind da auf der sicheren Seite. Also bis morgen dann."

Seit einer Stunde wartet Janna auf Staatsanwalt Rudkowski. Dr. Lorenz ist schon da und hat auch eine kleine adrette Frau mitgebracht, vielleicht eine neue Rechtsanwältin der Kanzlei. Der große Chef umgibt sich immer gerne mit Bewunderinnen. Irgendwie kommt sie Janna bekannt vor. Vielleicht hat sie die Frau schon mal vor Gericht gesehen. Janna muss ja oft genug hier erscheinen und aussagen.

Klein und zusammengesackt sitzt Michael Hornung auf dem Sitzteil seines Rollators und wartet ergeben darauf, was passiert. Ihn scheint das alles nichts anzugehen.

Der Verhandlungstermin vor ihrer Haftprüfung ist seit einer halben Stunde rum, aber Richter Wendlein hat sie wissen lassen, dass ihn Staatsanwalt Rudkowski darüber informiert hat, dass er noch in einem anderen Verfahren plädieren muss, dann aber gleich kommen wird. Er selbst nutzt die Unterbrechung für seine Mittagspause. Um dreizehn Uhr soll es weitergehen.

Endlich biegt der Staatsanwalt um die Ecke, natürlich mit weißer Fliege unter seiner Robe, und schüttelt Dr. Lorenz, der ebenfalls mit weißer Krawatte und Robe glänzt, die Hand. Als Dr. Lorenz die Frau neben sich nicht vorstellt, kommt Rudkowski verschnupft zu Janna.

„Haben Sie eine Ahnung, wer das ist? Kommt mir irgendwie bekannt vor. Ist das nicht die TV-Moderatorin von Monitor?"

Er rückt seine Fliege noch perfekter in die Mitte und streicht über seinen Oberlippenbart. Janna zuckt nur die Schultern. Ist ihr völlig schnuppe, Hauptsache, der Termin ist schnell erledigt und sie kann weitermachen. Heute Nachmittag will sie die Zwillinge in New York anrufen. Dann ist es an Amerikas Ostküste gerade Vormittag. Vielleicht können die Zwillinge ja bezeugen, dass Michael Hornung morgens nicht mehr im Wohnwagen war. Denn sie ist zutiefst überzeugt davon, dass sie den Richtigen erwischt hat.

Richter Wendlein kommt mit wehender Robe den Flur entlanggehastet und schließt den Sitzungssaal auf. Staatsanwalt und Verteidiger nehmen ihre vorgesehenen Plätze ein und Hornung rollt langsam neben Dr. Lorenz. Die fremde Frau und Janna nehmen hinten im Zuschauerraum Platz. Also ist sie doch keine Kollegin von Dr. Lorenz. Vielleicht hat ja Rudkowski recht und sie ist von der Presse.

„Ich eröffne den Haftprüfungstermin. Herr Dr. Lorenz, Sie haben diesen Termin beantragt. Warum, glauben Sie, sollte ich Ihren Mandanten freilassen?"

Dr. Lorenz wirft sich in Pose. „Weil wir beweisen können, dass Michael Hornung unschuldig ist, Herr Vorsitzender."

Erstaunt ziehen Rudkowski und Wendlein die Augenbrauen hoch.

„Na, da sind wir aber sehr gespannt, Herr Kollege, was Sie uns zu bieten haben."

„Eine Zeugin, die beweisen kann, dass mein Mandant die ganze Nacht, in der das Massaker am Weinfelder Maar verübt wurde, im Wohnwagen auf dem Grundstück ihrer Eltern verbrachte."

Er winkt die Frau aus dem Zuschauerbereich zu sich nach vorn.

Janna erblasst. Das kann doch nicht wahr sein. Das muss eine der Zwillingsschwestern, die sie heute Nachmittag anrufen wollte, sein. Jetzt weiß sie, warum sie ihr bekannt vorkommt. Sie ist ein Ebenbild ihrer Mutter, die vor langer Zeit sicherlich auch einmal adrett war. Wie kommt die denn hierher?

Staatsanwalt Rudkowski wirft Janna einen scharfen Blick zu. Doch sie kann als Antwort nur die Schultern zucken.

„Frau Annelie Matula, können Sie bitte dem Richter schildern, wie das damals war?"

„Stopp, Herr Kollege, für Zeugenvernehmungen bin immer noch ich zuständig. Und zunächst muss ich Sie, Frau Matula, um die Vorlage eines Ausweises bitten und darüber belehren, dass Sie hier vor Gericht verpflichtet sind, die Wahrheit zu sagen. Sie dürfen weder etwas Falsches sagen noch etwas dazuerfinden oder weglassen, was die Wahrheit verfälschen könnte. Im Zweifelsfall können Sie vereidigt werden.

Wenn Sie hier die Unwahrheit sagen, kann das zu einer Freiheitsstrafe führen. Haben Sie das ver-standen?"

Annelie Matula nickt.

„Herr Dr. Lorenz, zunächst erklären Sie uns doch bitte, wer die Zeugin ist und warum Sie mit ihr hier erschienen sind. Was gedenken Sie damit zu beweisen?"

„Dass mein Mandant die ganze Nacht des Totenmaar-Massakers mindestens ab zwölf Uhr nachts im Wohnwagen der Familie Matula in deren Garten zusammen mit deren Sohn Hannes verbrachte. Er kann also nicht am Tatort gewesen sein.

Ich denke, es ist unstreitig, dass mein Mandant den ganzen Abend in der Bahnhofskneipe zusammen mit Hannes Matula verbrachte. Gegen zehn, elf Uhr haben die beiden zusammen das Lokal verlassen, und zwar völlig betrunken. Auch das dürfte unstreitig sein. Schließlich gibt es dafür genug Zeugen, wie die Anklage selbst herausgefunden hat. So steht es jedenfalls in der Ermittlungsakte, die uns freundlicherweise vorgestern zur Einsichtnahme überlassen wurde. Richtig?"

Rudkowski schaut zu Janna, die leicht nickt.

„Und weiter?", blökt der Staatsanwalt den Strafverteidiger Dr. Lorenz an.

„Für die Strecke zwischen der Kneipe und dem Grundstück von Familie Matula braucht man eine gute halbe Stunde zu Fuß. Ich bin sie persönlich abgelaufen. In dem Zustand, in dem die beiden waren, werden sie noch länger gebraucht haben. Das bedeutet, dass sie zwischen halb zwölf und Mitternacht im Wohnwagen angekommen sein dürften. Nun ja, bisher sind Sie wohl davon ausgegangen, dass mein Mandant irgendwann in der Nacht zu Ostersamstag unbemerkt von Hannes Matula den Wohnwagen verließ, zum Weinfelder Maar eilte und dort seine Freundin und die anderen Jugendlichen umbrachte, richtig, Herr Kollege?"

Diesmal nickt Rudkowski unwirsch.

„Dann sollten wir jetzt mal Frau Matula schildern lassen, was sie mir bereits vorgestern am Telefon über die

Nacht erzählt hat, wenn es Ihnen recht ist, Herr Richter Wendlein."

„Hat die Staatsanwaltschaft etwas einzuwenden gegen die Zeugin?"

„Außer dass es nett gewesen wäre, wenn der werte Herr Kollege uns vorab informiert hätte, natürlich nichts. Wir sind immer offen für neue Beweise. Auch wir wollen nur die Wahrheit herausfinden."

Der giftige Blick, den er Janna zuwirft, spricht eine andere Sprache.

„Nun gut, dann setzen Sie sich mal auf den Zeugenstuhl dort, Frau Matula", der Richter weist auf einen giftgrünen Plastikstuhl vor seinem Richtertisch.

„Meine Belehrung eben haben Sie ja verstanden, wie Sie gesagt haben. Ich weise Sie nochmals darauf hin, dass es ganz wichtig ist, uns hier alles zu sagen, was Sie wissen. Es geht schließlich um die Freiheit eines Menschen. Dann legen Sie mal los. Schildern Sie uns einfach, was Sie in der Nacht erlebt und mitbekommen haben."

Annelie Matula räuspert sich.

„Also damals waren ich und meine Zwillingsschwester in einer Phase, in der wir ehrlich gesagt nur Unsinn im Kopf hatten. Es ist mir sehr peinlich, das zuzugeben, aber wir haben uns immer einen Spaß daraus gemacht, meinen Bruder, wenn er mal wieder betrunken im Wohnwagen schlief, zu ärgern. Wir sind dann abwechselnd zu dem Wohnwagen geschlichen und haben ihm irgendwas geklaut. Einen richtigen Wettkampf haben wir daraus entwickelt, wer geschick-ter darin ist. Also das Ziel war, ihm möglichst unbemerkt was wegzunehmen, was eigentlich jeder merken müsste, wie seine Uhr, die er am Arm hatte, oder einen Socken."

Sie kichert leise vor sich hin, offenbar ganz versunken in die Erinnerung.

„Ich weiß, das ist pubertär, aber wir waren eben in dem Alter. In jener Nacht vor dreißig Jahren war es mal wieder so weit. Hannes pennte im Wohnwagen, das wussten wir, weil sein Zimmer leer war. Eine Freundin oder so was hatte er damals nicht. Er schlief entweder immer zu Hause oder eben in besagtem Wohnwagen. Ich war diesmal an der Reihe. Also schlich ich mich runter, was gar nicht so einfach war, weil meine Mutter nicht schlafen konnte und auch meistens im Haus rumgeisterte. Das war ein Teil des Reizes bei unserem Spielchen. Natürlich schaffte ich es wieder und bin heimlich zur Hintertür raus. Der Wohnwagen war nie abgeschlossen. Ich bin also ganz leise rein und was soll ich sagen: Da lag neben Hannes laut schnarchend Michael Hornung. Beide lagen angezogen da und bemerkten nichts. Ich klaute Hannes einen seiner Schuhe, die er noch anhatte. Um ein paar Punkte mehr zu machen in unserem Spiel, ließ ich Michaels Schuh auch gleich mitgehen. Beide haben nichts davon gemerkt. Genauso leise, wie ich mich reingeschlichen habe, bin ich auch wieder raus, zurück ins Haus und hoch in unser Zimmer. Meine Schwester hat nicht schlecht gestaunt, als ich ihr davon erzählte und als Beweis die Schuhe vorlegte. Ich bin dann aber wieder rausgeschlichen und habe Michaels Schuh in den Wohnwagen vors Bett gelegt. Es ist eine Sache, seinen Bruder zu ärgern, aber eine andere, so einen netten und gut aussehenden

Jungen wie Michael zu verprellen. Wir Mädels in meiner Klasse fanden ihn damals alle ganz toll."

Ihr sehnsüchtiger Blick wandert zu Michael Hornung. Doch in Anbetracht seiner starken Veränderungen schaut sie nach einem leichten Kopfschütteln rasch wieder weg.

„Tja, das war's, was ich Ihnen erzählen wollte."

„Hm", Richter Wendlein legt die Stirn in Falten. „Das ist ja eine hochinteressante Geschichte. Aber woher wissen Sie heute noch nach dreißig Jahren, dass es sich um diese Nacht handelte? Kann es nicht irgendeine andere Nacht gewesen sein?"

„Nein, Herr Richter, ganz sicher war es diese eine Nacht. Ich werde nie vergessen, wie am nächsten Vormittag die Geschichte vom Massaker am Totenmaar wie ein Lauffeuer die Runde machte. Erst wurden die Namen der Opfer ja nicht genannt. Deswegen wurde meine Mutter ganz hysterisch und rannte zum Wohnwagen, um nachzusehen, ob Hannes heil zu Hause ist. Das war so gegen zwölf Uhr mittags. Hannes pennte noch immer, aber Michael war schon weg."

„Und wieso sind Sie so sicher, dass es sich bei dem zweiten Mann im Wohnwagen um Michael Hornung handelte?"

„Erstens weil ich ihn vom Sehen gut kannte, wie ich jeden Jugendlichen in diesem Alter kannte. Außerdem war ich ein bisschen in ihn verschossen."

Nach all den Jahren errötet Annelie Matula bei diesem Geständnis noch immer.

„Zweitens weil er auch noch seine Bundeswehruniform anhatte. Ich wusste ja von Hannes, dass Michael eingezogen worden war. Die beiden waren früher mal dicke Freunde gewesen. Ich bin mir absolut sicher, dass es Michael Hornung war, der dort geschlafen hat. Und dass ich ihn dort gesehen habe."

„Und nun die wichtigste Frage, Frau Matula. Um wie viel Uhr haben Sie Michael Hornung im Wohnwagen gesehen? Bitte denken Sie genau nach, bevor Sie antworten."

„Da brauch ich nicht lange nachzudenken. Ich bin um zwei Uhr nachts das erste Mal raus und um drei bin ich dann wieder hingeschlichen, um den Schuh von Michael zurückzubringen."

„Wieso wissen Sie das so genau? Nach so einer langen Zeit ..."

„Weil ich auf die Uhr gesehen habe. Meine Mutter ist regelmäßig um eins und um vier Uhr im Haus rumgetigert. Man konnte die Uhr danach stellen. Wir haben natürlich immer aufgepasst, dass wir zu anderen Zeiten raus sind. Ich bin mir wegen der Uhrzeiten ganz sicher, Herr Richter."

„Nun gut. Eine andere Frage. Ist Ihnen irgendwas an Herrn Hornung aufgefallen? War er vielleicht besonders verdreckt? Oder haben Sie Blut an ihm bemerkt? Oder an dem Schuh, den müssen Sie ja genauer gesehen haben. Ist es möglich, dass er, bevor Sie zum Wohnwagen kamen, am Totenmaar war, dort die jungen Leute umbrachte und sich dann wieder in den Wohnwagen legte?"

„Wie soll ich das wissen, Herr Richter? Ich will hier nichts Falsches sagen. Ich kann Ihnen nur berichten, was ich denke. Ich denke, dass Michael viel zu besoffen, äh, Entschuldigung, zu betrunken war, um es bis zum Totenmaar zu schaffen. Der ganze Wohnwagen hat nach Schnaps gestunken und die beiden lagen im Tiefschlaf. Sie haben nicht einmal gemerkt, dass ich ihnen die Schuhe von den Füßen zog. Außerdem erzählte uns meine Mutter eine Woche später, dass Joachim Wiedenbrück von der ‚Licher Bierstube' bei uns gewesen sei, um die offene Rechnung von jenem Karfreitag einzukassieren. Dabei hat er auch erzählt, wie betrunken die beiden waren. So was kann man nicht spielen."

Bekräftigend schüttelt Annelie ihren Lockenkopf.

„Und Hannes erzählte uns am Ostersonntag ebenfalls, dass er mit Michael getrunken habe und dann mit ihm zum Wohnwagen gewankt sei. Davon abgesehen hätte es Michael in jener Nacht gar nicht bis zum Weinfelder Maar und zurück schaffen können. Und dann noch fünf Teenager überfallen und abschlachten. Ne, das hätte er zeitlich nie hinbekommen. Ich kenne doch die Strecke. Nach dem Massaker sind alle Jugendlichen in Daun heimlich dahin gegangen und haben sich den Ort angesehen. So was erlebt man nicht alle Tage. Wir haben mindestens eine Stunde hin gebraucht. Dann so was anrichten und wieder zurück? Ne, da hätte er die halbe Nacht gebraucht, ganz sicher."

Wieder schüttelt Annelie den Kopf und winkt diesmal noch bestärkend mit den Händen ab.

„Und er war absolut sauber. Wir hätten doch was auf dem Bettzeug bemerkt, wenn es verschmutzt gewesen wäre. Und der Schuh, den ich geklaut habe, war ebenfalls absolut sauber. Ne, wenn Sie mich fragen, kann er es niemals gewesen sein."

„Hm, das ist ja mal eine Geschichte. Ich habe keine weiteren Fragen mehr an die Zeugin, Sie, Herr Kollege Rudkowski?"

Der schüttelt nur den Kopf, natürlich folgt ein weiterer giftiger Blick in Richtung Janna.

„Wie sieht es mit Ihnen aus, Herr Dr. Lorenz?"

„Ich denke, es ist alles gesagt, Herr Richter. Mein Mandant hat also für den möglichen Tatzeitraum ein Alibi. Er kann es nicht gewesen sein und er war es auch nicht."

Richter Wendlein nickt.

„Herr Hornung, haben Sie uns noch etwas dazu zu sagen?"

„Ich war's nicht, Herr Richter. Die Britta war die Liebe meines Lebens. Nie, niemals hätte ich ihr was antun können, Herr Richter."

„Nun gut. Frau Matula, Sie können den Zeugenstand verlassen. Sie brauchen nicht weiter hierzubleiben."

„Darf ich weiter zuhören, Herr Richter?"

„Selbstverständlich. Nehmen Sie einfach wieder hinten im Zuschauerbereich Platz. Nun, meine Damen und Herren, für mich ist die Zeugin absolut glaubwürdig. Und was den Zeitablauf angeht, so kann ich mich ihr nur anschließen. Für mich ist es undenkbar, dass Herr Hornung in seinem Zustand solch eine Tat hätte zustande bringen können, ohne einen einzigen Beweis zu hinterlassen. Und die drei Haare, die Sie als Beweis angebracht haben, Herr Rudkowski, können irgendwann vorher einmal auf den Pullover gekommen sein. Schließlich waren Britta Niemeyer und Michael Hornung ein Paar. Ich denke, damit ist der Haftbefehl aufzuheben. Wollen Sie einen Antrag stellen, Herr Rudkowski?"

„Ja, ich beantrage die Aufhebung des Haftbefehls gegen Michael Hornung nach § 120 Strafprozessordnung, wir werden keine Anklage gegen ihn erheben."

„Gut, hiermit hebe ich auf Antrag der Staatsanwaltschaft den Haftbefehl gegen Sie auf. Sie können nach Hause gehen, Herr Hornung."

„Wie konnte das passieren, Frau Habena? Sie haben mich bis aufs Blut blamiert. Wie konnten Sie solch eine Zeugin übersehen? Ich kann es nicht fassen."

„Heute Nachmittag wollte ich sie anrufen. Ich hatte bereits versucht, sie zu erreichen, aber das hat nicht geklappt. Keine Ahnung, wie Dr. Lorenz sie so schnell gefunden und hier rübergeschafft hat."

„Na, im Zweifelsfall hat er sie genauso gefunden wie Sie, nur war er deutlich schneller. Ich finde es em-pörend, dass er schneller war als die Polizei, das hätte nicht passieren dürfen. Und zum Teufel mit Ihrer Zeugin Katharina Zamanka. Uns solch eine Lüge aufzutischen. Ich werde mir nie verzeihen, dass ich auf den Quatsch mit dem wiedererlangten Gedächtnis reingefallen bin. Humbug. Wie konnte das nur passieren? Und das mir ..."

Das fragt sich Janna auch. Sie kann es nicht fassen, dass Katharina sie mit dieser falschen Erinnerung so reinreiten konnte. Ob es wirklich eine Erinnerung war? Damals klang die Geschichte so real. Katharina wirkte absolut authentisch, wie sie zutiefst erschüttert von ihren plötzlich wiedergekehrten Erinnerungen erzählte. Das kann man doch nicht vorspielen?

Doch nun weiß Janna, dass das alles nicht stimmen kann, was Katharina erzählt hat.

Annelie Matula war völlig überzeugend, auch für sie. In Anbetracht des zeitlichen Ablaufes kann Michael Hornung keinesfalls der Mörder gewesen sein. Selbst wenn das Massaker erst morgens nach vier Uhr, als Annelie das letzte Mal im Wohnwagen war, geschehen war oder danach passierte. Michael Hornung hätte es zeitlich niemals schaffen können. Das ist sicher.

Doch wer war es dann?

Kapitel 15

„See, Stein, rot, See, Stein, tot. See, Stein, rot, See, Stein, tot ..." Gebetsmühlenartig wiederhole ich mein Mantra: „See, Stein, rot, See, Stein, tot ..."

Seit drei Tagen fühle ich mich gefangen in meinem höchstpersönlichen Foltergefängnis. Ich liege nur noch wie angeschnallt auf meinem Bett, völlig erstarrt. Ein Fleischkloß, der unfähig ist zu leben oder zu sterben. Das Atmen fällt mir schwer, als würden an mir neue Methoden des Waterboardings getestet, denn mit jedem Atemzug dringt Spucke in meinen Hals. Ich kann sie kaum aushusten. Ich versuche mich aufzurichten, um nicht daran zu ertrinken.

Doch es gelingt mir nicht. Mir fehlt die Kraft.

Denn ebenso lange habe ich keinen Bissen mehr herunterbekommen. Ich bin ohnehin zu fett nach all dem Essen, das ich wegen Sebastian runtergewürgt habe. Mir wird übel, wenn ich nur daran denke.

Jeder Körperteil und alle Organe tun mir weh, als habe sich mein eigener Körper gegen mich verschworen. Ich empfinde nur noch Angst, Schmerz und das Gefühl der Sinnlosigkeit eines solchen Lebens.

Ich bin nichts weiter als ein gerade noch atmendes Etwas, das die anderen berühren dürfen, wann immer sie wollen. Dem sie Schmerzen zufügen dürfen, wann immer sie wollen, um es schreien zu hören. Mit dem sie machen können, was immer sie wollen.

Mein Schmerz ist groß, so groß, dass er mich in die Knie zwingt, so groß, dass er mich auf das Bett wirft und lähmt. So groß, dass ich bewegungsunfähig daliege und nur noch vor mich hin vegetiere. Ich habe das Gefühl, ein seelischer Krüppel zu sein, und weiß einfach nicht, wie ich diesem Dauerflash ein Ende machen kann.

Ich halte die Packung Tavor fest umklammert und spiele mit dem Gedanken der Erlösung. Sie würden reichen. Das Wasser steht auf dem Nachttisch bereit, um sie runterzuspülen. Doch schaffe ich das? Ich glaube manchmal, dass ich nicht mal das mehr hinbekomme.

Es klingelt an der Tür. Ich kann nicht aufstehen und sie öffnen, denn ich ertrage keinen Menschen in meiner Nähe, niemanden.

Und schon gar nicht Sebastian.

Der Anruf von Janna vor drei Tagen hat mich eiskalt erwischt. Schon als sie ihren Namen nannte, spürte ich ihre Wut, war allerdings nicht auf das vorbereitet, was dann kam.

„Haben Sie schon Nachrichten gesehen?"

„Nein, warum?"

„Na, dann schalten Sie mal OK54 ein."

Mit dem Hörer in der Hand greife ich die Fernbedienung des Fernsehers und schalte ein. Den Ton drücke ich weg, um weiter mit Janna reden zu können.

Mein eigenes Bild erscheint, verkleinert sich und verrutscht an den linken oberen Rand des Bildschirms. In der Mitte erscheint ein weiteres Foto, diesmal von Michael Hornung in jungen Jahren, es ist grobkörnig und in blassen Farben. Auch dieses wird kleiner und rutscht an den rechten oberen Rand.

Nun erscheint in der Mitte das Eingangsportal des Trierer Landgerichts, ein scheußlicher Fünfziger-Jahre-

Bau mit einem peinlichen Glasdach über dem Eingang. Unter diesem steht, vor dem Dauerregen geschützt, Rechtsanwalt Dr. Lorenz, seine Kanzlei ist die einzige ernsthafte Konkurrenz zu unserer. Rechts von ihm stützt sich Michael Hornung, den ich kaum wiedererkenne, auf einen Rollator. Links steht eine kleine, pummelige Frau mit blond gefärbtem Haar, das sie im Nacken zu einer Banane gesteckt hat.

„Moment, ich mach mal den Ton an."

„... wurde völlig zu Unrecht zwei Wochen lang in Untersuchungshaft gehalten, ohne jeden ernsthaften Beweis gegen ihn, nur aufgrund der schemenhaften und offensichtlich falschen Erinnerung einer Zeugin des damaligen Massakers. Dieses peinliche Versagen der Justiz wird ein Nachspiel haben. Diese Geschichte wird den Steuerzahler wieder Unsummen kosten, weil die Justiz meint, von ihrem schändlichen Versagen in der Silvesternacht am Trierer Hauptbahnhof ablenken zu müssen. Und das Schlimmste ist, dass dieses Unrecht ausgelöst wurde durch eine bekannte Kollegin meiner Zunft, die sich offensichtlich in den Vordergrund spielen wollte ..."

Ich schalte den Ton aus. Das ist zu viel für mich.

„Was ist passiert?", versuche ich diesen Gau zu verstehen.

„Sie müssen sich falsch erinnert haben. Michael Hornung kann es nicht gewesen sein."

„Aber ich bin mir ganz sicher ..."

„Mag sein, dann spielt Ihnen eben Ihre Erinnerung einen Streich. Glauben Sie mir, Michael war es nicht. Dr. Lorenz hat extra eine Zeugin aus Amerika einfliegen lassen, die bezeugen kann, dass Herr Hornung in der

Nacht zusammen mit Hannes Matula im Wohnwagen der Familie schlief."

„Das kann nicht sein, er war da", versuche ich meine Erinnerung, mein Rettung bis eben, vor der Erkenntnis zu bewahren, dass doch alles ganz anders war.

„Glauben Sie mir, er war es nicht. Ich muss jetzt zusehen, wie ich da wieder rauskomme. Der Polizei-präsident wird mir den Kopf abreißen. Damit haben wir wohl die letzte Chance verpasst, das Rätsel von damals zu lösen. Ich wünsche Ihnen viel Glück für die Zukunft, Frau Zamanka."

Damit legt sie auf und schneidet den Faden, der mich am Leben hält, durch.

Seit Jannas Anruf fühle ich mich verloren, zurückgeworfen auf meine altes Ich nach dem Massaker. Zeitungen lese ich nicht mehr. Alle berichten über meine falsche Beschuldigung. Michael Hornung ist das Opfer, dabei bin doch ich es. Ich habe ihn in meinem Flashback gesehen, da bin ich ganz sicher.

Und es ergibt ja auch alles einen Sinn, sein Verliebtsein in Britta und seine Wut, weil sie ihn wegen Sebastian im Stich ließ. Ich spüre ja selbst so etwas wie Eifersucht, wenn ich an Britta denke. Ich kann mir das Gefühl zwar nicht erklären, aber es ist ganz intensiv. Dreißig Jahre alte Eifersucht. Ich muss verrückt sein.

Vielleicht sollte ich mich wieder einweisen lassen, bevor etwas passiert.

Das Telefon klingelt im Dauerton. Ich gehe nicht ran. Der letzte Anruf, den ich annahm, kam von meinem Chef. Er hat mir nahegelegt, zu kündigen. Die Stadtverwaltung, die ich in einer schwierigen Mülldeponiefrage vertrete, verlangt einen anderen Anwalt, sonst wechseln sie die Kanzlei. Und auch die anderen Mandanten werden das verlangen, das ist klar. Doch was soll aus mir werden, wenn ich meinen Job, meinen Halt im Leben verliere?

Und Sebastian wird mich verlassen. Es kann gar nicht anders sein. Denn ich ertrage seine Berührung nicht mehr. Dabei liebe ich ihn abgöttisch. Doch wenn er mich anfasst, gehen die Blitzbilder los. Zu jeder Bewegung, zu jeder Berührung erscheint ein anderes Bild, als würde ein abgehackter, total wirrer Film in mir ablaufen.

Ich kann nicht mal aufspringen und wegrennen, denn ich bin völlig erstarrt. Innerhalb von Sekunden wird mir horrormäßig übel und ganz komisch. Ich fühle mich völlig ausgebrannt, so, als wäre alles aus mir herausgerissen worden. Es wäre besser gewesen, wenn ich damals auch einfach draufgegangen wäre, anstatt zu überleben.

Vielleicht bin ich seit dem Massaker mit einem lebenslangen Fluch belegt, der mich auch noch Jahrzehnte nach der Katastrophe heimsucht. Ich bin unfähig, mich zu lösen. Liege erstarrt auf dem Bett und werde es nie mehr verlassen.

Wenn ich doch nur die Kraft fände, mein Leben zu beenden. Die Bilder auszulöschen, die wie Maschinengewehrsalven auf mich einprasseln, Umarmungen, Schläge, Küsse und Tod. Ich renne, schlage um mich, liege hilflos auf dem Boden und spüre, wie meine Unterhose runtergezogen wird. Ich bin ihnen ausgeliefert, kann kaum mehr Wahrheit von Traum unterscheiden.

Bilder, die sich damals eingefressen haben müssen in meinen Schädel.

Das Klingeln an der Tür berührt mich nicht, es muss einem anderen gelten, eine andere Wohnung betreffen. Doch dann höre ich den Fahrstuhl, der keinen Zweifel daran lässt, dass ich gemeint bin, dass mir das Klingeln galt.

Mit einem Riesenblumenstrauß und zwei prall gefüllten Einkaufstüten steht Sebastian plötzlich in der Tür meines Schlafzimmers. Wie konnte ich ihm nur den Schlüssel geben? Aber das war in einer anderen Zeit. Einer Zeit, in der ich mir einbildete, dass alles gut werden könnte. Wie naiv kann der Mensch eigentlich sein?

Obwohl ich mich nach Sebastian verzehre, ertrage ich sein Hiersein nicht.

„Du bist nicht ans Telefon gegangen, da dachte ich, ich schau mal nach. Oder störe ich dich, bereust du schon, mir den Schlüssel gegeben zu haben?"

Natürlich bereue ich es, aber nicht, weil ich ihn nicht hierhaben will, sondern weil ich sein Hiersein nicht ertrage. Doch wie soll ich ihm das erklären?

„Nein, natürlich nicht", schaffe ich, herauszubringen.

„Komm, steh auf, Schatz, ab unter die Dusche. Derweil mache ich uns erst mal was Schönes zum Abendessen."

Es ist schon wieder Abend? Mich würgt es schon beim bloßen Gedanken ans Essen und mir fehlt die Kraft, die Beine aus dem Bett zu schwingen.

Er stellt sich neben mich, zieht sanft die Decke weg. Ich muss stinken nach den Tagen im Bett. In meinem fadenscheinigen uralten Teddy-Pyjama, den ich immer dann anziehe, wenn ich Trost brauche, sehe ich garantiert absolut lächerlich aus.

„Oh, wie niedlich. Was hast du denn da an?“

Mir bleibt nur die Flucht. Ich ziehe den alten Morgenmantel, den ich gleichgültig neben mein Bett auf den Boden fallen ließ, über und renne ins Bad. Wo hab ich nur plötzlich die Kraft her?

Die heiße Dusche entspannt mich ein wenig und obwohl ich zusammensinken möchte, halte ich mich aufrecht und wasche sogar mein langes Haar.

Eine halbe Stunde später brennen im Wohnzimmer unzählige Kerzen auf allen Tischen, Absätzen und Kommoden. Auf dem Esstisch strahlt mein fünfarmiger Kandelaber in voller Pracht. Der Tisch ist hübsch gedeckt mit meinem guten Maria-Weiß-Geschirr und den Kristallgläsern, in denen blutrot der Wein funkelt.

Mich würgt es bei dem Anblick leicht, doch ich versuche, mich zu beherrschen. Wenigstens dieses eine Mal noch will ich mit ihm zusammen sein. Will genießen, wie es andere tun, und mir einbilden, auch ich könnte eine Beziehung führen, Teil eines Paares sein. Auch wenn ich es doch besser weiß.

Sebastian kommt mit einer umgebundenen Schürze aus dem Küchenbereich, in dem es dampft und zischt.

„Pasta mit Aioli-Sauce“, verkündet er stolz mit einer Flasche Wein in der Hand. Die schwenkt er breit grinsend durch die Luft und weil sie schon geöffnet ist, spritzt ein Schwall auf den Boden vor meinen Füßen. Mir wird ganz flau, doch ich sehe schnell weg, versuche meinen Blick und mein Bewusstsein vor dem Blutrot zu verschleiern.

„Oh, tut mir leid, den kriege ich bestimmt wieder aus dem Teppichboden, kein Problem.“

Er stellt die Flasche auf dem Tisch ab und geht zur Anrichte. Dort liegt sein iPhone. Er drückt auf verschiedene Tasten und schon erschallt Schmusemusik in Zimmerlautstärke. Er kommt auf mich zu, zieht mich in seine Arme und beginnt mit mir Klammerblues zu tanzen. Erst fällt es mir schwer, ihn so nah an mich heranzulassen, doch ich entspanne mich immer mehr. Gehe auf seine Bewegungen ein und spüre seinen noch immer drahtigen Körper an meinen gepresst. Meine Arme legen sich von ganz allein um seinen Hals und mein Kopf sinkt in seine Halsbeuge. Ich atme sein Aftershave ein, er riecht diesmal nach Moschus, und meine Lippen berühren seinen Hals. Seine Hände streicheln zärtlich über meinen Rücken und ich träume von einer besseren Zeit.

Kann es doch ein Happy End geben? Aus dem iPhone erschallt nun „Only You".

Und da passiert es wieder.

Alles verschwimmt vor meinen Augen. Mein Atem geht stockend und ich bin zurückversetzt in eine andere Zeit.

Wir saßen auf der Luftmatratze und das Lagerfeuer wärmte uns von vorn. Sebastian hielt meine Hand unter der Wolldecke, die wir uns umgelegt hatten, denn unsere Rückseiten waren der frostigen Nacht schutzlos ausgeliefert.

Es war schon eine Weile dunkel. Mein Gefühl für die Zeit hatte ich bereits in der Dämmerung verloren. Marc und Anette schmusten auf ihrer Matratze gegenüber und leise dudelte aus dem mitgebrachten Kofferradio *„Only You"* von The Flying Pickets.

Nach einem weiteren Glas Zitronenlikör, das mir Sebastian gebracht hatte, versank ich in mädchenhafte Träume über ein Leben mit ihm. Ich erwachte erst wieder aus ihnen, als Sebastian meine Hand losließ. Erstaunt sah ich auf. Und konnte nicht fassen, was ich sah: Sebastian schmuste mit Britta auf seiner anderen Seite. In meiner Gegenwart, nach allem, was wir eben noch gemeinsam erlebt hatten, nachdem ich mich ihm vorhin erst hingegeben hatte. Und nun schmuste er mit Britta.

Fassungslos sprang ich auf, Tränen rannen gebirgsflussartig über mein Gesicht.

„Du Schwein, was machst du da?", schaffte ich hervorzuwürgen.

Ich schubste ihn und war kurz davor, ihn zu schlagen.

Irritiert sah Sebastian hoch.

„Was ist los? Spinnst du? Was soll das?", herrschte er mich an.

„Ich dachte, du liebst mich."

Leise hörte ich Britta und Anette kichern.

„Wie kommst du denn darauf? Stell dich nicht so an. Wenn du noch nicht reif genug für so was bist, dann verzieh dich ins Zelt."

Nach einem Moment der Erstarrung drehte ich mich um und rannte los. Rannte vorbei an der Holzhütte, stolperte die Erdstufen rauf, durch die Eisenpforte über den Friedhof bei der Kapelle, weiter zum Parkplatz. Was sollte ich auch sonst tun? Dort oben stand ich hilflos schniefend und wusste nicht, wohin mit mir.

Auf dem Weg war ich zweimal gestolpert und hatte mir die Hände und Knie aufgestoßen, jetzt brannten die Stellen wie Feuer. Diese dämlichen Kontaktlinsen.

Nichts konnte ich scharf erkennen, zumal es stockfinster war.

Wie ich diesen Mistkerl hasste, fast so sehr wie Britta. Ich hasse sie, hasse sie, hasse sie, war der einzige Gedanke, zu dem ich fähig war. Wünschte ihnen allen die Pest an den Hals, sollten sie doch auf der Stelle tot umfallen. In der Hölle sollten sie schmoren. Wie konnten sie mir das nur antun?

Ein lauter Schluchzer schlich sich aus meinem Hals. Wo sollte ich denn jetzt bloß hin?

Hierbleiben konnte ich nicht. Es knackte überall, ich bekam Angst. Doch nach Hause konnte ich auch nicht. Wie sollte ich das meinen Eltern erklären? Außerdem führte der Weg dorthin durch den Wald. Das traute ich mich nicht allein. Da, ein Schatten. Er kam auf mich zu. Er war riesig und hatte die Arme erhoben. Irgendwas schwang er über seinem Kopf. Immer schneller rannte er auf mich zu.

Panisch drehte ich mich um und floh. Über den Friedhof zurück bis zum eisernen Tor. Über das Brett der ersten Erdstufe nach unten auf dem Weg zurück zu den anderen stolperte ich und fiel. Fiel immer tiefer und tiefer und dann war alles weg.

„Wir haben doch miteinander geschlafen!“

Jetzt weiß ich es wieder. Urplötzlich ist alles wieder da, was die ganzen Jahre im Verborgenen lag.

„Wir haben im Auto, nachdem wir bei mir zu Hause waren, miteinander geschlafen. Wieso hast du mich belogen?“

„Aber Schatz, ganz ruhig, was ist denn los?“

„Das weißt du ganz genau. Ich habe dich neulich gefragt und da hast du gesagt, dass wir nicht miteinan-der geschlafen hätten. Dabei wäre es doch so wichtig für mich gewesen zu wissen, dass ich mir diesen Teil des Abends nicht ausgedacht habe. Wie konntest du nur?"

„Ganz ruhig, ist doch nicht so wichtig. Wichtig ist nur, dass wir jetzt zusammen sind, stimmt's? Und dass ich dich nie mehr verlassen werde. Darauf kannst du vertrauen."

„Kann ich nicht. Es war unglaublich wichtig für mich, das zu wissen, und das wusstest du auch."

Ich hasse mich dafür, dass wieder Tränen der Verzweiflung über meine Wangen rinnen. Übertreibe ich? Bin ich unfair? Doch da fällt es mir wieder ein.

„Du hast nicht nur mit mir geschlafen, sondern anschließend auch mit Britta rumgemacht. Wie konntest du nur?"

Sebastian stöhnt auf.

„Genau deswegen habe ich dir das nicht gesagt. Weil ich hoffte, dass du dich niemals an diesen Teil des Abends erinnern würdest. Das war wahnsinnig egoistisch von mir. Und du kannst mir glauben, dass ich nicht stolz darauf bin, wie ich mich damals verhalten habe. Ich war einfach nur blöde. Ein unreifer Junge, der alles mitnahm, was er bekommen konnte, und sich säuisch benommen hat. Ich hatte solche Angst, dass das heute zwischen uns stehen würde. Dabei liebe ich dich doch von ganzem Herzen, so, wie ich noch nie einen Menschen geliebt habe."

Kann ich ihm glauben? Und kann ich wieder vergessen, was besser niemals aus der Versenkung meiner Erinnerung aufgetaucht wäre?

Ich beschließe, dass ich es kann, ja muss, um meine Chance auf ein neues Leben nicht völlig zu vernichten.

Es ist schon schlimm genug, dass Sebastian mein durchgeknalltes Verhalten ertragen muss. Ein Eifersuchtsdrama wegen einer dreißig Jahre alten Geschichte um eine tote Frau, besser ein Mädchen, das niemals zur Frau werden durfte, ist lächerlich. Ich werde mir davon nicht mein jetziges Leben ruinieren lassen.

Nein, entscheide ich, jetzt reicht es. Ich will einen neuen Anfang wagen, mit Sebastian.

Wieder zieht mich Sebastian an sich. So langsam müsste er wissen, dass er das besser sein lassen sollte, denn jedes Mal passiert dann irgendwas Entsetzliches.

Er lacht, als ich ihm das ins Ohr flüstere. Ich traue mich nicht, es laut auszusprechen, denn dann ist es in der Welt und kann nicht mehr zurückgenommen werden. Verzweifelt klammere ich mich an seine Erklärung und versuche, ihm zu vertrauen. Blende alles aus, was dieses Vertrauen in Frage stellen könnte. Schmiege mich an ihn und spüre seine Lippen auf meinem Haar. Reibe meine Wange an seinem Hemd und zähle seine Pulsschläge.

„When I need you ..." erklingt nun aus dem iPhone, mir werden die Knie weich. Das war damals mein Lieblingssong. Ich hebe meine Lippen zu Sebastians und küsse ihn innig. Sofort geht er darauf ein und lässt leise lachend seine Hände über meinen Körper gleiten. Zieht mich mit nach unten auf den Teppichboden, der genauso superweich ist, wie die Verkäuferin mir damals versprochen hatte. Seine Hand wandert unter mein Sweatshirt, schiebt den BH hoch und spielt mit meinen Brustwarzen. Ich stöhne leise, um ihm Erregung vorzuspielen. Das muss ich machen, um ihn zu halten.

Deswegen fahre ich auch mit meiner Hand in seine Hose hinten und streichle seine Pobacken. Lüstern stöhnt er auf. Lässt seine Hand runterwandern zur Hose meines Seidenhausanzuges, schiebt sie mir über die Hüften und dringt mit seinem Finger in mich ein. Ich stöhne wieder, ganz wie von mir erwartet, spüre aber tatsächlich eine leichte Erregung. Winde mich unter ihm, was ihn anscheinend noch mehr erregt. Er küsst meinen Hals, ich wende ihn seitlich, öffne die Augen und erstarre. Bin völlig fixiert auf den roten Weinfleck, der ihm vorhin aus der Flasche tropfte.

Mir wird schlecht. Ich versteife mich und versuche, ihn von mir wegzudrücken. Er hält es für ein Spiel und macht weiter, zerrt an meiner Hose und versucht mich auf den Bauch zu drehen. Mit aller Kraft kämpfe ich dagegen an.

Mein Blick wird unsicher, kehrt sich nach innen. Ich sehe nur noch rot, kann Sebastian dadurch nicht mehr erkennen. Und sacke weg.

Wieder sah ich etwas auf mich zulaufen, das mir wahnsinnige Angst machte. Doch nun erkannte ich, dass es vier Beine hatte. Ich nahm mir nicht die Zeit herauszufinden, was da auf mich zulief, sondern wandte mich ab und rannte wieder. Diesmal ahnte ich, was kommen würde, und mein unberechenbares Hirn schaltete um, ersparte mir den Sturz.

Ich wachte auf, alles tat mir weh. Die Arme brannten wie Feuer, ebenso wie mein rechtes Knie. Das linke Auge konnte ich nicht ganz öffnen, auch schien ich die Kontaktlinse bei dem Sturz verloren zu haben. Die andere war irgendwie verrutscht, ich konnte kaum mehr etwas erkennen. Ängstlich sah ich mich nach dem Tier um, das mich so erschreckt hatte. Doch das war nicht mehr da, hatte offenbar mehr Angst als ich, falls das möglich war. Wo befand ich mich überhaupt? Der Boden unter mir senkte sich und ich wurde von dünnen Zweigen mit frischen, kaum geöffneten Blättern gehalten. Bei dem Versuch, mich aufzurichten, rutschte ich ein Stück weiter den Hang hinunter. Das lehrte mich, vor jeder noch so kleinen Bewegung Halt an den Zweigen um mich herum zu suchen. Mühsam krabbelte ich auf allen vieren den Hang hinauf, bis ich wieder den Weg zu unserem Zeltplatz erreichte. Alles tat mir weh und als ich an mir herunterblickte, war ich selbst schockiert über die Risse an meiner Hose und den Armen. Außerdem entdeckte ich Blut an meiner Jeans zwischen meinen Beinen. Wie war denn das passiert? Vorhin, als ich noch bei den anderen war, konnte das noch nicht da gewesen sein. Oder doch?

Da hörte ich leise Schreie. Ganz in der Nähe. Woher kamen sie? Vorsichtig schob ich die noch vorhandene Kontaktlinse an den richtigen Platz, richtete mich auf und lauschte. Die Schreie kamen vom See. Von da, wo unsere Zelte standen, wo die anderen sich vergnügten, während ich zerschunden im Gebüsch lag.

Wieder ein Schrei. Was mochte da bloß los sein?

Ich rappelte mich auf die Beine. Versuchte einen vorsichtigen Schritt, meine Beine trugen mich. Die Schreie von unten wurden lauter, verzweifelter, gequälter.

Diesmal war ich vorsichtiger und ging langsam, Schritt für Schritt, die Erdstufen runter, die ich vor einer gefühlten Ewigkeit hochgerannt und dann gestolpert war.

Durch das Gestrüpp entdeckte ich einen hellen Feuerschein, der auf der Holzhütte reflektierte. Alles sah normal aus, doch nun hatte sich zu den Schreien ein unmenschliches Gurgeln dazugesellt. Langsam bekam ich richtig Panik. Und doch wollte ich wissen, was da unten passierte.

Vorsichtig umrundete ich die Holzhütte und ging die letzten drei Schritte in Richtung der Zelte. Nichts versperrte mir nun noch den Blick.

Ich konnte alles sehen.

Sebastian schaut mich mit einem komischen Blick an, als ich aus meinem Flashback erwache. Ahnt er, dass ich es weiß?

„Geht's wieder?"

Ich nicke. Weiß nicht, wie ich mit der Erkenntnis umgehen soll.

„Was ist los?"

Sein Tonfall wird aggressiver. Unsicher versuche ich, meine Gedanken zusammenzuraffen, zu entscheiden, wie ich reagieren soll.

„Hey, Kathy, ist alles wieder okay?"

Ich schaffe es nicht einmal mehr, zu nicken. All das Blut, das ich sah, all die Wunden, lassen mich verstummen. Doch ich werde auch ruhiger. Zu lange habe ich meine Vergangenheit, meine Geschichte gesucht, nun habe ich sie wieder. Doch was mache ich jetzt damit?

Ich sehe seinen Augen an, dass seine Ahnung zur Gewissheit wird.

Er richtet sich halb auf. Noch immer liegen wir auf dem Fußboden, wie vor meinem ultimativen Flashback, der alles vernichtete, was ich zu wissen glaubte.

„Was ist?“, versucht er ein letztes Mal der Wahrheit auszuweichen.

Doch ich starre ihn nur an. Den leichten Ekel vor ihm kann ich nicht aus meinem Blick verbannen.

„Schatz, es ist alles ganz anders, als du jetzt vielleicht glaubst, gesehen zu haben.“

Ich weiß es besser. Ich habe endlich alles gesehen und verstanden. Wie er auf das Zelt einstach und dann Britta rauszerrte. Wie er ihr die Jeans runterzog und an ihr rummachte.

Ich spüre mit jeder Faser meines Körpers, mit jedem Gedanken das brennende Gefühl von Eifersucht. Dieses Gefühl, das alles andere überdeckt. Wie kann das sein im Angesicht des Todes? Müsste ich nicht Trauer und Angst verspüren? Ekel über das, was er mit Britta machte?

Und doch ist mein beherrschendes Gefühl Eifersucht. Ich kann es drehen und wenden, wie ich will. Ich empfinde kein Mitleid mit den anderen.

Es hat Sebastian nichts bedeutet, dass wir miteinander geschlafen haben, dass ich mich ihm hingab und meine Unschuld opferte. Er wollte immer nur Britta. Und er nahm sie sich.

Ich sehe das Blut, das sich langsam seinen Weg durch die Stiche in der dünnen Zeltbahn sucht. Höre das Stöhnen der Sterbenden im Zelt und sehe Sebastians irren geilen Blick, mit dem er an Britta rummacht.

Als er mich bemerkte, ich muss schon ewig dagestanden und das alles versteinert beobachtet haben, wandte er sich kurz von ihr ab, mir zu. Und dieser Blick sagte alles darüber, was er für mich empfand. Absolut nichts. Ich war ihm im Weg, ein störendes Insekt, mehr nicht. Mich schaudert.

Kann dann sein Liebesgeständnis heute echt sein? Und wenn ja, berührt es mich noch?

Er blickt mich mit einem scheinbar liebevollen Blick an, doch dahinter sehe ich etwas lauern. Wie ein Dämon, der sich seinen Weg aus ihm herausbahnt. Den man nicht zurückhalten kann, weil er mächtiger ist als man selbst.

„Katharina, hör mir zu. Ich konnte nichts dafür. Marc ist über mich hergefallen, wollte auf einmal Britta statt Anette, hat sich auf sie gestürzt. Anette ist ausgerastet, mit dem Messer auf ihn losgegangen. Er hat sich verteidigt, ihr eine Ohrfeige gegeben und sie ist gestürzt. Dann ist er wieder auf Britta los und ich hab versucht, sie zu schützen. Doch dann bin ich gefallen und ohnmächtig geworden. Als ich wieder zu mir kam, hatte er die beiden Mädels schon übel zugerichtet. Wir haben im Zelt gerangelt, er hatte das Messer. Ich konnte mich gerade noch rausretten, dann ist das Zelt zusammengefallen. Für Anette konnte ich nichts mehr tun, das hab ich gesehen. Aber Britta hab ich durch den Riss rausgezogen, wollte sie vor ihm schützen. Da bist du aufgetaucht, genau in dem Moment. Hast alles falsch verstanden."

Netter Versuch. Soll ich ihm klarmachen, dass seine Geschichte nicht stimmen kann? Er weiß es selbst und nun liest er in meinen Augen die Wahrheit.

Ich versuche, ihn von mir runterzuschieben und aufzustehen. Will diesem Monster in Menschengestalt nicht mehr nahe sein. Bin endlich fertig mit ihm und der Vergangenheit.

„Kathy, was hast du vor? Wir lieben uns doch!"

Liebe? Ich spüre nur noch Verachtung für ihn. Doch eins interessiert mich noch.

„Wieso hast du das gemacht? Wieso? Du konntest jede haben. Warst der begehrteste Junge der Schule, alle Mädchen standen auf dich, du hättest studieren können und die Welt hätte dir offengestanden. Warum?"

Etwas verändert sich in ihm.

Ich sehe, wie er die Maske abwirft und ganz langsam sein wahres Ich durchkommt.

Kapitel 16

1984

Der Abend lief gut für Sebastian. Schon lange war er scharf auf Britta, die ganze Zeit, seit sie vor einem Jahr hergezogen war. Mit ihren weiblichen Formen und ihrem lasziven Blick war sie ihm sofort aufgefallen. Dabei war sie erst vierzehn. Unglaublich. Diese vollen Lippen machten ihn verrückt. Ihr blondes, überschulterlanges Haar war stets ein wenig verwuschelt, sah aus, als wäre sie gerade aus dem Bett gestiegen. Das beflügelte die Fantasie eines potenzstarken jungen Mannes, wie sich Sebastian grinsend zugestand.

Michael hatte sie ihm vor der Nase weggeschnappt, hatte sich gleich auf sie gestürzt. Einmal beobachtete er die beiden beim Händchenhalten auf dem alten Spielplatz in der Nähe ihres Elternhauses. Sebastian konnte es nicht fassen. Dieser Loser von Michael hatte seine Auserwählte bekommen, unglaublich. Doch das würde er ändern.

Heute war seine Chance gekommen. Marc hatte ihm von dem Plan erzählt, den er sich zusammen mit Anette ausgedacht hatte, um eine Nacht miteinander verbringen zu können. Anette und Britta würden ihren Eltern erzählen, dass sie in der Nacht auf Ostersamstag zelten wollten, um in Brittas Geburtstag reinzufeiern. Um die Erlaubnis zu erhalten, hatten sie Katharina Zamanka, die fette Tochter des Pfarrers, überredet, mitzumachen. Das hatte gut geklappt. Sebastian sollte mitkommen, um sich um Britta zu kümmern. Für Katharina mussten sie sich noch etwas einfallen lassen.

Der Plan kam Sebastian gerade recht. Das war seine Chance, Britta dieser Null auszuspannen und sie zu verführen. Eine ganze Nacht hätte er dafür Zeit, mehr als genug. Wäre doch gelacht, er hatte bisher alle bekommen, die er wollte.

Der Tag begann perfekt. Das Wetter war für Ende April ungewöhnlich warm und die Sonne schien von einem makellosen Himmel, der bereits das tiefe Dunkelblau des Sommers andeutete. Im REWE in Daun kauften sie Zitronenlikör für die Mädels und für sich Asbach Uralt und Afri-Cola. So ein kleiner Lockermacher würde gute Dienste bei den jungen Mädchen leisten. Und sie würden ihren Spaß verdoppeln mit etwas Härterem. Auch an Essen hatten sie gedacht. Brötchen, Käse und Wurst, was Einfaches, nichts, was Zeit kostete, die brauchten sie für andere Sachen.

Aber was sollten sie mit Katharina anstellen? Wie sie ausschalten, damit sie nicht störte, wenn es so weit war? Lange hatte Sebastian gegrübelt, was zu tun sei. Doch dann fiel ihm der Arzneischrank im Badezimmer seines Elternhauses ein. Seine Mutter hortete dort Valium, weil sie seit Jahren, seitdem sie wusste, dass der Vater eine Freundin hat, die er regelmäßig am Wochenende in Wittlich besuchte, nicht mehr schlafen konnte. Sebastian und sein Bruder machten sich immer einen Spaß daraus, der Mutter heimlich zerstoßenes Valium in ihren abendlichen Wein zu schütten. Den konsumierte sie reichlich. Dann konnten sie am Wochenende so lange auf- und wegbleiben, wie sie wollten.

Das war die Lösung.

Sie wollten sich erst am See mit den Mädels treffen, damit Katharina nicht merkte, dass sie verabredet waren. Doch Sebastian registrierte bei ihrem Eintreffen sofort, dass Katharina nicht darauf reinfiel. Einen Moment schwankte sie zwischen beleidigt Abziehen und Bleiben. Doch sie blieb. Vermutlich war es das erste Mal, dass sie von anderen zu solch einem Ausflug mitgenommen wurde. Das wog offenbar die Tatsache auf, dass sie nur als Alibi für die beiden anderen Mädchen mitgenommen worden war.

Er erkannte an ihrem Blick aber auch, dass sie auf ihn stand, das kleine Pummelchen. Es war so einfach, mit ihr zu flirten, und Sebastian amüsierte sich über jedes Erröten, das er bei ihr auslöste.

Doch schnell verlor er das Interesse an dem Spielchen. Britta lockte zu sehr mit ihren Reizen. Nachdem auch sie Katharinas Interesse an Sebastian bemerkt hatte, warf sie ihm plötzlich diese tiefen Blicke zu. Die konnte man nicht falsch deuten. Sie wollte ihn auch, jetzt erst recht, wo eine andere im Spiel war.

Konkurrenz belebte eben auf jeder Ebene das Geschäft.

Aber sie wollte umworben werden. Er musste sich Zeit nehmen. Auf ihre Spielchen des Anlockens und wieder Zurückziehens eingehen. Die beherrschte sie für ihr Alter perfekt. Doch auch Sebastian kannte sich damit aus.

Bald schon hatten Britta und Anette ihre Badeanzüge angezogen und rannten laut kreischend und planschend ins eiskalte Wasser. Natürlich zogen Sebastian und Marc nach und tollten mit ihnen im Totenmaar rum. Die Spielverderberin hockte einsam am Ufer und zog eine Schnute.

Er hätte das gar nicht bemerkt, wenn ihm Britta, die er im Wasser spielerisch bedrängte, das nicht ins Ohr geflüstert hätte.

Ein kleiner Wink zu Marc und schon stürmten sie aus dem Wasser, packten das Pummelchen an Armen und Beinen und warfen es laut grölend vollbekleidet ins eiskalte Wasser.

Wer konnte auch schon ahnen, dass diese Pute nicht mal schwimmen konnte? Anette bemerkte als Erste, dass Katharina nicht in angemessener Zeit wieder hochkam. Sebastian sah seine Chance, sich auch als großer Retter zu präsentieren – das machte den Mädels richtig weiche Knie –, und hechtete ins Wasser. Das wurde erstaunlich schnell tief und er entdeckte das Pummelchen nicht. Ihm ging fast die Luft aus, bis er ihr blondes Haar Seetang gleich im Wasser schweben sah. Ihr Dutt hatte sich gelöst. Unsanft griff er danach, auch ihm wurde langsam die Luft knapp, und zog sie hinter sich her nach oben. Gottlob nahm ihm Marc die Last im flachen Wasser ab, sodass er sich keine Blöße geben musste. Ihn hatte die Aktion mehr angestrengt, als er vor Britta zugeben mochte.

Die warf ihm wie erwartet bewundernde Blicke zu, kaum dass er neben Katharina nach Luft schnappend am Ufer zusammensank.

Erst der entsetzte Ausruf Marcs machte ihn wieder munter. Das Pummelchen reagierte nicht, lag nur wie ein Kloß auf dem Rücken, wurde immer blasser und ihre Lippen verfärben sich langsam blau.

Sein Erste-Hilfe-Kurs für den Führerschein lag noch nicht lange zurück. Schon nach der ersten Herzmassage kam das Pummelchen wieder zu sich und spuckte mächtig Wasser. Erleichterung machte sich breit.

Doch nur kurz. Kaum kam sie wieder zu Luft, schon war das Drama da. Hustend und keuchend heulte sie rum, dass sie nach Hause wolle, die Nase voll habe. Britta flüsterte ihm zu, dass sie dann auch nach Hause müssten.

Da half nur eins. Sebastian verschwand unter dem Vorwand, sich ein Handtuch holen zu müssen, im Zelt und mischte dort zwei zerstoßene Valium in ein Glas Zitronenlikör. Das sollte reichen.

Vorsichtig flößte er es Katharina ein, die noch immer einen Schmollmund zog und hustete.

„Ich will nach Hause. Mir reicht's."

„Aber, aber, Süße, ist doch alles wieder okay. Wie fühlst du dich jetzt? Geht's wieder?"

Sofort entspannte sich das Gesicht der blöden Schnepfe. Mädchen waren so einfach zu bezirzen.

Schon deutlich unsicherer kam ein weiteres geschnieftes: „Ich will nach Hause."

Doch sein Lächeln und seine sanften Worte – „Jetzt wird es doch erst richtig gemütlich" – ließen den Zorn aus ihrem Gesicht verschwinden und ein zaghaftes Lächeln erscheinen.

„Aber ich hab doch keine Ersatzklamotten dabei. Ich muss nach Hause."

Sebastian unterdrückte ein genervtes Stöhnen. Zu groß war das Risiko, dass der Abend und seine Chancen bei Britta damit gelaufen waren.

„Du kannst von mir eine Hose haben", schlug Britta vor.

„Und von mir ein Sweatshirt", ergänzte Anette.

Das Erröten von Katharina sprach Bände. Keiner musste, nein, durfte es aussprechen, aber alle dachten es. Natürlich passte das Pummelchen nicht in die Ersatzkleidung der anderen beiden Mädels. Wie auch?

Wieder schossen Tränen in ihre Augen.

„Sebastian kann dich doch schnell nach Hause fahren und dort ziehst du dich um. Im Handumdrehen seid ihr wieder da."

Entsetzt fuhr Sebastian zu ihr herum. Es lief gerade so gut. Eine Unterbrechung konnte er überhaupt nicht gebrauchen. Doch bevor er ablehnen konnte, flüsterte ihm Britta ins Ohr: „Wir machen es uns nachher am Feuer gemütlich. Komm schnell zurück!"

Na, wenn das kein Angebot war.

„Komm, Katharina, Süße, wir machen ganz schnell und dann ist alles wieder in Ordnung, okay?"

Mehr als ein Nicken brachte sie, im Gesicht rot wie ein Puter, nicht zustande.

Nun saß das Pummelchen neben ihm auf dem Beifahrersitz und warf ihm immer wieder verstohlene, bewundernde Blicke zu. Fast hätte Sebastian laut losgelacht. Doch der Gedanke an Britta ließ ihn freundlich lächeln.

Vorsichtshalber parkten sie eine Straße von Katharinas Elternhaus entfernt. Zu groß war die Gefahr, dass er entdeckt wurde. Und dann musste er warten und warten und warten. Was machte die blöde Schnepfe nur so lange?

Fast hätte er sie nicht wiedererkannt. Offenes, langes, gewelltes Haar, enge Jeans und ein noch engeres Top, das ihre großen Titten perfekt zur Geltung brachte. Dazu ein erwartungsvolles Lächeln, das man mit viel

Fantasie lasziv hätte nennen können. So eine Veränderung hätte Sebastian niemals erwartet. Ob das an dem Valium lag? Er hatte im Beipackzettel gelesen, dass es enthemmte und Halluzinationen hervorrufen konnte. Ihm war das egal. Die Jeans betonte zwar die zu vollen Hüften und Oberschenkel, aber der Busen war ein gerechter Ausgleich, wie Sebastian fand.

Er kicherte in sich hinein, als er an Brittas Aufforderung dachte, nett zu Katharina zu sein, damit ihnen der Abend nicht verdorben wurde. Dazu war er unter diesen Umständen gerne bereit.

„Du siehst ja aus wie ein Rauschgoldengel."

Sebastian war stolz auf den Vergleich, der wie erwartet Wunder bei Katharina wirkte. So ein kleiner Appetithappen zur Aufwärmung für das große Finale mit Britta war nicht zu verachten.

Auf der Rückfahrt streichelte er immer wieder über ihre Oberschenkel, was sie zu entzücken schien. Kein empörtes Wegschubsen der Hand, keine Übereinanderschlagen der Beine. Ihm kam es so vor, als würde sie die sogar ein wenig spreizen. Doch noch war es zu früh, um ihr zwischen die Beine zu fassen. Erst musste er sie warm schmusen. Er kannte doch die Weiber oder besser Mädels.

Auf dem Parkplatz stand kein anderer Wagen. Er suchte eine sichtgeschützte Ecke und hielt Katharina zurück, als sie aussteigen wollte.

Es war so einfach und sie so willig, fast zu einfach für seinen Geschmack. Nur ein bisschen an den Titten fummeln, zwischen den Beinen streicheln und schon war sie bereit. Hinterher entdeckte er tatsächlich Blut an dem Kondom, das er vorsichtshalber immer benutzte. Er hatte sie entjungfert, die keusche Pfarrerstochter. Na also, das hatte er sich doch gedacht. Was für ein toller Hecht er doch war. Na gut, wahrscheinlich hatte das Valium die Sache erleichtert, aber auch so hätte er das Pummelchen rumgekriegt, ganz sicher.

Die anderen Jungs würden ganz schön staunen, wenn er das im rechten Moment anbrachte.

Peinlicherweise ergriff sie auf dem Weg zu den anderen seine Hand und ließ sie auch nicht los, als Britta auftauchte.

Doch mit einem gewaltigen Augenverdrehen und einem leichten Schulterzucken signalisierte er seine wahren Gefühle, nur sichtbar für Britta, die, wie erhofft, ebenfalls die Augen rollen ließ. Sie hatte verstanden.

Von alldem bemerkte Katharina offenbar nichts. Brav hielt sie seine Hand und blieb an seiner Seite, egal, was er auch machte. Irgendwie musste er sie wieder loswerden, was ein hartes Stück Arbeit werden würde, das war klar.

Das Holzsuchen für das geplante Lagerfeuer war ein perfekter Anlass. Alle anderen waren schon ausgeschwärmt, nur sie beide nicht. Er redete sich bei Katharina damit heraus, dass er pinkeln müsse, was sie wieder zum Erröten brachte.

Zwischen den Bäumen leuchtete das Lila von Brittas Pulli ihm schon von Weitem den Weg.

„Oh, hast du mich erschreckt“, Britta schaute demonstrativ an ihm vorbei.

„Wie, allein? Wo hast du denn deine neueste Eroberung gelassen? Ich dachte, ihr wärt unzertrennlich?“

„Du weißt genau, dass das nicht stimmt, dass ich das nur für dich gemacht habe, damit du bleiben kannst."

Britta lehnte sich mit dem Rücken gegen eine riesige Buche. Wenn das keine Aufforderung war.

Sebastian stützte beide Hände neben ihrem Kopf an den Baum und beugte sich vor, sodass nur wenige Zentimeter ihre Lippen trennten.

„So?", antwortete sie ein wenig spitz. „Das werden wir ja sehen."

Noch bevor er mit seinen Lippen ihre berühren konnte, tauchte sie unter seinem rechten Arm hindurch und rannte in Richtung der Zelte. So mochte Sebastian die Mädels, die war genau die Richtige für ihn.

Als endlich das Lagerfeuer brannte, holte Anette einen eisernen Kochtopf hervor, aus dem der Geruch nach Linsensuppe kroch. Auch wenn ihm mehr an den Köchinnen als an dem Essen lag, spürte Sebastian plötzlich einen Riesenhunger.

Während er und Marc die Luftmatratzen aufbliesen und um das Feuer drapierten, gönnten sie sich den ersten Asbach mit Afri-Cola. Und kaum hatten sie die Suppe heruntergeschlungen, begann auch schon die Dämmerung. Und mit der Dämmerung wurde es kühl und kühler.

Es bedurfte keiner großen Überredungskunst, zusammenzurücken. Natürlich rückte ihm das Pummelchen dicht auf die Pelle und ergriff wieder seine Hand. So langsam nervte das.

Doch Sebastian war versöhnt, als sich Britta auf seiner anderen Seite niederließ.

Marc hatte auch an Schmusemusik gedacht, perfekt.

Während Sebastian und Marc genüsslich ihren dritten Asbach Afri-Cola schlürften, nippten die Mädels an ihrem Zitronenlikör. Sogar das Pummelchen hatte sich einen einschenken lassen, natürlich mit einer weiteren Valium versetzt. Anders würde er sie niemals loswerden und die Nacht war ohnehin zu kurz für all das, was er mit Britta vorhatte.

Er spürte, wie sich Katharina entspannt gegen ihn lehnte, auf der anderen Seite schmiegte sich Britta an ihn. Er spürte ihre verheißungsvolle Wärme durch seinen Troyer hindurch. Vorsichtig legte er seinen rechten Arm um Britta und zog sie an sich.

Offenbar gefiel ihr das, denn nun legte sie ihre Hand unter der Wolldecke, die alles verhüllte, auf seinen Oberschenkel und streichelte ihn sanft. Sofort kam Sebastian in Wallung. Als sie ihm auch noch ihr Gesicht zuwandte, in der offenkundigen Erwartung eines Kusses, presste er seine Lippen auf ihren Mund, öffnete mit seiner Zunge den ihren und spielte mit ihrer Zunge. Er konnte seine Hand nicht mehr beherrschen, sie führte ein Eigenleben, weg von Katharina und auf Brittas Schulter, um von dort nach unten in Richtung ihrer wunderbaren Brüste zu gleiten.

„Was ist los? Spinnst du? Was soll das?“

Irritiert öffnete Sebastian seine Augen, während er einen heftigen Schlag gegen seine Schulter spürte.

„Ich dachte, du liebst mich“, kam vom Pummelchen.

Noch immer in Gedanken bei Brittas Titten, schüttelte er angewidert den Kopf.

„Wie kommst du denn darauf? Stell dich nicht so an. Wenn du noch nicht reif genug dafür bist, verzieh dich ins Zelt.“

Nach einem kurzen Moment drehte sich Katharina um und rannte in Richtung der Holzhütte. Es waren nur noch leise Schritte zu hören, ein kleiner Schrei, offenbar war Katharina gestolpert, und dann nichts mehr. Den Hauch einer Sekunde schoss Sebastian der Gedanke durch den Kopf, ob alles okay wäre, ob er sie in ihrem Zustand – vor allem nach Einnahme der vielen Valium – so allein im Wald rumrennen lassen konnte. Dann besann er sich wieder auf sein eigentliches Ziel und drehte sich Britta zu.

Die kicherte noch immer zusammen mit Anette leise vor sich hin.

„Nanu, ist die große Liebe schon wieder vorbei?"

Sie zog einen perfekten Schmollmund und verschränkte die Arme.

„Wahrscheinlich machst du es mit mir genauso, wenn ich hier weiter mit dir rummache."

„Aber nein, Schatz, du weißt doch genau, dass ich überhaupt nur wegen dir hier bin. Und außerdem warst du es, die sagte, ich solle nett zu dem Pummelchen sein."

Wieder kicherte sie leise, ihr Schmollmund öffnete sich verheißungsvoll und näherte sich dem seinen.

Der Kuss war lang und intensiv, so intensiv, dass er seine Hand wieder in Richtung ihrer Brüste wandern ließ. Kurz bevor er sein Ziel erreichte, umfasste sie beide Hände und schob sie weg.

„Lass das", flüsterte sie heiser in sein Ohr.

„Wieso denn? Du willst es doch auch."

Wieder dieses Kichern, das ihn ganz verrückt machte.

„Ich bin müde, ich leg mich jetzt schlafen."

Wie konnte sie nur so plötzlich umschalten? Sebastian war völlig perplex. Zu perplex, um sie am Aufstehen zu hindern. Oder war das eine Aufforderung? Die Aufforderung, ihr zu folgen, um unbeobachtet zu sein? Das musste es sein.

„Wo sind denn Anette und Marc?"

Sebastian richtete sich auf. Die beiden lagen nicht mehr auf der Luftmatratze, dafür war der Reißverschluss des Mädchenzeltes zugezogen. Dahinter hörten sie leises Kichern und Stöhnen.

„Die machen es sich gemütlich", feixte Sebastian.

„Und wo soll ich hin?"

„Geh doch einfach in unser Zelt."

Nach kurzem Zögern drehte sich Britta tatsächlich um und verschwand in dem anderen Zelt. Das wurde ja immer besser.

Sebastian ließ ihr fünf Minuten Zeit, bis er ihr folgte.

„Und, gemütlich hier?"

Er zog den Reißverschluss des Zeltes von innen zu.

„Na ja, ein bisschen kalt ist es schon", hörte er Brittas Stimme aus den dunklen Tiefen.

„Na, da kann ich dir doch helfen."

Vorsichtig krabbelte er auf den Knien weiter ins Zelt, bis er ihren Atem hörte. Sie lag auf seiner Luftmatratze, die er vorhin aufgeblasen hatte.

Vorsichtig ließ er sich neben sie gleiten und legte seinen Arm auf ihren Bauch. Noch vorsichtiger beugte er sich vor und suchte mit seinem Mund den ihren, was in der völligen Dunkelheit nicht einfach war. Er hatte das Gefühl, dass sie sich ihm bewusst entzog, den Kopf immer wegdrehte, wenn er nah dran war, die Lippen zu finden.

Sie wollte, dass man sie umwarb, logisch. Auch ihm machte das Spielchen Spaß und so streichelte er ihr Haar, ihre Wangen und den Hals vorsichtig mit dem Handrücken. Erfreut spürte er ihre Hand auf seinem Rücken. Na also, klappte doch.

Mit dem Zeigefinger zeichnete er ihren Mund nach, als er ihn endlich gefunden hatte.

Das Spielchen machte ihn gewaltig an. Auch Britta schien in Stimmung zu kommen, denn nun fuhren ihre Hände von seinem Rücken in Richtung Taille.

Fast hätte er gelacht, wie einfach es auch mit der tollen Britta war. Die Weiber waren doch alle gleich.

Seine Finger wanderten über ihre Lippen, die ein wenig geöffnet waren. Jetzt war sie bereit.

Sebastian beugte sich herab und ließ seine Lippen mit ihren spielen, bevor er seine Zunge ihre suchen ließ.

Sie begann, schwer zu atmen. Sie war bereit. Er ließ seine Hand ihren Arm entlang nach unten gleiten, nur ein Stück, bevor sie zu Brittas Bauch abdrehte, um ihn zu streicheln. Brittas Hände umfassten derweil seine Hüften und zogen sie an sich. Jetzt war es so weit, sie wollte es auch. Er küsste sie wieder und fuhr mit der Hand unter den Bund ihres Pullis.

Plötzlich packte Britta seine Hand und schob sie runter.

Er war zu schnell vorgegangen. Während er sie weiter küsste, ließ er seine Hand auf ihrem Bauch spielen. Er spürte, wie sich Britta wieder entspannte.

Gut so. Nach einer Weile ließ er seine Hand wieder hochwandern und schaffte es diesmal bis zum unteren Rand ihres Büstenhalters. Ihre Unruhe ließ ihn verhalten, doch nicht lange.

Vorsichtig schob er den Bügel des BH hoch und fuhr mit der Hand darunter.

Britta versteifte sich und griff erneut nach seiner Hand. Vorsichtig zog er sie zurück, ließ sie in unkritischere Zonen abgleiten und knutschte weiter mit ihr. Sie mochte ja pro forma seine Hand immer wieder bremsen, ihre Küsse sprachen jedoch eine andere Sprache.

Nun ließ er seine Hand ihren Bauch hinab bis zum Bund ihrer Jeans erkunden. Sein Glied war inzwischen so steif, dass es in der engen Hose wehtat. Er hatte nur noch ein Ziel, er wollte sie. Jetzt und hier.

Wieder packte sie seine Hand. Doch diesmal ließ er sich nicht so leicht wegschieben. Auf ihrer Hose glitt seine Hand hinab zwischen ihre Beine. Er konnte sich kaum beherrschen. Strich fest zwischen ihren Beinen und kletterte mit der Hand hoch zum Hosenbund, schob seine Hand tief in den schmalen Freiraum zwischen Haut und Bund, bis er die feinen Haare und den warmen Spalt spürte.

Ihre zu Fäusten geballten Hände, die sich gegen seinen Brustkorb drängten, nahm er nur am Rande wahr, ebenso wie das Verschwinden ihrer Zunge beim Küssen.

Als er den Mund kurz von ihrem hob und sich leicht zurücklehnte, um sich auf das Öffnen seiner eigenen Jeans zu konzentrieren, schob sie ihre Unterarme zwischen sie und drückte ihn seitlich weg.

Er war zu perplex, um zu reagieren, als sie unter ihm wegrollte. Was war denn jetzt los? Sie wollte es doch auch. Er hörte durch das Pulsieren seiner Erregung kaum, was sie sagte. Wollte sie weiter küssen, küssen,

küssen. Doch sie schob ihn weg. Lachte dabei albern. Was war denn nur los mit der blöden Gans?

Er umfasste sie fester, sie stieß ihn beiseite. Irritiert sah er auf, als sie auf die Beine kam.

„Hey, lass das."

„Was ist denn, Schatz? Ich mach doch gar nichts."

„Klar machst du was. Außerdem bin ich nicht dein Schatz, also lass das. Ein bisschen Knutschen ist ja okay, aber mehr will ich nicht."

„Aber, aber. Warum denn gleich so unfreundlich? Ist doch alles okay, also keine Panik."

„Ich hab keine Panik, ich will das nur nicht. Mach es mit Katharina, ich hab einen Freund."

„Warum bist du dann hier und nicht bei ihm?"

„Meine Sache, das ist jedenfalls keine Einladung für dich."

Sebastian war viel zu erregt, um klar denken zu können. Sie wollte ihn auch, das hatte sie ihm doch gezeigt. Jetzt zierte sie sich nur ein wenig. Das gehörte zu ihrem Spiel. Er grinste und griff in ihre Richtung.

„Genug, hab ich gesagt. Ich muss an Michael denken."

Als ob es dafür nicht schon viel zu spät wäre.

Sie drehte sich in Richtung Zelteingang und versuchte, den Reißverschluss hochzuziehen. Sebastian kam kaum hoch, so sehr kniff die hautenge Jeans auf seinem erigierten Glied. Trotzdem schaffte er es, ihren Arm zu ergreifen, bevor sie aus dem Zelt entwischen konnte. Ihm wurde erst bewusst, wie fest er sie gepackt hatte, als sie aufstöhnte.

„Lass das, lass mich sofort los, Mann."

„Nun hab dich doch nicht so. Du willst es doch auch. Hast mich ganz schön heißgemacht."

„Nein, Irrtum, ich will nicht. Wie oft muss ich dir das denn noch sagen?"

Doch das „Nein" sickerte nicht wirklich in Sebastians Bewusstsein.

Mitsamt dem umklammerten Arm von Britta ließ er sich zurück auf die Luftmatratze sinken. Britta hatte gegen seine Kraft und sein Gewicht keine Chance. Ehe sie reagieren konnte, lag sie auf ihm und er umschlang sie mit dem anderen Arm. Fühlte sich das gut an. Er ließ ihren Arm los und umfasste stattdessen ihren Kopf, zog ihn zu sich runter und presste seine Lippen auf ihre.

„Au, was soll das? Spinnst du?"

Die blöde Kuh hatte ihn in die Lippe gebissen. Was fiel ihr nur ein?

„Lass mich sofort los oder ich brülle hier alles zusammen."

„Quatsch, das machst du nicht, niemals. Warum auch? Du willst es doch auch. Sei ehrlich und mach jetzt nicht so ein Theater. Das ist doch pubertär."

„Zum letzten Mal, lass mich los oder ich schreie."

Ihr Pullover hatte sich nach oben verschoben und Sebastian spürte ihre nackte heiße Haut. Das erregte ihn noch mehr. Ihm war völlig gleichgültig, was sie sagte. Am besten, sie hielt ganz den Mund. Noch während er das dachte, presste er seine Hand bereits auf ihren Mund und drehte sich mit ihr im Arm, bis sie wieder unter ihm lag.

Niemals hätte er ihr zugetraut, dass sie solche Kräfte entwickeln konnte. Wie eine Katze wand sie sich unter ihm und schaffte es tatsächlich, ihren Mund aus seinem Klammergriff zu befreien.

„Hilfe, helft mir, Hilfe ..."

Sebastian war zu sehr mit ihrem BH beschäftigt, der sich dummerweise im Rücken, auf dem sie lag, öffnen ließ, um sich um das Geschrei zu kümmern. Endlich ertastete er die Ösen, doch bevor er sie öffnen konnte, wurde er unsanft nach hinten und aus dem Zelt gerissen.

„Mach keinen Scheiß, Mann, was soll das?", hörte er plötzlich Marcs Stimme hinter sich.

„Spinnst du? Lass mich sofort los und hau ab. Kümmere dich um deine eigene Schlampe und lass mich in Ruhe."

Nachdem er wieder auf die Beine gekommen war, schüttelte er Marc wie eine lästige Fliege ab. Diese Niete würde sich nicht ernsthaft mit ihm anlegen wollen. Er war viel stärker und größer. Und das wusste Marc.

Noch während er sich dem Zelt zuwandte, wurde er wieder von hinten gepackt. Jetzt reichte es Sebastian. Was hatte sich der blöde Kerl in seine Sachen einzumischen?

Er holte aus und schlug Marc mit der geschlossenen Faust auf den Mund. Sofort riss die obere Lippe und Blut tropfte über Marcs Kinn auf sein T-Shirt.

Hinter sich hörte er Anette, die laut heulte wie ein Hundebaby, das zum ersten Mal allein gelassen wird.

„Mensch, Sebastian, was ist denn mit dir los? Lass Britta in Ruhe. Du hörst doch, dass sie nicht will."

„Quatsch, sie ist heiß, wartet nur auf mich. Also mach die Fliege."

Doch der blöde Kerl ließ immer noch nicht locker, umschlang ihn wie eine Krake. Er rammte seinen Ellbogen nach hinten in Marcs Magen, der daraufhin zu einem hilflosen Stück Fleisch zusammensackte.

Selbst schuld, hätte er ihn doch einfach losgelassen. Wieder wandte er sich dem Zelt zu. Britta lag noch immer auf der Matratze und erwartete ihn. Siegesgewiss beugte er sich zu dem Eingang herunter und kroch hinein, auf sie zu. Kroch über sie und setzte sein großes Verführerlächeln auf, das immer wirkte.

Doch die dumme Gans zog ihr Knie an und stieß es gegen sein Glied. Der Schmerz war so unerträglich, dass er sich nicht auf den Knien halten konnte und seitlich wegsackte.

Sein Glied schützend umfassend, entfuhren ihm unmenschliche Laute. Er hatte nicht geahnt, dass er zu solchen Tönen fähig war. Der Schmerz brannte und glühte in seinen Genitalien, bis er in ein Pulsieren überging. Endlich kam er wieder zu Luft.

Was hatte die Schlampe sich erlaubt und ihm angetan? Er verstand die Welt nicht mehr. Als sich seine Gedanken wieder anfingen zu klären, zog er den für ihn einzig denkbaren Schluss: Es musste damit zu tun haben, dass Britta nicht wollte, dass Anette und Marc ihr Treiben mitbekamen. Das musste es sein, fuhr es ihm durch sein alkoholgetränktes Hirn. Die beiden waren schuld daran, dass es ihm nun so schlecht ging und er kurz vor dem Ziel ausgeknockt wurde.

Wieder spürte er Hände, diesmal unter seinen Armen, die ihn rückwärts aus dem Zelt schleiften. Immer noch hilflos wegen des unerträglichen Schmerzes in seinen Genitalien konnte er das nur mit sich geschehen lassen. Er war nicht in der Lage, sich zu wehren. Das Letzte, was er im Zelt sah, waren Brittas weit aufgerissene Augen und entsetzte Blicke.

Kaum im Freien, ließen ihn die Hände, die ihn gezogen hatten, los. Auf dem Rücken liegend blickte er hoch in die Augen von Anette und Marc. Anette sackte an seiner Seite auf dem Boden zusammen und heulte wieder, während Marc erblasst auf ihn zukroch.

„Mensch, Alter, was ist denn los? Was machst du denn da für eine Scheiße?"

„Ich? Ich soll Scheiße bauen? Was ist denn mit dir? Bist du verrückt geworden, mich einfach aus dem Zelt zu zerren? Was fällt dir ein? Halt dich raus aus meinen Sachen. Oder willst du wirklich Ärger kriegen, richtigen Ärger?"

Abwehrend hob Marc seine Hände.

„Schon gut, Alter, beruhige dich doch endlich. Ist doch alles cool."

„Nix is cool, du blöde Sau. Wie kannst du es wagen? Bist du durchgedreht?"

„Ganz ruhig, Alter, niemand will dir was. Du gehst jetzt zurück in das Zelt und schläfst deinen Rausch aus. Hab gar nicht mitgekriegt, dass du so viel getrunken hast."

„Hab ich nicht, du Arschloch. Ich bin völlig nüchtern. Kapiert?"

„Schon gut, schon gut. Ich glaub, wir legen uns jetzt besser alle schlafen, okay?"

„Genau das will ich die ganze Zeit, also hau ab mit deiner blöden Tussi."

Sein Penis schmerzte zwar noch immer, aber die Wut und der Hass, die sich in ihm aufgestaut hatten, überdeckten alles. Jetzt würde er sich endlich diese Zicke vorknöpfen.

Vorsichtig kroch er auf allen vieren in das Zelt zurück. Doch als er die Hand ausstreckte, um Britta zu fassen, griff er ins Leere. Unbemerkt von ihm musste sie aus dem Zelt verschwunden sein. Das konnte doch nicht wahr sein.

So schnell er konnte, verließ er es wieder und sah sich um. Irgendwo musste die Schlampe, die für dieses Fiasko verantwortlich war, ja stecken. Doch sie war weit und breit nicht zu sehen, ebenso wenig wie Marc und Anette, deren Zelteingangsreißverschluss wieder geschlossen war.

Schnaubend vor Wut ging er hinüber und schlug mit der flachen Hand auf den dünnen Zeltstoff.

„Na, macht ihr es euch jetzt zu dritt gemütlich?"

„Mann, hau ab, lass uns in Ruhe. Schlaf deinen Rausch aus."

Was fiel diesem Drecksack Marc ein? Schnappte sich beide Bräute und jagte ihn weg wie einen räudigen Köter.

Ihn! Der alle haben konnte. Dem keiner von den kleinen Jungs das Wasser reichen konnte. Ihn so vor den Weibern zu blamieren. Und diese Schlampe machte nun plötzlich einen auf Heilige Jungfrau. Unglaublich. Und was, wenn die das später rumerzählen würden?

Das würde er ihnen nicht durchgehen lassen. Das konnte er nicht zulassen. Mit ihm machten die so was nicht, nicht mit ihm. Er spürte keinen Schmerz mehr, nur noch Kraft, er war stärker als sie alle. Er konnte sich nehmen, was er wollte, und niemand, absolut niemand hatte sich ihm in den Weg zu stellen. Diese lächerlichen Figuren. Wagten es, sich ihm zu widersetzen. Nicht mit ihm!

Jetzt holte er sich, was er haben wollte.

Er richtete sich auf, wankte dabei ein wenig, was ihn wunderte. Er war doch unschlagbar, unverwundbar!

Im Baumstamm der Fichte, an den die Zeltschnüre geknotet waren, steckte das mitgebrachte Fischmesser. Er schwankte hin und zog es raus. Schön scharf war es, genau das Richtige. Am besten sorgte er erst mal dafür, dass niemand rauskam aus dem Zelt, in das sie ihn nicht reingelassen hatten.

Mit einem Schnitt war das Seil gekappt und die linke Hälfte des Zelts senkte sich. Mit wenigen Schritten war er bei der Esche, an die das andere Seilende geknotet war. Ein weiterer Schnitt, und schon lag das Zelt auf den sich darin vergnügenden Jugendlichen.

„Mensch Sebastian, lass den Scheiß. Was machst du denn jetzt wieder?“, hörte er Marcs Stimme zwischen den erschreckten Schreien der Mädchen.

Unter der Zeltplane erkannte er sich windende Körper. Gut so. Das machte die Sache wesentlich leichter.

Mit zwei Schritten stand er an der Seite des zusammengesackten Zeltes, beugte sich vor und stieß mit dem Messer auf den sich durch die Zeltplane abzeichnenden Körper in der Mitte ein. Noch bevor der Schrei die anderen warnen konnte, zog er es wieder raus und hackte es in den Körper rechts neben dem sich langsam ausbreitenden Blutfleck in dem Zeltstoff. Das Winden ging in ein Zucken über, als er sich der dritten Gestalt zuwandte, während ein seltsamer Klagelaut aus dem Zelt aufstieg. Nun wanden sich alle drei Körper wie in einem mystischen Tanz. Der Zeltstoff wurde immer röter. Er hatte die Macht, damit aufzuhören oder es zu Ende zu bringen. Ein triumphales Geschrei drang aus seinem Mund, Sekunden bevor er sich mit seinem ganzen Körpergewicht auf das Zelt warf und wild um sich stach. Jeder Stich war ein Treffer.

Doch es reichte noch nicht. Er konnte nicht zielen. Wenn er so weitermachte, brauchte er Stunden, bis alles vorbei war und er seine Genugtuung hatte. Er kroch vom Zelt zu dem Lagerfeuer, das inzwischen erloschen war. Sie hatten große Steine um die Feuerstelle gelegt, damit sich das Feuer nicht unkontrolliert ausbreiten konnte. Nach einem von ihnen griff Sebastian. Er war noch lauwarm, fühlte sich gut an in der Hand.

Bei jedem Schlag erklang Jammern. Die Körper unter ihm versuchten, seinen Schlägen zu entkommen. Er kam kaum nach, jede Bewegung im Keime zu erschlagen, musste dabei grinsen. Doch er sah nicht genug, wollte das Gesicht der Schlampe sehen, die schuld an alldem war. Ihn erst anmachte und dann so blamierte. Jetzt würde er sich holen, was ihm zustand.

Er warf den Stein beiseite und ergriff wieder das Messer.

Mit drei Schnitten hatte er ein so großes Loch ins Zelt geschnitten, dass er Brittas nun nicht mehr so blondes Haar erkennen und sie daran aus dem Zelt zerren konnte.

Plötzlich schoss ein Männerarm aus dem Loch und versuchte, nach ihm zu greifen. Das Messer fuhr ganz leicht durch die Haut und erstickte jeden weiteren Versuch, ihn zu stören.

Britta sah ihn mit verwirrtem Blick an. Nun war sie nicht mehr so schön und auch das laszive Lolita-

Lächeln war aus ihrem Gesicht verschwunden. Leider war auch ihr Pulli auf Höhe der Brüste blutbesudelt. Schade darum. Doch das war nicht mehr wichtig. Jetzt würde er ihr geben, was sie freiwillig nicht nehmen wollte.

Obwohl sie kaum mehr genug Kraft zum Heben des Kopfes hatte, versuchte sie noch immer, ihn mit ihrem Arm wegzuschieben. Das könnte ihr so passen. Jetzt holte er sich, was er haben wollte, jetzt zeigte er es allen.

Er nestelte an dem Knopf ihrer Jeans und begann, die Hose samt Schlüpfer runterzuziehen. Er sah den Hügel mit den hellen Haaren, die ebenfalls rot verfärbt waren. Weiter zog er die Hosen runter, bis sie nur noch um ihre Knöchel gewunden waren.

Der Anblick machte ihn richtig geil. Nur ihr Gesicht und der vorwurfsvolle Blick, den sie trotz des zerschundenen Körpers noch zustande brachte, und das leise Wimmern störten ihn. Doch nicht allzu sehr, wie er sich grinsend eingestand.

Während er an seinem eigenen Hosenknopf herumnestelte, drang ein leiser Laut an sein Ohr. Das war kein Wimmern und auch kein Stöhnen. Irritiert hob er den Kopf, doch vor ihm war nichts, wie auch. Kaum hatte er Britta wieder den Kopf zugewandt, hörte er das Geräusch erneut, diesmal eindeutig von der Seite.

Ruckartig drehte er sich um. Da stand sie ganz dicht bei ihm, wie ein Racheengel mit erhobenem blutigem Stein. Ihr Blick war nicht ängstlich, sondern hasserfüllt. So hasserfüllt, wie er sich eben noch gefühlt hatte. Katharina starrte ihn an, ohne ein Wort zu sagen.

„Was willst du schon wieder hier? Blöde Kuh, hau ab."

Diese dämliche Gans würde ihm nicht das Finale versauen, jetzt war Schluss. Doch seine Worte hielten sie nicht auf. Immer näher kam sie und er erkannte in ihren Augen wilde Entschlossenheit.

Er setzte gerade noch an, Nein zu schreien, als ihn der Schlag mitten ins Gesicht traf.

Kapitel 17

2014

„Weißt du blöde Kuh eigentlich, warum du mich mit dem Stein geschlagen hast?“, höre ich Sebastian hämisch hinter mir herrufen.

Ich bin auf dem Weg ins Schlafzimmer, will mich ordentlich anziehen und dann gehen. Wohin, weiß ich noch nicht, aber ich muss hier raus. Mein altes Refugium hat seinen Dienst erfüllt, ich brauche es nicht mehr. Ich bin jetzt frei, endlich frei. Nach dreißig Jahren im Gefängnis fühle ich mich unbelastet und leicht. Ich glaube tatsächlich und hoffe, ein neues Leben beginnen zu können. Ich werde neu anfangen, irgendwo weit weg von hier. Und als Abschiedsgeschenk werde ich Janna die Wahrheit erzählen. Sie hat es verdient, nachdem ich ihr mit meiner falschen Erinnerung solchen Ärger bereitet habe.

„Hast du mich gehört? Gib mir eine Antwort. Was glaubst du, Schlampe, warum du auf mich eingeschlagen hast? Bildest du dir etwa ein, dass du die anderen retten wolltest? Ha, deinen Blick hättest du sehen sollen, als ich Britta vögeln wollte. Vor Neid bist du geplatzt, hast es nicht ertragen, dass Britta so viel schöner und geiler war als du. Neid, Eifersucht und noch ein paar andere nette Emotionen, die du heute nicht mehr wahrhaben willst, waren der Grund für deine Schläge auf meinen Kopf.“

Ich bleibe stehen. Etwas in seinen Worten, die mich eigentlich nicht mehr treffen sollten, lässt mich erstarren. Doch ich schüttle den Kopf. Er will nur seine eigene

Schuld loswerden. Natürlich habe ich lediglich versucht, Britta zu retten. Doch es war zu spät, sie war schon tot.

„Bildest du dir etwa ein, du hättest das aus Angst oder Sorge um die anderen gemacht? Ha, träum weiter. Ich habe es in deinen Augen gesehen, du hast vor Eifersucht gekocht. Deswegen hast du zugeschlagen."

Ich zucke zusammen. Das sagt er nur, um mich zu halten. Um zu verhindern, dass ich ihn anzeige. Es ist Unsinn, was er da behauptet.

„Da staunst du, was? Hättest nie gedacht, dass ich es gesehen habe. Ich werde es allen erzählen, wenn du mich anzeigst."

Hat er recht? Habe ich auf ihn eingeschlagen, weil ich den Anblick von ihm mit Britta nicht ertrug? Mir wird ganz schlecht. Ich spüre wieder die Hilflosigkeit, die Verlorenheit, die ich damals empfand. Diese Gefühle lassen sich weder leugnen, noch kann ich sie unterdrücken. Ich versuche, sie wie aufsteigende Galle einfach runterzuschlucken. Doch diese Gedankengalle bahnt sich ihren Weg durch meine Speiseröhre hoch in meinen Mund, als müsste ich mich übergeben.

Alles muss raus ans Licht.

Alles verschwamm vor meinen Augen und ich spürte einen unbändigen Hass auf Sebastian. Ich hasste ihn mit jeder Faser meines Körpers, mit jedem Atemzug und mit einer Innigkeit, die man nur bei der Liebe spüren sollte. Dafür, was er getan hatte. Was er mir angetan hatte. Mich ausgenutzt und dann abgelegt wie einen alten Pullover.

Ich spürte es wieder, das brennende Gefühl, als ich die beiden dort am Totenmaar sah. Er lag auf ihr, sie hatte die Augen geschlossen und ein Stöhnen entfuhr ihren Lippen. Halbnackt war sie bereits.

Auch wenn ich das Blut auf ihrem Pulli deutlich erkennen konnte und sogar auf die Entfernung die Wunden auf ihren Beinen sah, konnte ich mich nicht von dem Gedanken lösen, dass sie es genoss. Der ganze Tag war nur auf diesen einen Akt zugelaufen. Ich und auch die anderen waren nur Beiwerk für diese Vereinigung.

Wahrscheinlich fand Britta Sebastian noch attraktiver, nachdem sie gemerkt hatte, dass ich ihn auch wollte, dass er mich genommen hatte. Mich, das Pummelchen und Pfarrerstöchterchen. Sie hatte es genossen, mich auszustechen, mir wehzutun, da war ich sicher. Und ich stand nun daneben und musste zusehen, wie mir alles genommen wurde. War wieder ausgeschlossen, nur eine Randerscheinung. Nichts anderes nahm ich mehr wahr in diesem Moment. Weder das blutdurchtränkte, zusammengefallene Zelt noch die Erhebungen, an deren Form man Menschen erahnen konnte.

Jetzt weiß ich all das wieder. Mein Gedächtnis verschont mich nicht. Hätte ich geahnt, was es zu Tage fördert, hätte ich mir nie gewünscht, dass es wiederkommt. Es ist zu spät, ich kann es nicht mehr aufhalten.

Ich stand wie versteinert neben den beiden, sah, wie Sebastian sich an Britta rieb, dass er ihre Jeans runtergezogen hatte und an seinem Reißverschluss rumnestelte. Sah, wie er versuchte, seine Hose vorn zu öffnen. Mir entfuhr ein Schluchzer. Ich hielt das nicht aus, hasste sie, hasste sie, hasste sie. Neben mir auf dem Boden lag ein großer Stein. Blutbesudelt, wie er war, musste er schon Sebastian gedient haben. Dann hatte auch er ihn verdient. Ich ergriff ihn, doch meine Beine trugen mich nicht richtig. Im Hochkommen strauchelte ich und stolperte einen Schritt vorwärts. Das musste er gehört haben, denn er schreckte hoch und wandte mir das Gesicht zu.

„Was willst du hier, blöde Kuh? Hau ab."

Ich ging nicht, dieses Mal blieb ich. Es reichte mir jetzt. Das war einmal zu viel. Ich wankte auf ihn zu, er erkannte offenbar meine Absicht und schreckte zurück. Erstaunen, aber auch Entsetzen zeichneten sich auf seinem Gesicht ab. Wenigstens irgendein Gefühl, das ich bei ihm auslöste. Doch nur einen kurzen Moment, dann verschwand der Ausdruck von seinem Gesicht und ich sah wieder den coolen Typen vor mir, der zwei Mädchen an einem Tag haben konnte. Ich ertrug es nicht mehr.

Ich stürzte los in seine Richtung und holte mit dem Stein in meiner Hand aus. Sebastian schaffte es nicht, seine Arme schützend hochzunehmen, obwohl er es versuchte. Ich war zu schnell. Der erste Schlag traf seinen Kopf, der zweite mitten in sein Gesicht. Er war verletzt, aber nicht so schlimm, dass er sich nicht mehr wehren konnte. Schon drehte er sich um und versuchte, sich aufzurichten.

Doch ich ließ ihm keine Zeit. Wieder schwang ich den Stein über meinem Kopf und ließ ihn auf Sebastians Schädel niedersausen. Diesmal traf ich richtig. Sebastian kippte nach hinten weg und blieb ganz still liegen, rücklings auf Britta.

Doch meine Wut war noch nicht verraucht, ich dürstete noch immer nach Rache. Also schlug ich erneut zu. Langsam ging mir die Kraft aus, deshalb schienen ihn die Schläge nicht wirklich zu verletzen. Doch ich machte weiter, schlug immer wieder zu. Mir taten sie gut. Sie fühlten sich an wie Befreiungsschläge. Nach einem letzten Hieb sackte ich erschöpft neben ihm auf die Knie und betrachtete mein Werk.

Und sosehr ich mich heute dafür hasse, so muss ich mir doch eingestehen, dass ich den Anblick genossen habe. Ich spüre noch immer die Genugtuung, die ich bei jedem Schlag empfunden habe.

Ja, ich habe zugeschlagen, weil ich die Szene nicht ertrug, mir waren die anderen egal. Ich wollte Sebastian bestrafen. Nun weiß ich es.

Ich schnappe nach Luft. Beginne zu zittern, doch es ist ein anderes Zittern als bei meinen Panikattacken. Angst spüre ich nicht mehr. Die ist mit der Erinnerung verschwunden.

Was fange ich mit meiner neuen Wahrheit über mich an? Es ist kein schöner Zug an mir. Jeder, der davon erfahren wird, wird sich von mir abwenden. Kann ich damit leben? Ich denke schon, ich musste bereits mit viel Schlimmerem klarkommen.

Trage ich aber auch die Mitschuld am Tod der anderen? Nein, das war allein Sebastian. Ich hatte nichts damit zu tun. Ich kam zu spät. Ich hätte niemanden mehr retten können. Höchstens mich selbst. Was wäre wohl mit mir geschehen, wenn ich ihn nicht ohnmächtig geschlagen hätte? Hätte er mich nicht auch töten müssen, um sich zu schützen? Drei Menschen hatte er schon auf dem Gewissen, da wäre es auf einen weiteren nicht mehr angekommen. Und wie ich nun sicher weiß, lag ihm in dieser Gruppe am wenigsten an mir.

„Wir wissen doch beide, dass du mich auch getötet hättest, wenn ich dich nicht niedergeschlagen hätte. Also was willst du? Was glaubst du denn, wer dir das abnimmt? All die Jahre hast du genau wie ich verschwiegen, was zwischen uns geschehen war. Wieso also hätte ich aus einem anderen Grund, als um das Massaker zu stoppen und mich zu schützen, auf dich einschlagen sollen? Trag deine Schuld allein, ich habe nichts damit zu tun."

Ich werde mich den Dämonen jener Nacht stellen, sonst werde ich auch den Rest meines Lebens verlieren. Doch das mache ich mit mir allein aus. Ich habe keinen Fehler begangen, auch wenn ich aus den falschen Gründen handelte. Er ist der Mörder, er hat es verdient, dafür zu zahlen.

„Und selbst wenn es so war, wie du glaubst, bin ich wenigstens keine Mörderin", werfe ich ihm noch entgegen und drehe mich endgültig um, weg von ihm.

Die Welt draußen wartet auf mich. Diesmal wird er in ein Gefängnis wandern, nicht ich. Dafür werde ich sorgen.

Ich erreiche die Tür meines Schlafzimmers. Ich werde meinen Boss-Hosenanzug anziehen, mich schminken und zu Janna fahren, ihr alles erzählen.

Und dann werde ich endlich wieder schlafen können.

Doch ich komme nicht mehr durch die Tür. Sebastian greift von hinten in mein Haar und zerrt mich daran zurück in den Essbereich. Meine Schreie halten ihn nicht davon ab, mich weiter bis zur Küche zu zerren.

Dort lässt er mich auf den Boden fallen wie einen Sack Kartoffeln und eilt zur Kochzeile. Er greift aus meinem Messerblock das größte der extrascharfen Damastkochmesser, die ich noch nie benutzte, die aber nach Aussage der Verkäuferin in keiner Küche fehlen dürfen. Hätte ich mich doch bloß nicht zu dem Kauf überreden lassen. Jetzt funkelt mich der blanke Stahl höhnisch an. Ich japse nach Luft.

Sebastian kommt auf mich zu. Was er vorhat, ist nicht zu verkennen. Er hat ein diabolisches Grinsen im Gesicht und wedelt mit dem Messer vor sich rum. Er hat sich völlig verändert. Ich kann den liebevollen Freund und Partner, Liebhaber, mit dem ich schlief, nicht mehr erkennen. Schlimmer noch. Auch seine Attraktivität ist völlig verschwunden. Ich kann diese Verwandlung nicht erfassen, sie ist zu groß für mich.

Doch ich bin noch nicht bereit zu sterben. Nicht heute, nachdem ich endlich mein Leben wiedergefunden habe. Nicht jetzt.

Er kommt auf mich zu, sein Entschluss steht ebenso fest wie meiner. Keiner wird dem anderen freiwillig sein Leben überlassen. Er wird um seine Freiheit kämpfen und ich um mein Leben. Ich wappne mich, habe mehr zu verlieren.

Er stürzt auf mich zu, ich rolle zur Seite. Er erwischt mich mit dem Messer am linken Oberarm, der höllisch schmerzt und blutet. Ich schlage ihm das Messer aus der Hand. Ich versuche, auf die Beine zu kommen. Er ist schneller, reißt mich zurück. Ich winde mich wie ein Aal, habe aber weder das Gewicht noch die Kraft, um gegen einen Mann anzukommen, der gute fünfzig Kilo mehr wiegt als ich. Doch ich gebe nicht auf. Er muss beide Hände einsetzen, um mich zu halten. Mir kommt zugute, dass ich vom Stress der Erinnerung noch nass geschwitzt bin. Seine Hände rutschen immer wieder von mir ab. Auch kann er mich nicht an dem weißen Seidenhausanzug, den ich für diesen Abend wählte, packen, der zerreißt sofort.

Er schwingt sein rechtes Bein um mich und bekommt einen Arm frei. Jetzt hat er mich. Wir liegen Auge in Auge auf dem Boden und ich weiß, dass er mit der freien Hand hinter mir nach dem Messer sucht. Ich erkenne an seinem wölfischen Grinsen, dass er es gefunden hat.

Wie verrückt fange ich an zu zappeln und zu schreien. Doch das nützt mir wenig. Wenigstens bekomme ich meinen rechten Arm frei, den er sofort wieder einfängt und zwischen uns einklemmt.

Meine Hand bleibt frei, auch wenn ich meinen Arm seiner Umklammerung nicht entwinden kann. Fieberhaft denke ich darüber nach, wie ich ihn stoppen kann. Schon spüre ich den Stahl des Messers in meinem Rücken, doch er hat es noch nicht richtig fest gegriffen, der Winkel ist zu flach, um mir die Spitze ins Fleisch zu jagen. Den Schnitt spüre ich trotzdem schmerzlich brennend. Es ist eine reine Frage der Zeit, wann er seinen Arm so weit gedreht hat, dass er das schafft.

Er drückt mich so fest an sich, dass mir die Luft ausgeht. Lange kann ich nicht mehr denken und wenn ich nicht mehr denken kann, dann ist alles vorbei. Dann bin ich verloren.

Eine einzige Chance habe ich noch, mein Leben zu retten. Ich muss mich zwar überwinden, aber mein Überlebensinstinkt ist deutlich stärker, als ich all die Jahre geglaubt habe.

Ich bin froh, dass mir die Maniküre bei meinem Friseur lange, spitz zulaufende Nägel, lackiert in dem Farbton Pinc Tonic von Chanel, empfohlen hat.

Ohne nachzudenken, schiebe ich meinen rechten Daumen in Sebastians linke Augenhöhle. Zunächst fühlt es sich ganz weich und elastisch an. Seinen Schrei blende ich aus.

Ich drücke den Nagel tiefer ins Auge, durchstoße die Hornhaut, die Iris und die Linse. Dann bin ich mit der Fingerspitze im Glaskörper angelangt. Es ist, als würde man ein Eigelb aufstechen. Langsam fließt die gallertartige Masse über meinen Finger.

Sebastian schreit jetzt wie am Spieß. Er hat mich schon lange losgelassen. Doch statt wegzurennen betrachte ich weiter fasziniert die Masse, die rohem Eiweiß ähnlich über meine Hand rinnt. Ihr folgt Blut.

Und da passiert es wieder: Mir wird schlecht und schwindelig und die Welt um mich verschwindet.

Ich war wieder am Totenmaar, saß neben dem ohnmächtigen und blutenden Sebastian. Mir war egal, ob er tot war. Dieses Monster hatte es verdient. Ich spürte noch immer das brennende Gefühl der Eifersucht wegen dem, was er mir angetan hatte. Es wäre nur gerecht, wenn er sterben müsste.

Ich ergriff erneut den Stein, den ich blutverschmiert neben mich fallen gelassen hatte. Wie einfach wäre es, ihm sein hübsches Gesicht damit endgültig zu zerstören.

Doch er hatte genug, beschloss ich.

Sebastians Körper verdeckte Britta. Nur ihr Gesicht lag frei. Trotz des Blutes war sie noch immer so schön. Ich könnte vor Neid aufschreien. Selbst tot und in diesem zerschundenen Zustand wollte Sebastian sie lieber als mich.

Ich schluchzte auf und wandte mich ab.

Gerade als ich den Stein wegwerfen wollte, hörte ich ein leises Röcheln. Erschreckt zuckte ich zusammen. Kam das von Sebastian? Nein, der war noch immer völlig weggetreten.

Ich schaute genauer in Brittas Gesicht und erkannte, dass eines ihrer blauen Augen leicht geöffnet war und meinen Bewegungen folgte.

„Hilf mir", nuschelte sie zwischen leicht geöffneten Lippen hervor. Dabei bildeten sich Blutblasen, die, kaum dass sie den Mund verlassen hatten, schon wieder zerplatzten.

„Hilf mir", setzte sie erneut an.

Oh ja, ich werde dir helfen. Ich umklammerte den Stein ganz fest und zielte mitten in ihr Gesicht. Ich hörte die Knochen brechen und ein schmatzendes Geräusch. Immer wieder schlug ich zu, so lange, bis mich die Kraft verließ. Und auch dann hörte ich nur widerwillig auf.

Nach Luft schnappend, lehnte ich mich zurück und starrte in den dunklen Himmel voller Sterne. Langsam lichtete sich der Schleier, der sich nicht nur vor meine Augen, sondern auch auf mein Bewusstsein gelegt hatte. Und mit dem Auftauchen aus dieser Ekstase kam ich wieder zur Besinnung. Ich wünschte, sie wäre weggeblieben.

Irgendetwas zwang mich, nach unten zu schauen, mir anzusehen, was ich angerichtet hatte.

Entsetzt über mich selbst, fuhr ich zurück.

Dieser eine Anblick also hat sich in mein Bewusstsein eingefressen und wurde als so bestialisch eingestuft, dass sich meine Erinnerung jahrzehntelang vor ihm versteckte:

Ich hatte Britta das rechte Auge ausgeschlagen. Das Auge, das mich noch Minuten zuvor hilfeflehend angeblickt hatte.

Ich hätte mich besser niemals erinnert.

Epilog

Am meisten schockiert Janna das ausgestochene Auge.

Bender hat sie auf ihrem Handy informiert und sie ist zu der Adresse gerast, schließlich kennt sie die sehr gut: Gerberstraße 13. Der Notruf besagte lediglich, dass ein Toter vor einem Wohnblock im Gerberviertel auf dem Fußweg gefunden worden war. Bender, der an diesem Abend Bereitschaftsdienst hat, hat Sebastian sofort erkannt, er war auf dem Rücken gelandet. Er hatte keine Chance bei dem Sturz aus dem sechsten Stock gehabt.

Eine Decke liegt über Sebastians Leichnam, man hat ihn noch nicht bewegt. Schockiert lässt Janna den Zipfel am Kopfende wieder fallen, als sie die leere Augenhöhle entdeckt.

Schlagartig fühlt sie sich um dreißig Jahre zurückkatapultiert. Wieder ist sie hilflos im Angesicht dieses unnötigen und unsinnigen Todes. Wofür und warum?

Fassungslos sieht sie nach oben.

Bender tritt neben sie.

„Das junge Paar da hinten", Bender weist auf eine schluchzende junge Frau in den Armen eines nicht minder verstört wirkenden Mannes, „ist gerade vorbeigekommen, als das passiert ist. Wollen Sie mit ihnen reden?"

Natürlich will Janna das.

„Wir waren auf dem Weg zu meiner Freundin, als wir von dort oben", er weist in Richtung Katharinas Penthouse, „laute Schreie hörten. Als wir hochsahen, erkannten wir einen Mann, der seinen Kopf umklammert hielt. Er torkelte vorwärts gegen das Geländer und bevor wir auch nur hätten schreien können, kippte er darüber und fiel runter. Genau vor unsere Füße."

Wieder schluchzte das Mädchen laut auf.

„War noch irgendjemand anders auf dem Balkon, als das passierte?"

„Das konnten wir nicht sehen, keine Ahnung."

„War schon jemand oben bei ihr?" Den Namen von Katharina braucht sie nicht auszusprechen, Bender weiß auch so, von wem Janna spricht.

„Nein, wir haben auf Sie gewartet. Auf mein Klingeln hat sie nicht reagiert. Ich hab den Hausmeister holen lassen, sonst kommen wir bei ihr eh nicht rein. Es gibt nach seiner Auskunft tatsächlich keine andere Möglichkeit, in das Penthouse zu gelangen, als über den Fahrstuhl."

„Und das ist genehmigt worden? Was ist, wenn es brennt?"

„Es gibt schon noch eine Feuertreppe, aber die Schlüssel zu den Türen oben und unten besitzt tatsächlich nur Frau Zamanka. Für die hat nicht mal der Hausmeister einen Ersatzschlüssel."

„Nun gut, wenn der Mann da ist, lassen Sie uns hochfahren und schauen, was los ist."

Bender winkt einen kleinen, älteren Mann mit dicker Hornbrille herbei und macht sich mit ihm auf den Weg zum Fahrstuhl. Janna folgt ihm, doch die Beine sind ihr schwer.

Oben angekommen, öffnet sich die Tür des Fahrstuhls genau wie noch vor ein paar Tagen in die steril weiße Wohnung von Katharina.

Der weiße Teppichboden hat gelitten. Überall ist Blut verspritzt. An der zuvor blütenweißen Wand findet sich ein blutiger Handabdruck.

„Katharina." Janna hofft auf ein Lebenszeichen, aber es bleibt still.

„Katharina", ruft sie ein weiteres Mal, obwohl sie nach den Blutflecken und dem toten Sebastian auf dem Gehweg nicht zu hoffen wagt, dass Katharina noch lebt.

Wider Erwarten dringt ein leises Wimmern an ihr Ohr. Es kommt aus dem Wohnbereich. Janna spurtet los. Der Weg ist nicht weit. Als sie ankommt, nimmt sie ganz leise einen seltsamen Singsang wahr: „See, Stein, rot, See, Stein, tot. See, Stein, rot, See, Stein, tot."

Katharina entdeckt sie nicht. Der Singsang kommt von hinter der Küchentheke, die Janna eilig umrundet. Und da findet sie sie: Katharina, die auf den weißen Küchenfliesen hockt und sich vor und zurück wiegt, während sie den merkwürdigen Gesang vor sich hin murmelt. Ganz voller Blut ist sie, selbst ihr blondes Haar hat sich davon zu einer Punkfrisur verfärbt.

„Katharina. Katharina, hören Sie mich?"

Katharina Zamanka reagiert nicht. Ist völlig in sich versunken, zurückgezogen in ihre eigene Welt. Janna hebt sanft ihren Kopf an, schaut ihr in die Augen. Doch da ist nichts, niemand mehr, den man erreichen könnte.

Janna schaut sich um, entdeckt die offene Schiebetür zur Dachterrasse, sieht das Blut, das den Weg dorthin markiert, und ein weggeworfenes Küchenmesser.

„Katharina, was ist hier passiert?"

Doch als Antwort erklingt nur wieder: „See, Stein, rot, See, Stein, tot. See, Stein, rot, See, Stein, tot."

Enttäuscht und hoffnungslos wendet sich Janna ab. Niemand wird jemals mehr Katharina Zamanka erreichen, fürchtet Janna. Sie wirkt, als habe sie sich endgültig zurückgezogen in ihre eigene Welt.

Was mag hier nur geschehen sein? Wieso liegt Sebastian mit ausgestochenem Auge auf der Straße? Hat Katharina das getan? Und wieso ist sie paralysiert? Völlig in sich zurückgezogen?

Niemand kann ohne den Fahrstuhlschlüssel in Katharinas Wohnung gelangen. Also kann kein Dritter das hier verursacht haben. Einer von beiden muss auf den anderen losgegangen sein. Aber sie waren doch verliebt ineinander. So sah es zumindest aus, als sie die beiden das letzte Mal sah. Hat Sebastian Katharina verletzt und sie sich gewehrt und ihm dabei das Auge ausgestochen? Oder hat sie ihn angegriffen und dann vom Balkon gestoßen? Beides ist unvorstellbar für Janna. Und was besagt das Geschehen hier über das Massaker am Totenmaar? Könnte Sebastian der Mörder gewesen sein und Katharina verschont haben, weil er bereits damals in sie verliebt war? Absurd. Wenn Janna an das Pummelchen von damals denkt und an die Schönheit von Britta, dann kann sie das nicht glauben. Aber warum überhaupt sollte Sebastian seine besten Freunde umgebracht haben? Oder hat Katharina alle anderen angegriffen und getötet?
Ebenso unvorstellbar. Nein, sie kommt gedanklich keinen Schritt näher an die Lösung des Rätsels.

Die bittere Erkenntnis macht sich in ihr breit, dass sie nun niemals mehr erfahren wird, was am Totenmaar tatsächlich geschah. Niemals mehr kann sie das Geheimnis lüften. All die Arbeit, all die Mühe, alles umsonst. Sie wird nichts mehr darüber erfahren, nachdem nun auch die letzten beiden Zeugen nicht mehr erreichbar sind.

Doch eins ist ihr nun klar: Was auch immer in der Nacht vor dreißig Jahren vor sich ging, es hat keine sechste Person am Totenmaar gegeben.